人类的征途是星辰大海
Our journey is to the ocean of stars.

目录

人和吞食者

当地球被吞噬

刘慈欣

波江座晶体

即使距离很近，上校也不可能看到那块透明晶体。它漂浮在漆黑的太空中，如同一块沉在深潭中的玻璃。上校凭借着晶体扭曲的星光确定其位置，但很快在一片星星稀疏的背景上丢失了它。突然，远方的太阳变形扭曲了，那永恒的光芒也变得闪烁不定。他吃了一惊，但以“冷静的东方人”著称的他并没有像漂浮在旁边的十几名同事那样惊叫。他很快明白，那块晶体就在他们和太阳之间，距他们十几米，距太阳一亿千米。以后的三个多世纪里，这诡异的景象时常出现在他的脑海中，他真怀疑这是不是后来人类命运的一个先兆。

作为联合国地球防护部队在太空中的最高指挥官，他率领的这支小小的太空军队装备着人类有史以来当量最大的热核武器，敌人却是太空中没有生命的大石块。在预警系统发现有威胁地球安全的陨石和小行星时，他的部队负责使其改变轨道或摧毁它们。这支部队在太空中巡逻了二十多年，从来没有一次使用这些核弹的机会。那些足够大的太空石块似乎都躲着地球走，故意不给他们创造辉煌的机会。但现在，晶体在两个天文单位外被探测到，它精确地沿着一条绝非自然形成的轨道飞向地球。

上校和同事们谨慎地向晶体靠近，他们太空服上推进器的尾迹像条条蛛丝把晶体缠在正中。就在上校与它的距离缩小至不到十米时，晶体的内部突然出现了迷雾般的白光，使它那规则的长梭状轮廓清晰地显示出来。它大约有三米长，再近一些，还可以看到其内部像是推进系统的错综复杂的透明管道。当上校把戴着太空手套的右手伸向晶体表面，以进行人类与外星文明的首次接触时，晶体再次变得透明，内部浮现出一幅色彩亮丽的影像。那是一个卡通小女孩，眼睛像台球那么大，长发直到脚跟，同漂亮的长裙一起像在水中那样缓缓漂动着。

“警报！呀！警报！吞食者来了！”她惊慌失措地大叫着，大眼睛盯着上校，一只细而柔软的手臂指向与太阳相反的方向，像在指一条追着她的大狼狗。

“那你是从哪里来的呢？”上校问。

“波江座ε星——你们好像是这么叫的。按你们的时间，我已经飞行了六万年……吞食者来了！吞食者来了！”

“你有生命吗？”

“当然没有，我只是一封信……吞食者来了！吞食者来了！”

“你怎么会讲英语？”

“路上学的……吞食者来了！吞食者来了！”

“那你这个样子是……”

“路上看到的……吞食者来了！吞食者来了！呀，你们真不怕吞食者吗？”

“吞食者是什么？”

“样子像个大轮胎，呵，这是按你们的比喻。”

“你对我们世界的东西真熟悉。”

“路上熟悉的……吞食者来了！”

波江女孩喊叫着，闪到晶体的一端。在她空出的空间里出现了那个“轮胎”的图像，它确实像轮胎，表面发着磷光。

“它有多大？”另一名军官问。

“总直径为五万千米，‘轮胎’宽为一万千米，内圆直径为三万千米。”

“……你说的‘千米’是我们的长度单位吗？”

“当然是！它大着呢，可以把一颗行星套进去，就像你们的轮胎套一个足球一样。套住那颗行星后，它就掠夺行星的资源，把它吸干榨尽后吐出去，就像你们吃水果吐核儿一样……”

“我们还是不明白吞食者到底是什么。”

“一艘世代飞船。我们不知道它从哪里来，要到哪里去。事实上，驾驶吞食者的那些大蜥蜴肯定也不知道。这个世界已在银河系中飘行了几千万年，它的拥有者一定早已忘记了它的本源和目的。但可以肯定，它被创造出来时远没有那么大。它是靠吃行星长大的，我们的行星就被它吃了！”

这时，晶体中显示的吞食者在变大，渐渐占满了整个画面，显然正在向摄像者的世界缓缓降下来。现在，在这个世界居民的眼中，大地仿佛处于一口宇宙巨井的井底，太空就是一圈缓缓转动的井壁，可以看清井壁表面的复杂结构。这让上校想到了在显微镜下看到的微处理器的电路，后来他发现那是连绵不断的城市。再向上，井壁的顶端是一圈蓝色光焰，在天空中形成一个围绕着群星的巨大火圈。

波江女孩告诉他们，那是吞食者尾部的环形推进发动机。在晶体的一端，女孩手舞足蹈，她那飘飘的长发也像许多只挥动的手臂，极力表达着她的惊恐。

“这就是波江座ε星的第三颗行星被吞食时的情形。这时你要是身在我们的世界，第一个感觉是身体在变轻，这是由于吞食者巨大质量产生的引力抵消行星引力所致。这引力的扰动产生了毁灭性的灾难：海洋先是涌向行星朝向吞食者的那一极；当行星被套入‘轮胎’后，海洋又涌向赤道，产生的巨浪能够吞没云层；接着，引力异常将大陆像薄纸一样撕成碎片，火山在海底和陆地密密麻麻地出现……当‘轮胎’套到行星的赤道时，吞食者便停止推进。以后，它会相对于恒星的轨道运动并始终与行星保持同步，一直把这颗行星含在口里。

“这时，对行星的掠夺开始了。无数条上万千米长的缆索从井壁伸到行星表面，使行星如同一只被蛛网粘住的虫子。巨大的运载舱频繁地往来于行星表面与井壁之间，运走行星上的海水和空气，更有无数大机器深深地钻进行星的地层，狂采吞食者需要的矿藏……由于吞食者的引力与行星引力相互抵消，行星与‘轮胎’之间的一圈空间是低重力区，这使行星向吞食者的资源运输变得很容易，大掠夺因此有很高的效率。

“按地球时间，吞食者对被吞入的每颗行星大约要‘咀嚼’一个世纪左右。在这段时间里，行星上包括空气在内的资源被掠夺一空。同时，由于‘轮胎’长时间的引力作用，行星渐渐被拉得扁平，最后变成……还用你们的比喻吧：铁饼状。当吞食者最后移走，‘吐出’这颗已被榨干的行星时，行星的形状会恢复成球形，这又引发了最后一场全球范围的地质灾难。这时，行星的表面呈现出其几十亿年前刚刚形成时的熔岩状态，它早已是一个没有任何生命的地狱了。”

“吞食者距太阳系还有多远？”上校问。

“它紧跟在我后面。按你们的时间，再有一个世纪就到了。警报！吞食者来了！吞食者来了！”

使者大牙

正当人们为波江晶体带来的信息是否可信而争论不休时，吞食者的一艘先遣小型飞船进入了太阳系，最后到达地球。

首先与之接触的，仍是上校率领的太空巡逻队，但这次接触的感觉与上次与波江晶体的接触完全不同。如果说玲珑剔透的波江晶体代表了一种纤细精致的技术文明，那么吞食者飞船则相反，它的外形极其粗陋笨重，如同被遗弃在旷野中一个世纪的大锅炉，令人想起凡尔纳描述的粗放的大机器时代。吞食帝国的使者也同样粗陋笨重，他那蜥蜴状的粗壮身躯披着大块的石板般的鳞甲，直立起来有近十米高。他自我介绍的名字发音为“达雅”，但按他的外形特点和后来的行为方式，人们管他叫“大牙”。

当大牙的小型飞船在联合国大厦前着陆时，发动机把地面撞出一个大坑，飞溅的石块把大厦打得千疮百孔。由于外星使者太高大，无法进入会议大厅，各国首脑就在大厦前的广场上与他见面，他们中的几个人用手帕捂着刚才被玻璃和碎石划破的头。大牙每走一步，地面都颤抖一下。他说话时的声音像十台老式火车头同时鸣笛，让人头皮发炸。挂在他胸前的一个外形粗笨的翻译器把他的话译成英语（也是路上学的），那是一个粗犷的男声，音量虽比大牙低了许多，但仍然让听者心惊肉跳。

“呵呵，白嫩的小虫虫，有趣的小虫虫。”大牙乐呵呵地说。人们捂住耳朵，等他轰鸣着说完，然后稍微放开耳朵，听翻译器里的声音，“我们有一个世纪的时间相处，相信我们会互相喜欢对方的。”

“尊敬的使者，您知道，我们现在最关心的，是您那伟大的母舰到太阳系的目的。”联合国秘书长仰望着大牙说。尽管他在大喊，但声音听起来仍像蚊子叫。

大牙做了一个类似于人类立正的姿势，地面为之一颤，“伟大的吞食帝国将吃掉地球，以便继续它壮丽的航程，这是不可改变的！”

“那么人类的命运呢？”

“这正是我今天要决定的事。”

元首们纷纷交换目光，秘书长点点头，“这确实需要我们进行充分的交流。”

大牙摇摇头，“这是一件十分简单的事情，我只需要品尝一下——”说着，他伸出强壮的大爪，从人群中抓起一个欧洲国家的首脑，从三四米远处优雅地扔进嘴里，细细地嚼了起来。不知是出于尊严还是过度恐惧，那个牺牲品一直没有叫出声，只听到他的骨骼在大牙嘴里碎裂时清脆的咔嚓声。半分钟后，大牙噗的一声吐出那人的衣服和鞋子。衣服虽然浸透了血，但几乎完好无损。这时，不止一个旁观者联想到了人类嗑瓜子的情形。

整个地球一时间陷入一片死寂，这寂静似乎无限期地持续着，直到被一个人类的声音打破——

“您怎么拿起来就吃啊？”站在人群后面的上校问。

大牙向他走去，人群散开一条道。这个庞然大物咚咚地走到上校面前，用一双篮球大小的黑眼睛盯着他："不行吗？"

"您怎么这么肯定他能吃呢？一个相距如此遥远的世界上的生物能被食用，从生物化学上讲几乎是不可能的。"

大牙点点头，大嘴一咧，做出类似于笑的表情："我一开始就注意到你了。你一直冷眼看着我，若有所思。你在想什么？"

上校也笑笑："您呼吸我们的空气，通过声波说话，有两只眼睛一个鼻子一张嘴，还有四条对称的肢体……"

"这不可理解吗？"大牙把巨头凑近上校，喷出一股让人作呕的血腥气。

"是的，因为太好理解所以不可理解。我们不应该这么相似。"

"我也有不理解之处，那就是你的冷静。你是军人？"

"我是一名保卫地球的战士。"

"哼，不过是推开一些小石头而已，那能让你成为真正的战士？"

"我准备接受更大的考验。"上校庄严地昂起头。

"有趣的小虫虫。"大牙笑着点点头，直起身来，"我们还是回到正题吧：人类的命运。你们的味道不错，有一种滑爽的清淡，很像我在波江座行星上吃过的一种蓝色浆果。所以祝贺你们，你们的种族将延续下去——你们将作为一种小家禽在吞食帝国被饲养，到六十岁左右上市。"

"您不觉得那时我们的肉太老了吗？"上校冷笑着说。

大牙大笑起来，声音如火山爆发："哈哈哈哈，吞食人喜欢有嚼头儿的小吃。"

蚂蚁

联合国又同大牙进行了几次接触，虽然再没有人被吃掉，但关于人类命运的谈判结果都一样。

人们把下一次会面精心安排在非洲的一处考古挖掘现场。

大牙的飞行器准时在距挖掘现场几十米处降落，同每次一样，他的降落就像是一场大爆炸，震耳欲聋，飞沙走石。据波江女孩介绍，大牙的飞行器是由一台小型核聚变发动机驱动的。对于有关吞食者的信息，她一解释，人类科学家就立刻明白了。但波江人的技术却令地球人很迷惑，比如那块晶体，着陆后便在空气中融化，最后与星际航行有关的推进部分全融化掉了，只剩下薄薄的一片，在空气中轻盈地漂行。

大牙来到挖掘现场时，有两个联合国工作人员抬着一本一米见方的大画册递给他。画册是按他的个头儿精心制作的，有上百页精美的彩图，内容是人类文明的各个方面，很像一本儿童启蒙教材。在挖掘现场的大坑旁，一名考古学家绘声绘色地讲述着地球文明的辉煌历程。他竭力想让外星人明白这颗蓝色行星上有太多值得珍惜的东西，说到动情处，考古学家声泪俱下，好不凄惨。最后，他指着挖掘现场的大坑说："尊敬的使者，您看，这是我们刚刚发现的一处城市遗址，是迄今为止发现的最早的人类城市，距今已有近五万年。你们真的忍心毁灭一个历经五万年岁月、一点一滴发展到今天的灿烂文明？"

大牙在这个过程中一直翻看着画册，好像觉得那是一件很好玩的东西。考古学家的最后一句话让他抬起头来看了看大坑，"呵，考古虫虫，我对这个坑和坑里的旧城市不感兴趣，倒是很想看看从坑里挖出的土。”他指了指大坑旁边一个几米高的土堆。

听完翻译器中的话，考古学家很迷惑，“土？那堆土里什么也没有啊。”

“那是你的看法。”大牙说着走到土堆旁，蹲下高大的身躯，伸出两只大爪在土里挖起来。人们围成一圈看着，惊叹他那看似粗笨的大爪的灵活。他拨动着松土，不时拾起什么极小的东西放到画册上。就这样专心致志地干了十多分钟后，他捧着画册直起身来，走到人们面前，让大家看画册上的东西。

上百只蚂蚁，有的活着，有的已经死了，蜷成一团，仔细辨认才能看出是什么。

“我想讲一个故事，”大牙说，“关于一个王国的故事。这个王国的前身是一个更大的帝国，帝国国民的先祖可以追溯到地球白垩纪末期。在恐龙高耸入云的骨架下，先祖建起帝国宏伟的城市……但那段历史太久远了，帝国最后一世女王能记起的，就是冬天的降临。在那漫长的冬天里，大地被冰川覆盖，失去已延续了上千万年的生机，生活变得万分艰难。

“从最后一次冬眠醒来后，女王只唤醒了帝国不到百分之一的成员，其他的都已在寒冷中长眠，有的已变成透明的空壳。女王摸摸城市的墙壁，冷得像冰块，硬得像金属。她知道这是冻土——在这严寒时代中，它夏天都不化。女王决定离开这片先祖留下的疆域，去找一块不冻的土地建立新的王国。

“于是，女王率领所有的幸存者来到地面，在高大的冰川间开始艰难的跋涉。大部分成员在漫漫的路途中死于严寒，但女王与不多的幸存者终于找到了一块不冻土，那是一块被溢出的地热温暖的土地。女王当然不明白，为什么在这严寒世界中有这么一小片潮湿柔软的土地。但她对能到达这里并不感到意外：一个延续了六千万年的种族是不会灭绝的！

“面对冰川纵横的大地和昏暗的太阳，女王宣布要在这里建立一个新的伟大的王国，它将延续万代！她站在一座高大的白色山峰下，把这个新王国命名为‘白山王国’。那座白色山峰是一头猛犸象的头骨。这是第四纪冰川末期的一个正午，这时的人类虫虫还是零星地龟缩在岩洞中发抖的愚钝动物。九万年之后，你们文明的第一点烛光才在另一个大陆的美索不达米亚平原上出现。

“以附近冰冻的猛犸象遗体为生，白山王国度过了一万年的艰难岁月。之后，地球冰期结束，大地回春，各大陆又重新披上了生命的绿色。在这新一轮的生命大爆炸中，白山王国很快达到了鼎盛，拥有数不清的成员和广大的疆域。在其后的几万年中，王国经历了数不清的朝代，创造了数不清的史诗。”

大牙指指眼前的大坑，“这就是那个王国最后的位置。在考古虫虫专心挖掘下面那已死去五万年的城市时，并没有想到在它上面的土层中还有一个活着的城市。它的规模绝不比纽约小，后者只是一个二维的平面城市，而它是一座宏大的立体城市，有很多层。每一层密布着迷宫般的街道，有宽阔的广场和宏伟的宫殿。整座城市的供排水系统和消防系统的设计也比纽约高明得多。城市中有着复杂的社会结构、严格的行业分工，整个社会以一种机器般的精密和协调高效地运转着，不存在吸毒和犯罪问题，也没有沉沦和迷茫。但王国的国民并非没有感情，当有成员死亡时，它们表现出长时间的悲伤。它们甚至还有墓地，位于城市附近的地面上，掩埋深度为三厘米。最值得说明的是：在城市的底层有一个庞大的图书馆，收藏着数量巨大的卵形小容器——那是一本本书——每个容器中都装有成分极其复杂的化学味剂，用其复杂的成分记录着信息。这里有对白山王国漫长历史的史诗般的记载：你能看到在一次森林大火中，王国的所有成员抱成无数个团，顺一条溪流漂下，逃出火海的壮举；还能看到王国与白蚁帝国长达百年的战争史；还有王国的远征队第一次看到大海的记载……

“但所有这一切都在三个小时之内被毁灭。当时，在惊天动地的轰鸣声中，挖掘机那遮盖了整片天空的钢铁巨掌凌空劈下，把包含着城市的土壤一把把抓起。城市和其中的一切在巨掌中被碾得粉碎，包括城市最下层的孩子和将成为孩子的几万只雪白的卵。”听罢，地球世界再一次陷入死寂之中，这次的寂静比大牙吃人的那一次延续得更长。面对外星使者，人类第一次无话可说。

大牙最后说：“我们以后有很长的时间相处，有很多的事要谈，但不要再从道德角度谈了。在宇宙中，那东西没意义。”

加速度

大牙走后，考古现场的人们仍沉浸在迷茫和绝望之中。又是上校首先打破寂静，对周围的各国政要说：“我知道自己是个小人物，只是因为两次首先接触外星文明而有幸亲临这样的场合。我只想说两句话：一、大牙是对的；二、人类的唯一出路是战斗。”

“战斗？唉，上校，战斗……”秘书长苦笑着摇头。

“对，战斗！战斗！战斗！”波江女孩大喊。此时，她所在的晶体片正飘飞在人们头上几米高处。阳光下的晶体中，那长发女孩在兴奋地手舞足蹈。

有人说：“你们波江人也战斗了，结果怎么样？人类得为自己种族的生存着想，我们并没有义务满足你那变态的复仇欲望。”

“不，先生，”上校对所有人说，“波江人是在对敌人完全陌生的情况下进行自卫战争的，加上他们本来就是一个历史上完全没有战争的社会，所以失败是不奇怪的。但在这场长达一个世纪的惨烈战争中，他们对吞食者有了细致深刻的了解。现在，他们掌握的大量资料通过这艘飞船送到了我们手中，这就是我们的优势。

“冷静地初步研究这些资料，我们发现吞食者并没有最初想象的那么可怕。首先，除了不可思议的庞大形体外，吞食者并没有太多超出人类知识范畴的东西。就生命形式而言，吞食人——据说在‘轮胎’上居住着上百亿个——与地球人一样是碳基生物，且其生命在分子层次的构造上与我们十分相似。人类与敌人拥有相同的生物学基础，我们有可能真正深刻地理解它们的各个方面，这比我们面对一群由力场和中子星物质构成的入侵者要幸运多了。

“更让我们宽慰的是，吞食者并没有太多的‘超技术’。吞食人的技术比人类要先进许多，但这主要表现在技术的规模上，而不是理论基础上。吞食者的推进系统的能量来源主要是核聚变，它所掠夺的行星水资源除了用于吞食人的生活外，主要是被作为聚变燃料。吞食者发动机的推进方式也是基于动量守恒的反冲方式，并没有时空跃迁之类玄妙的玩意儿……这些信息可能使科学家深感失落，因为吞食者上的文明毕竟延续了几千万年，它的技术层次也代表了科学发展的极限。但与此同时，我们也因此知道，敌人不是不可战胜的神。”

秘书长说：“仅凭这些，就能使人类树立起必胜的信心吗？”

“当然还有许多具体的信息，使我们能够制定出一个成功率较高的战略，比如……”

“加速度！加速度！”波江女孩在人们头顶大叫。

上校对周围迷惑的人们解释说：“从波江人送来的资料看，吞食者航行的加速度有一个极限。在长达两个世纪的观察中，他们从未发现它突破过这个极限。为证实这一点，我们根据波江座飞船送来的其他资料，如吞食者的结构和构成它的材料的强度等，建立了一个数学模型，模型的演算证实了波江人对吞食者加速度极限的观察。这个极限是由它的结构强度所决定的，一旦超出，这个庞然大物就会被撕裂。”

“那又怎么样？”一位大国元首问道。

“我们应该冷静下来，用自己的脑子好好想想。”上校微笑着说。

月球避难所

人类与外星使者的谈判终于有了一点点进展，大牙对人类关于月球避难所的要求做出了让步。

“人是恋家的动物。”在一次谈判中，秘书长眼泪汪汪地说。

“吞食人也是，虽然我们没有家。”大牙同情地点点头。

“那么，能否让我们留下一些人，等伟大的吞食帝国吃完再吐出地球后，待它的地质结构稳定下来，再回来重建我们的文明？”

大牙摇摇头："吞食帝国吃东西是吃得很干净的，那时的地球将比现在的火星还荒凉，凭你们虫虫的技术能力，不可能重建文明。"

"总得试试吧，这样我们的灵魂才会安宁。特别是在吞食帝国上被饲养的那些小家禽，如果他们记得在遥远的太阳系还有一个家，会多长些肉的，虽然这个家不一定真的存在。"

大牙点点头："可是当地球被吞下时，这些人去哪儿呢？除了地球，我们还要吃掉金星，木星和海王星太大了，我们吃不下，但要吃它们的卫星，吞食帝国需要上面的碳氢化合物和水；连贫瘠的火星和水星我们也想嚼一嚼，我们想要上面的二氧化碳和金属。这些星球的表面将是一片火海。"

"我们可以去月球避难。据我们所知，吞食帝国在吃地球之前要把月球推开。"

大牙又点点头："是的，由吞食帝国和地球组成的联合星体引力很大，有可能使月球坠落在大环表面，这种撞击足以毁灭帝国。"

"那就对了，让我们的一些人住到月球去吧。这对你们也没有太大损失。"

"你们打算留多少人？"

"从维持一个文明的最低限度着想，十万吧！"

"可以，但你们得干活儿。"

"干活儿？什么活儿？"

"把月球从地球轨道推开，这对我们来说也是一件很麻烦的事。"

"可是……"秘书长绝望地抓着头发，"您这等于拒绝了人类这点儿小小的可怜要求——您知道我们没有这种技术力量的！"

"呵，虫虫，那我不管。再说，不是还有一个世纪吗？"

播种核弹

在泛着白光的月球平原上，一群穿着太空服的人站在一个高高的钻塔旁边。吞食帝国高大的使者站在更远一些的地方，仿佛是另一个钻塔。他们注视着一个钢铁圆柱体从钻塔顶端缓缓落下，沉入钻塔下的深井中。吊索飞快地向井中放下去，三十八万千米外的整个地球世界都在注视着这一幕。当放置物到达井底的信号传来时，包括大牙在内的所有观察者都鼓起掌来，庆祝这一历史性时刻的到来。

推进月球的最后一颗核弹已经就位，这时，距波江晶体和吞食帝国使者到达地球已有一个世纪。

这是令人绝望的一个世纪，人类在进行着痛苦的奋斗。

上半个世纪，全世界竭尽全力建造月球推进发动机，但这种超级机器始终没能建成。那几台实验用的样机只是给月球表面增加了几座废铁高山，还有几个在试运行时被核聚变的高温熔化成一片钢水的湖泊。人类曾向吞食帝国使者请求技术支援，因为推进月球需要的发动机还不及吞食者上那无数超级发动机的十分之一大。但大牙不答应，还讥讽道："别以为知道了核聚变就能造出行星发动机，造出爆竹离造出火箭还差得远呢。其实你们完全没有必要费这么大劲儿。在银河系，一个文明成为另一个更强大文明的家禽是很正常的。你们会发现被饲养是一种多么美妙的生活，衣食无忧，快乐终生，有些文明还求之不得呢。你们感到不舒服，完全是陈腐的人类中心论在作怪。"

于是，人类把希望寄托在波江晶体上，但这希望同样落空。波江文明是沿着一条与地球和吞食者完全不同的技术路线发展的，他们的所有技术力量都来自于本星的生物，比如这块晶体，就是波江行星海洋中的一种浮游生物的共生体。对他们世界中生命的这些奇特能力，波江人只是组合和利用，并不知其深层的秘密，而一旦离开本星的生物，波江人的技术就寸步难行了。

浪费了宝贵的五十多年后，绝望的人类突然想出了一个极其疯狂的月球推进方案。这个方案首先由上校提出，当时他是月球推进计划的主要领导人之一，军衔已升为元帅。这个方案尽管疯狂，技术上的要求却并不高，人类已有的技术完全可以胜任，以至于人们惊奇为什么没有早点儿想到它。

新的推进方案很简单，就是在月球的一面大量埋设核弹。这些核弹的埋设深度一般为三千米左右，其埋设的密度以不被周围核弹的爆炸所摧毁为标准。这样，将在月球的推进面埋设五百万枚核弹。与这些热核炸弹的当量相比，人类在冷战时期所制造的威力最大的核弹只能算常规武器。因此，当这些埋在月球地下的超级核弹爆炸时，与以前的地下核试验中被窒息在深洞中的核爆炸完全不同，会将上面的地层完全掀起炸飞。在月球的低重力下，被炸飞的地层岩石会达到逃逸速度，脱离月球，冲进太空，进而对月球本身产生巨大的推进力。如果每一时刻都有一定数量的核弹爆炸，这种脉冲式的推进力就会变得连续不断，等于给月球装上了强劲的发动机。而使不同位置的核弹爆炸，就可以操纵月球的飞行方向。方案还计划在月面下埋设两层核弹，另一层在第一层之下，约六千米深度。当上层核弹耗尽、月球推进面被剥去三千米厚的一层时，第二层能接着被不断引爆，使“发动机”的运行时间延长一倍。

当晶体中的波江女孩听到这个方案时，认为人类真的疯了：“现在我知道，如果你们有吞食者那样的技术力量，会比他们还野蛮！”

但这个方案使大牙赞叹不已：“呵呵，虫虫们竟能有这样美妙的想法，我喜欢，喜欢它的粗野，粗野是最美的！”

“荒唐！粗野怎么会美？”波江女孩反驳说。

“粗野当然美，宇宙就是最粗野的！漆黑寒冷的深渊中燃烧着狂躁的恒星，不粗野吗？宇宙是雄性的，明白吗？像你们那种女人气的文明，那种弱不禁风的精致和纤细，只是宇宙小角落中一种微不足道的病态而已。”

一百年过去了，大牙仍然生机勃勃，晶体中的波江女孩仍然鲜艳动人，但元帅感到了岁月的力量。一百三十五岁，他已是老年人了。

这时，吞食者已越过冥王星轨道，从由波江座ε星开始的六万年漫长航行中苏醒了。太空中那个巨大的“轮胎”变得灯火辉煌，庞大的社会运转起来，准备好了对太阳系的掠夺。

吞食者掠过外行星，向地球扑来。

人类的第一次和最后一次星战

月球脱离地球的加速开始了。

推进面的核弹开始爆炸时，月球正处于地球白昼的一面。每次爆炸的闪光，都会让月球在蓝天上短暂地映现一下，天空中仿佛出现了一只不断眨巴的银色眼睛。入夜后，月球一侧的闪光传过近四十万千米仍能在地面上映出人影。月球的后面还能看到一条淡淡的银色尾迹，它是由从月面炸入太空的岩石构成的。从安装在推进面的摄像机中可以看到，月面被核爆掀起的地层碎块如滔天洪水般涌向太空，向前很快变细，在远方成为一条极细的蛛丝，弯向地球的另一面，描绘出月球加速的轨道。

但人们的注意力都集中在天空中出现的那个恐怖的大环上：吞食者此时已驶近地球，它的引力产生的巨大潮汐已摧毁了所有的沿海城市。吞食者尾部的发动机闪着一圈蓝色的光芒，它正在进行最后的轨道调整，以使其绕太阳运行的轨道与地球保持同步，同时使自己与地球的自转轴线重合在同一直线上。然后它将缓缓向地球移动，将其套入大环中。月球的加速持续了两个月，这期间，在它的推进面，平均两三秒钟就爆炸一枚核弹，到目前为止，已引爆了二百五十多万枚。加速后的月球环绕地球的轨道形状已变得很扁，当月球运行到这椭圆轨道的顶端时，应元帅的邀请，大牙同他一起来到了月球面向前进方向的一面。他们站在环形山环绕的平原上，感受着从月球另一面传来的震动，仿佛这颗地球卫星的中心有一颗强劲的心脏。在漆黑的太空背景下，吞食者的巨环光彩夺目，占据了半个天空。

“太棒了，元帅虫虫，真的太棒了！”大牙对元帅由衷地赞叹着，“不过你们要抓紧，只剩下一圈的加速时间了，吞食帝国可没有等待别人的习惯。我还有个疑问：你们十年前就已建成的地下城还空着，那些移民什么时候来？你们的月地飞船能在一个月时间里从地球迁移十万人？”

“不会迁移任何人了，我们将是月球上最后的人类。”

听到这话，大牙吃惊地转过身去，看到了元帅所说的“我们”：那是地球太空部队的五千名将士，在环形山平原上站成严整的方阵。方阵前面，一名士兵展开一面蓝色的旗帜。

“看，这是我们行星的旗帜，地球对吞食帝国宣战了！”

大牙呆呆地站着，迷惑多于惊讶。紧接着，他四脚朝天摔倒了，这是由于月面突然增加的重力所致。大牙一动不动地趴在地上，他那庞大身体激起的月尘在周围缓缓降落，但很快又扬起来——这是从月球另一面传来的剧烈震波所致，平原因此蒙上了一层白色的尘被。大牙知道，在月球的另一面，核弹的爆炸密度突然增加了几倍。从重力的激增，他推测出月球的加速度也增加了几倍。他打了个滚儿，从太空服胸前的口袋里掏出硕大的电脑，调出了月球目前的轨道。他看到，如果这剧增的加速度持续下去，轨道将不再闭合，月球将脱离地球引力冲向太空，一条闪着红光的虚线标示出预测的方向。

月球将径直撞向吞食者！

大牙缓缓地站了起来，任手中的电脑掉下去。他抬头看去，在突然增加的重力和波浪般的尘雾中，地球军团的方阵仍如磐石般稳立着。

“持续了一个世纪的阴谋。”大牙喃喃地说。

元帅点点头：“你明白得太晚了。”

大牙长叹着说：“我应该想到地球人与波江人是完全不同的两个物种。波江世界是一个以共生为进化基础的生态圈，没有自然选择和生存竞争，更不知战争为何物……我们却用这种习惯思维来套地球人。而你们，自从从树上下来后就厮杀不断，怎么可能轻易被征服呢？我……不可饶恕的失职啊！”

元帅说：“波江人为我们提供了大量的重要信息，其中关于吞食者的加速度极限值就是人类这个作战方案的基础：如果引爆月球上的转向核弹，月球的轨道机动加速度将是吞食者速度极限值的三倍。这就是说，它比吞食者灵活三倍，你们不可能躲开这次撞击的。”

大牙说：“其实我们也不是完全没有戒备。当地球开始大量生产核弹时，我们时刻监视着这些核弹的去向，确保它们被放置在月球地层中，可没有想到……”

元帅在面罩后面微微一笑：“我们不会傻到用核弹直接攻击吞食者，地球人那些简陋的导弹在半途中就会被身经百战的吞食帝国全部拦截，但你们无法拦截巨大的月球。也许凭借吞食者的力量，最终能击碎它或使其转向，但现在距离已经很近，来不及了。”

“狡诈的虫虫，阴险的虫虫，恶毒的虫虫……吞食帝国是心肠实在的文明，把什么都说在明处，可是最终被狡诈阴险的地球虫虫骗了。”大牙咬牙切齿地说，狂怒中想用大爪子抓元帅，但在士兵们指向他的冲锋枪面前停住了。他没有忘记自己也是血肉之躯，一梭子弹足以让他丧命。元帅对大牙说：“我们要走了，劝你也离开月球吧，不然会死在吞食帝国的核弹之下。”

元帅说得很对，大牙和人类太空部队刚刚飞离月球，吞食者的截击导弹就击中了月面。这时月球的两面都闪烁着强光，朝向前进方向的一面也有大量的岩石被炸飞到太空中。与推进面不同的是，这些岩石是朝着各个方向漫无目标地飞散开。从地球上看去，撞向吞食者的月球如一个披散着怒发的斗士，任何力量都无法阻挡它！在能看到月球的大陆上，人山人海爆发出狂热的欢呼。

吞食人的拦截行动只持续了不长时间就停止了，因为他们发现这毫无意义。在月球走完短暂的距离之前，既不可能使它转向，更不可能击碎它。

月球上的推进核弹也停止了爆炸。速度已经足够，地球保卫者要留下足够的核弹进行最后的轨道机动。

一切都沉静下来。在冷寂的太空中，吞食者和地球的卫星静静地相向漂行着，它们之间的距离在急剧缩短。当两者的距离缩短至五十万千米时，从地球统帅部所在的指挥舰上看去，月球已与“轮胎”重叠，像是轴承圈上的一粒钢珠。

直到这时，吞食者的航向也没有任何变化，这是容易理解的：过早的轨道机动会使月球也做出相应的反应，真正有意义的躲避动作要在月球最后撞击前进行。这就像两名用长矛决斗的中世纪骑士，他们骑马越过长长的距离逼近对方，但胜负是在接触前的一小段距离内决出的。

银河系的两大文明都屏住了呼吸，等待着那最后的时刻。

当距离缩短至三十五万千米时，双方的机动航行开始了。吞食者的发动机首先喷出了上万千米的蓝色烈焰，开始躲避；月球上的核弹则以空前的密度和频率疯狂地引爆，进行着相应的攻击方向修正，它那弯曲的尾迹清楚地描绘出航线的变化。吞食者喷出的上万千米长的蓝色光河的头部镶嵌着月球核弹银色的闪光，构成了太阳系有史以来最壮观的景象。

双方的机动航行进行了三个小时，它们的距离已缩短至五万千米，计算机显示的结果令指挥舰上的人们不敢相信自己的眼睛：吞食者的变轨加速度四倍于波江晶体提供的极限值！以前深信不疑的吞食者的加速度极限，一直是地球人取胜的基础，现在，月球上剩余的核弹已没有能力对攻击方向做出足够的调整。计算表明，即使尽全力变轨，半小时后，月球也将以四百千米的距离与吞食者擦肩而过。

在一阵令人目眩的剧烈闪光后，月球耗尽了最后的核弹，几乎与此同时，吞食者的发动机也关闭了。在死一般的寂静中，惯性定律完成了这篇宏伟史诗的最后章节：月球紧擦着吞食者的边缘飞过，由于其速度很高，吞食者的引力没能将其捕获，但扭弯了它的漂行轨迹。月球掠过吞食者后，无声地向远离太阳的方向飞去。

指挥舰上，统帅部的人们在死一般的沉默中度过了几分钟。

“波江人骗了我们。”一位将军低声说。

“也许，那块晶体只是吞食帝国的一个圈套！”一位参谋喊道。

统帅部瞬间陷入一片混乱。每个人都声嘶力竭地叫喊着，以掩盖或发泄自己的绝望。几名文职人员或哭泣或抓着自己的头发，精神已到了崩溃的边缘。只有元帅仍静静地站在大显示屏前，他慢慢转过身来，用一句话稳住了局面：“我请各位注意一个现象：吞食者的发动机为什么要关闭？”

这话引起了所有人的思考。是的，在月球上的核弹停止爆炸后，敌人的发动机没有理由关闭，因为他们不可能知道月球上是否还剩有核弹。同时，考虑到吞食者的引力有可能捕获月球，他们也应该继续进行躲避加速，拉开与月球攻击线的距离，而不能仅仅满足于这四百千米的微小间距。

“给我吞食者外表面的近距离图像。”元帅说。

大屏幕上出现了一幅全息画面，这是一个掠过吞食者的地球小型高速侦察器在距其表面五百千米上空传回的。人们敬畏地看着吞食者灯光灿烂的大陆上线条粗放的钢铁山脉和峡谷缓缓移过。一条黑色的长缝引起了元帅的注意。在过去的一个世纪中，他已记熟了吞食者外表面的每一个细节，可以绝对肯定这条长缝以前是不存在的。很快其他人也注意到了。

“那是什么？一条……裂缝？”

“是的，裂缝，一条长达五千千米的裂缝。”元帅点点头，说，“波江人没有骗我们，晶体带来的资料是真实的，那个加速度极限确实存在。但当月球逼近时，绝望的吞食者不顾一切地用四倍于极限的加速度来躲避。这就是超限加速的后果：它被撕裂了。”

接下来，人们又发现了另外几条裂缝。

“看啊，那又是什么？！”又有人惊叫起来。这时，吞食者的自转正使它表面的另一部分进入人们的视野：金属大陆的边缘出现了一个刺目的光球，如同它那辽阔地平线上的日出一般。

“自转发动机！”一名军官说。

“是的，是吞食者赤道上很少启动的自转发动机，此时它正在以最大功率刹住自转！”

“元帅，这证实了您的看法！”

“尽快用各种观测手段取得详细资料，进行模拟！”元帅说。但在这之前，一切已在进行中了。

经一个世纪建立起来的精确描述吞食者物理结构的数学模型，在从前方取得必需的数据后高速运转，模拟结果很快出来了：需近四十小时的时间，自转发动机才能把吞食者的自转速度减至毁灭值之下；而如果高于这个转速，离心力将使已被撕裂的吞食者在十八个小时内完全解体。

人们欢呼起来。大屏幕上接着映出了吞食者解体时的全息模拟图像：解体的过程很慢，如同梦幻。在太空漆黑的背景上，这个巨大的世界如同一团浮在咖啡上的奶沫一样散开，边缘的碎块渐渐隐没于黑暗之中，仿佛被太空融化了，只有不时出现的爆炸闪光才使它们重新现形。

元帅并没有同人们一起观赏这令人心旷神怡的画面，他远离人群，站在另一块大屏幕前注视着现实中的吞食者，脸上没有一点儿胜利的喜悦。冷静下来的人们注意到了他，也纷纷站到这块屏幕下。他们发现，吞食者尾部的蓝色光环又出现了，它再次启动了推进发动机。在环体已经被严重损伤的情况下，这似乎是一个不可理解的错误，这时，任何微小的加速度都可能导致大环解体。而吞食者的运行方向更让人迷惑：它正在缓缓回到躲避月球攻击前所在的位置，谨慎地建立与地球同步的太阳轨道，并使自己和地球的自转轴重合在一条直线上。

“怎么，这时它还想吃地球？”有人吃惊地说，他的话引起了稀疏的笑声，但笑声戛然而止，人们看到了元帅的表情：他已不再看屏幕，而是双眼紧闭，苍白的脸上毫无表情。一个世纪以来，作为抗击吞食者的精神支柱之一，太空将士们已经熟悉了他的声音、容貌，但他们从来没有见到他像这样。人们冷静下来，再看屏幕，终于明白了一个严峻的现实：

吞食者还有一条活路。

吞食地球的航行开始了，已与地球同步自转同轴的吞食者向着这颗行星的南极移动。如果它慢了，会在自转的离心力下解体；如果太快，推进的加速度又可能使其提前解体。吞食者正走在一条生存的钢丝绳上，它必须绝对正确地把握住时间和速度的平衡。

在地球的南极被套入大环前的一段时间，太空中的人们看到，南极大陆的海岸线形状急剧变化。这个大陆像一块热煎锅上的牛油一样缩小着面积，地球的海水在吞食者引力的拉动下涌向南极，地球顶端那块雪白的大陆正在被滔天巨浪所吞没。

这时，吞食者大环上的裂缝越来越多，且都在延长扩宽。最初出现的那几条裂缝已不再是黑色的，里面透出了暗红色的火光，像几千千米长的地狱之门。有几条蛛丝般的白色细线从大环表面升起，接下来，这样的细线越来越多，出现在大环的每一部分，仿佛吞食者长出了稀疏的头发。这是从大环上发射的飞船的尾迹，吞食者开始从他们将要毁灭的世界逃命了。

但当地球被大环吞入一半时，情况发生了逆转：地球的引力像无数根无形的辐条拉住了正在解体的大环，吞食者表面不再有新的裂缝出现，已有的裂缝也停止了扩展。十四小时过去后，地球被完全套入大环，它那引力的辐条变得更加强劲有力，吞食者表面的裂缝开始缩小，又过了五个小时，这些裂缝完全合拢了。

在指挥舰上，统帅部的大屏幕黑了，甚至连灯都灭了，只有太阳从舷窗中投进惨白的光芒。为了产生人工重力，飞船仍在缓缓自转，使得太阳从不同位置的舷窗中升升降降。光影流转，仿佛在追述着人类那已永远成为过去的日日夜夜。

“谢谢各位在过去一个世纪中尽职尽责的工作，谢谢。”元帅说，并向统帅部的全体人员敬礼。在将士们的注视下，他平静地整理了一下自己的军装，其他人也这样做了。

人类失败了，但地球保卫者们已经尽到了自己的责任。对于尽责的战士来说，这一时刻仍是辉煌的。他们接受了平静的良心授予自己的无形勋章，他们有权享受这光荣的一刻。

尾声　归宿

“真的有水啊！”一名年轻上尉惊喜地叫出来。面前确实是一片广阔的水面，在昏黄的天空下泛着粼粼的波光。

元帅摘下太空服的手套，捧起一点儿水，推开面罩尝了尝，又赶紧将面罩合上，“嗯，还不是太咸。”看到上尉也想打开面罩，他制止说，“会得减压病的。大气成分倒没问题，硫黄之类的有毒成分已经很淡了，但气压太低，相当于战前的一万米高空。”

一名将军在脚下的沙子中挖着什么，“也许会有些草种子的。”他抬头对元帅笑笑说。

元帅摇摇头，说：“这里战前是海底。”

“我们可以到离这里不远的十一号新陆去看看，那里说不定会有。”那名上尉说。

“有也早烤焦了。”有人叹息道。

大家举目四望。地平线处有连绵的山脉，它们是最近一次造山运动的产物。青色的山体由赤裸的岩石构成，从山顶流下的岩浆河发着暗红的光，使山脉像一个巨人淌血的躯体，但大地上的岩浆河已经消失了。

这是战后二百三十年的地球。

战争结束后，统帅部幸存的一百多人在指挥舰上进入冬眠期，等待地球被吞食者吐出后重返家园。指挥舰则成为一颗卫星，在一条宽大的轨道上围绕着由吞食者和地球组成的联合星体运行。在以后的时间里，吞食帝国并没有打扰他们。

战后第一百二十五年，指挥舰上的传感系统发现吞食者正在吐出地球，就唤醒了一部分冬眠者。当这些人醒来后，吞食者已飞离地球，向金星方向航行，而这时的地球已变成一颗人们完全陌生的行星，像一块刚从炉子里取出的火炭，海洋早已消失，蛛网般的岩浆河流覆盖着大地。他们只好继续冬眠，重新设定传感器，等待地球冷却。这一等又是一个世纪。

冬眠者们再次醒来时，发现地球已冷却成一颗荒凉的黄色行星，剧烈的地质运动平息下来，虽然生命早已消失，但有稀薄的大气，甚至还发现了残存的海洋，于是，他们就在一个大小如战前内陆湖泊的残海边着陆了。

一阵轰鸣声——就是在这稀薄的空气中也震耳欲聋——那艘熟悉的外形粗笨的吞食帝国飞船在人类飞船的不远处着陆。高大的舱门打开后，大牙拄着一根电线杆长度的拐杖颤巍巍地走下来。

“啊，您还活着！有五百岁了吧？”元帅同他打招呼。

“我哪儿能活那么久啊！战后三十年我也冬眠了，就是为了能再见你们一面。”

“吞食者现在在哪儿？”

大牙指向天空的一个方向：“晚上才能看见，只是一颗暗淡的小星星。它已驶出木星轨道。”

“它在离开太阳系吗？”

大牙点点头：“我今天就要起程去追它了。”

“我们都老了。”

“老了……”大牙黯然地点点头，哆嗦着把拐杖换了手，“这个世界，现在……”他指指天空和大地。

“有少量的水和大气留了下来，这算是吞食帝国的仁慈吗？”

大牙摇摇头：“与仁慈无关，这是你们的功绩。”

地球战士们不解地看着大牙。

“哦，在那场战争中，吞食帝国遭受了前所未有的创伤。死了上亿人，生态系统也被严重损坏。战后我们用了五十个地球年的时间才初步修复撕裂的大环，这以后才有能力对地球进行咀嚼。但你知道，我们在太阳系的时间有限，如果不能及时离开，有一片星际尘埃会飘到我们前面的航线上，如果绕道，我们到达下一个行星系的时间就会晚一万七千年，那时我们要吞食的行星就会被衰老的恒星吞食掉，所以我们对太阳几颗行星的咀嚼就很匆忙，吃得不太干净。”

“这让我们倍感自豪。”元帅看看周围的人们说。

“你们当之无愧！那真是一场伟大的星际战争。在吞食帝国漫长的征战史中，你们是最出色的战士之一！直到现在，帝国的行吟诗人还在到处传唱地球战士史诗般的战绩。”

“我们更想让人类记住这场战争。对了，现在人类怎样了？”

“战后大约有二十亿人类移居到吞食帝国，占人类总数的一半。”大牙说着，打开了手提电脑宽大的屏幕，上面出现了人类在吞食者上生活的画面：蓝天下，一片美丽的草原，一群快乐的人在歌唱跳舞，一时难以分辨这些人的性别，因为他们的皮肤都是那么细腻白嫩，都身着轻纱般的长服，头上装饰着美丽的花环。远处有一座漂亮的城堡，其形状显然来自地球童话，色彩之鲜艳如同用奶油和巧克力建造的。镜头拉近，元帅细看这些漂亮人儿的表情，确信他们真的是处于快乐之中。那是一种真正无忧无虑的快乐，如水晶般单纯，战前的人类只在童年能够短暂地享受。

“必须保证他们的绝对快乐，这是饲养中起码的技术要求，否则肉质得不到保证。地球人是高档食品，只有吞食帝国的上层社会才有钱享用，这种美味像我都是吃不起的。哦，元帅，我们找到了您的曾孙，录下了他对您说的话，想看吗？”

元帅吃惊地看了大牙一眼，点点头。屏幕上出现了一个皮肤细嫩的漂亮男孩。从面容上看，他可能只有十岁，但身材却有成年人那么高。他一双女人般的小手拿着一个花环，显然是刚刚从舞会上被叫过来。他眨着一双水灵灵的大眼睛说：“听说曾祖父您还活着？我只求您一件事，千万不要来见我啊！我会恶心死的！想到战前人类的生活，我们都会恶心死的，那是狼的生活，蟑螂的生活！您和您的那些地球战士还想维持那种生活，差一点儿真的阻止人类进入这个美丽的天堂！变态！您知道您让我多么羞耻、多么恶心吗？呸！不要来找我！呸！快死吧，你！”说完，他又蹦跳着加入到草原上的舞会中去了。

大牙首先打破了尴尬的沉默：“他将活过六十岁，能活多久就活多久，不会被宰杀。”

“如果是因为我的缘故，十分感谢。”元帅凄凉地笑了一下。

“不是。在得知自己的身世后，他很沮丧，也充满了对您的仇恨，这类情绪会使他的肉质不合格。”

大牙感慨地看着面前这最后一批真正的人类。他们身上的太空服已破旧不堪，脸上都刻着岁月的沧桑，在昏黄的阳光里，如同地球大地上一群锈迹斑斑的铁像。

大牙合上电脑，充满歉意地说：“本来不想让大家看这些的，但你们都是真正的战士，能够勇敢地面对现实，要承认……”他犹豫了一下，才说，“人类文明完了。”

“是你们毁灭了地球文明，”元帅凝视着远方，“你们犯下了滔天罪行！”

“我们终于又开始谈道德了。”大牙咧嘴一笑。

“在入侵我们的家园并极其野蛮地吞食一切后，我不认为你们还有这个资格。”元帅冷冷地说。其他人不再关注他们的谈话，吞食者文明冷酷残暴的程度已超出人类的理解力，他们现在真的没有兴趣再同其进行道德方面的交流了。

“不，我们有资格，我现在还真想同人类谈谈道德……‘您怎么拿起来就吃啊！’”

大牙最后这句话让所有人浑身一震。这话不是从翻译器中传出的，而是大牙亲口说的，虽然嗓门很大，但他对三个世纪前元帅的声调模仿得惟妙惟肖。

大牙通过翻译器接着说：“元帅，您在三百年前的那次感觉是对的。星际间的不同文明，其相似要比差异更令人震惊，我们确实不应该这么像。”

人们把目光聚焦在大牙身上。他们都预感到，一个惊天的大秘密将被揭开。

大牙动动拐杖，使自己站直，看着远方说：“朋友们，我们都是太阳的孩子，地球是我们共同的家园，但我们比你们更有权利拥有她！因为在你们之前的一亿四千万年，我们的先祖就在这颗美丽的行星上生活，并创造了灿烂的文明。”

地球战士们呆呆地看着大牙，身边的残海跳跃着昏黄的阳光，远方的新山脉流淌着血红的岩浆。越过六千万年的沧桑时光，曾经覆盖地球的两大物种在这劫后的母星上凄凉地相会了。

“恐——龙——”有人低声惊叫。

大牙点点头：“恐龙文明崛起于一亿地球年前，就是你们地质纪年的中生代白垩纪中期，在白垩纪晚期达到鼎盛。我们是体形巨大的物种，对生态的消耗量极大。随着恐龙数量的急剧增加，地球生态圈已难以维持恐龙社会的生存，接着恐龙又吃光了刚刚拥有初级生态的火星。地球上恐龙文明的历史长达两千万年，但恐龙社会真正的急剧膨胀也就是几千年的事，其在生态上造成的影响从地质纪年的长度看，很像一场突然爆发的大灾难，这就是你们所猜测的白垩纪灾难。

“终于有那么一天，所有的恐龙都登上了十艘巨大的世代飞船，航向茫茫星海。这十艘飞船最后合为一体，每到达一颗有行星的恒星就扩建一次，经过六千万年，就成为现在的吞食帝国。”

“为什么要吃掉自己的家园呢？恐龙没有一点儿怀旧感吗？”有人问。

大牙陷入了回忆：“说来话长。星际空间确实茫茫无际，但与你们的想象不同，真正适合我们高等碳基生物生存的空间并不多。从我们所在的位置向银河系的中心方向，走不出两千光年，就会遇到大片的星际尘埃，在其中既无法航行，也无法生存；再向前，则会遇到强辐射和大群游荡的黑洞……如果向相反的方向走呢，我们已在旋臂的末端，不远处就是无边无际的荒凉虚空。在适合生存的这片空间中，消耗量巨大的吞食帝国已吃光了所有的行星。现在，我们的唯一活路是航行到银河系的另一旋臂去，我们也不知道那里有什么，但在这片空间待下去肯定是死路一条。这次航行要持续一千五百万年，途中一片荒凉，我们必须在起程前贮备好所有的消耗品。这时的吞食帝国就像干涸的小水洼中的一条鱼，它必须在水洼完全干掉之前猛跳一下，虽然多半是落到旱地上，在烈日下死去，但也有可能落到相邻的另一个水洼中活下去……至于怀旧感，在经历了几千万年的太空跋涉和数不清的星际战争后，恐龙种族早已是铁石心肠了。为了前面千万年的航程，吞食帝国要尽可能多吃一些东西……文明是什么？文明就是吞食，不停地吃啊吃，不停地扩张和膨胀，其他的一切都是次要的。”

元帅深思着说：“难道生存竞争是宇宙间生命和文明进化的唯一法则？难道不能建立起一个自给自足的、内省的、多种生命共生的文明吗？像波江文明那样？”

大牙长出一口气：“我不是哲学家，回答不了这个问题。也许答案是肯定的，关键是谁先走出第一步呢？自己的生存是以征服和消灭别人为基础的，这是这个宇宙中生命和文明生存的铁的法则，谁要首先不遵从它而自省起来，就必死无疑。”

大牙转身走上飞船，再出来时，手中端着一个扁平的方盒子。那个盒子长宽有三四米，起码要四个人才能抬起来。大牙把盒子平放到地上，掀起顶盖。人们看到盒子里装满了土，土上长着一片青草。在这已无生命的世界中，这绿色令所有人心动。

“这是一块战前地球的土地，战后我使这块土地上的所有植物和昆虫都进入冬眠，现在过了两个多世纪，又使它们同我一起苏醒。我本想把这块土地带走做个纪念，唉，现在想想还是算了吧，还是把它放回它该在的地方吧！我们从母星拿走的够多了。”

看着这一小片生机盎然的地球土地，人们的眼睛湿润了，他们现在知道，恐龙并非铁石心肠。在那比钢铁和岩石更冰冷坚硬的鳞甲后面，也有一颗渴望回家的心。

大牙一挥爪子，似乎想把自己从某种情绪中解脱出来，“好了，朋友们，我们一起走吧，到吞食帝国去。”看到人们的表情，他举起一只爪子，“你们到那里当然不是作为家禽被饲养。你们是伟大的战士，都将成为帝国的普通公民，你们还会得到一份工作：建立一座人类文明博物馆。”

地球战士们把目光集中在元帅身上。他想了想，缓缓地点了点头。

地球战士们一个接一个地上了大牙的飞船。那为恐龙准备的梯子他们必须一节一节引体向上爬上去。元帅是最后一个上飞船的人，他双手抓住飞船舷梯最下面一节踏板的边缘，在把自己的身体拉离地面的时候，他最后看了一眼脚下地球的土地，然后就停在那里看着地面，很长时间一动不动，他看到了——蚂蚁。

这蚂蚁是从盒子中的土里爬出来的。元帅放开抓着踏板的双手，蹲下身，让它爬到自己手上。他举起那只手，细细地看着它，它那黑宝石般的小身躯在阳光下闪闪发亮。元帅走到盒子旁，把这只蚂蚁放回那片小小的草丛中。这时，他又在草丛间的土面上发现了其他几只蚂蚁。

他站起身来，对刚来到身边的大牙说：“我们走后，这些草和蚂蚁就是地球上仅有的生命了。”

大牙默默无语。

元帅说：“地球上的文明生物有越来越小的趋势——恐龙，人，然后可能是蚂蚁。”他又蹲下来，深情地看着那些在草丛间穿行的小生命，“该轮到它们了。”

这时，地球战士们又纷纷从飞船上下来，返回到那块有生命的地球土地前，围成一圈，深情地看着它。

大牙摇摇头，说："草能活下去，这海边也许会下雨的。但蚂蚁不行。"

"因为空气稀薄吗？看样子它们好像没受影响。"

"不，空气没问题。与人不同，在这样的空气中它们能存活。关键是没有食物。"

"不能吃青草吗？"

"那就谁也活不下去了：在稀薄的空气中，青草长得很慢；蚂蚁会吃光青草，然后饿死——这倒很像吞食文明可能的最后结局。"

"您能从飞船上给它们留下些吃的吗？"

大牙又摇头："我的飞船上除了生命冬眠系统和饮用水外，什么都没有。我们在追上帝国前需要冬眠。你们的飞船上还有食物吗？"

元帅也摇了摇头："只剩几支维持生命的注射营养液，没用的。"

大牙指指飞船："我们还是抓紧时间吧。帝国的加速很快，晚了我们会追不上它的。"

沉默。

"元帅，我们留下来。"一名年轻中尉说。

元帅坚定地点点头。

"留下来？干什么？"大牙挨个儿看着他们，惊讶地问，"你们飞船上的冬眠装置已接近报废，又没有食品，留下来等死吗？"

"留下来走出第一步。"元帅平静地说。

"什么？"

“您刚才提过的新文明的第一步。”

“你们……要做蚂蚁的食物？”

地球战士们点点头。大牙无言地注视了他们很长时间，然后转身，拄着拐杖慢慢走向飞船。

“再见，朋友！”元帅在大牙身后高声说。

老恐龙长长地叹息了一声：“在我和我的子孙前面，是无尽的暗夜，不休的征战。茫茫宇宙，哪里是家呀！”人们看到他的脚下湿了一片，不知道是不是一滴眼泪。

恐龙的飞船在轰鸣中起飞，很快消失在西方的天空。在那个方向，太阳正在落下。

最后的地球战士们围着那块有生命的土地默默地坐了一会儿，然后，从元帅开始，大家纷纷掀起面罩，在沙地上躺了下来。

时间流逝，太阳落下，晚霞使劫后的大地映在一片美丽的红光中。然后，有稀疏的星星在天空中出现。元帅发现，一直昏黄的天空这时居然现出了一抹深蓝。在稀薄的空气夺去他的知觉前，他欣慰地感到太阳穴上有轻微的骚动——蚂蚁正在爬上他的额头。这感觉让他回到了遥远的童年，在海边两棵棕榈树间拴着的小吊床上，他仰望着灿烂的星海，妈妈的手抚过他的额头……

夜晚降临了，残海平静如镜，毫不走样地映着横跨夜空的银河。这是这颗行星有史以来最宁静的夜晚。

在这宁静中，地球重生了。

终极爆炸

王晋康

第 2.5 次世界大战

对一个人的了解，也许两年的相处比不上一次长谈。在去特拉维夫的飞机上，以及在特拉维夫的伯塞尔饭店里，一向冷漠寡言的司马完与史林有过一次长谈。这次谈话在史林心中树起了对司马老师深深的敬畏。他有点后悔不该向国家安全部告密自己的老师——说告密其实是过分的自责，不大恰当的。史林并没有（主动）告密，而是在国安部向他了解司马完的近情时，没有隐瞒自己对司马完的怀疑。不过他的陈述不带任何个人成见和私利，完全出于对国家民族的忠诚。对此他并没有任何良心负担。

但在此次长谈后，史林想，也许自己对司马老师的怀疑是完全错误的。这么一位完全醉心于“宇宙闪闪发光的核心机制”的科学家，绝不可能成为敌国的间谍。

当然，国安部对司马完的怀疑也有非常过硬的理由。单是他们向史林透露的只言片语，也够可怕了。史林想来想去，始终无法得出确定的结论。

史林来到北方研究所后就分到司马完手下，研究以“核同质异能素”为能源的灵巧型电磁脉冲炸弹，至今已经两年半了。当年史林以优异成绩从北大物理系毕业，可没想到会舍弃科学之神而为战神效劳。史林一心想做个超一流的理论物理学家，这个志愿从少年时代就深植于心中，成了他毕生的追求。初中一年级时他看过一本科普著作《可怕的对称》，作者是美国理论物理学家阿维·热。阿维·热也许算不上一流的科学大师，但绝对是一流的传教者，以生花妙笔传布了对科学之神的虔诚信仰。

阿维·热在书中说，宇宙是由一位最高明的设计师设计的，基于简单和统一的规则，基于美和对称性。宇宙的运行规则更像规则简约的围棋，而不像规则复杂的橄榄球。他说，物理学家就像是完全不知道规则的观棋者，经过长时期的观察、思考、摸索、失败，已经敢小小地吹一点牛了，已经敢说他们大致猜到了上帝设计宇宙的规则，即破解宇宙的终极定律，或终极公式。

这本书强烈地拨动了史林的心弦。他很想由自己来踢出这制胜的一脚。

按阿维·热的观点，对宇宙运行规则的研究现在已经大致到瓜熟蒂落的时候了。那么，如果能由一个中国人来完成宇宙终极理论，倒也不错，算得上有始有终。宇宙诞生的理论，马虎一点，可以说是由一位中国人——即老子——在两千年前最早提出。他在《老子》四十二章中说：“道生一，一生二，二生三，三生万物。”翻译成现代语言就是：宇宙万物是按某种确定的规律生成的，并且是单源的。他还写道：“万物生于有，有生于无。”这正是今天宇宙学家的观点——宇宙从“无”中爆炸出来。真是匪夷所思啊！一个两千年前的老人，在科学几乎尚未启蒙之时，他怎么能有这样的奇想？

史林的志向是狂了一点，但也不算太离谱。可惜他生不逢时，毕业时，第三次世界大战，或者如后代历史学家命名的“2.5 次世界大战”，已经越来越近了。国家正在为战争而全力冲刺，所有的基础研究被暂时束之高阁。史林因此没能去科学院，而是被招聘到这家一流的武器研究所。

对此，史林倒没有什么怨言。在他醉心于宇宙终极理论时，他的精神无疑是属于全人类的。但这个精神得有一个物质的载体，而这个肉体是生活在尘世之中，隶属于某个特定的国家和民族。既然如此，他就会诚心诚意地履行一个公民的义务。

他向国家安全部如实陈述自己对司马老师的怀疑，也正是基于这种义务（社会属性），而不是缘于他的本性（人格属性）。

司马完是一位造诣极深的高能物理学家，专攻能破坏信息系统的电磁脉冲炸弹。在此领域中，他是中国乃至世界的一流高手。中国已经为这场无法避免的战争作了一些准备。鉴于美国在军事上的绝对优势和中国相对薄弱的军工基础，中国的对策是大力发展不对称战力，比如信息战战力。在这些特定领域中，中国已经赶上甚至超过了美国。而在这个领域中执牛耳的司马完，自然是一个国宝级的人物。

司马完今年五十岁，小个子，比较瘦，外貌毫不惊人。他的妻子卓君慧个子比丈夫高一些，非常漂亮，高雅雍容，具有大家风范。她今年四十五岁，但保养得很好，只像三十几岁的人。与她交往，有如沐春风的感觉。

卓君慧是位一流的脑科学家。现代脑科学大致上有两个分支，一个分支偏重于哲理性，研究神经元如何形成智慧，如何出现自我，或者探讨人类作为观察者能否最终洞悉自身的秘密（不少科学家认为：人类绝不能完全认识自身，从理论上说也不行，因为“自指”就会产生悖逆和不决），等等；另一个分支则偏重实用性，研究如何开发深度智力，加强左右脑联系，增强记忆力，研究老年痴呆症的防治等。两个分支的距离不亚于牛郎星与织女星，但卓君慧在两个分支中都游刃有余，她甚至在脑外科手术中也是一把好刀。

他们有一个十九岁的儿子，那小子是他父母的“不肖子”，一个狂热的新嬉皮士，信仰自由、爱与和平。他很聪明，虽然从不用功，但还是轻松地考进北大数学系。他与史林是相差五届的系友。这小子在大学里仍不怎么学习，只要考试能上六十分，绝不愿在课堂多待一分钟。司马夫妇对他比较头疼，这算是这个美满家庭中唯一不如人意的地方吧！

中航的A380起飞了，这是二十年前正式投入运营的超大型客机，双层，标准载客五百五十五人。现在飞机是在平流层飞行，非常平稳。透过飞机下很远的云层，能看到连绵的群山，还有在山岭中蜿蜒的长城。他们这次一行三人，司马夫妇和史林。司马完和史林是去以色列两个武器研究所做例行工作访问。这些年来他们和以色列同行保持着融洽的关系，在某种程度上超越了政治。卓师母则是去特拉维夫的魏茨曼研究所，那儿是世界上脑科学的重镇，有一台运算速度为每秒百万亿次的超大型计算机，专门用于模拟一百四十亿人脑神经原的缔合方式。据说爱因斯坦的大脑现在已经“回归故里”（指他的犹太人族籍而不是他的瑞士国籍），在这个研究所受到精心的研究。卓师母常来这里访问，史林三次来以色列都是和司马老师、卓师母同行。

史林走前，国家安全部的洪先生又约见了他。这次会见没什么实质内容，洪先生只是再三告诫他不要露出什么破绽，仍要像过去一样与司马相处。

“司马先生是国宝级的人物，对他一定要慎重再慎重。当然，”洪先生转了口气，“也应该时刻竖起耳朵，注意他的行动。如果能洗脱他的嫌疑，无论对他个人或者对国家都是幸事。”

洪先生希望在此行中，史林能以适当的借口，始终把司马“罩在视野里”，但前提是不能引起司马的怀疑。史林答应尽量做到。

司马夫妇坐在头等舱，史林在普通舱下层，不能时刻把司马完罩在视野中，他有点担心——也许就在那道帷幕之后，司马完正和某个神秘人物进行接头？他正在想办法如何接近司马完时，卓师母从头等舱出来了，走到史林的座位前，轻声说：

“你这会儿没有事吧？老马(她总是这样称呼丈夫)想请你过去，谈一点工作之外的话题。你去吧，咱俩换换座位。”

史林过去了。司马完用目光示意史林在卓君慧的座位上坐下，又唤空姐为史林斟上一杯热咖啡。史林忖度着司马老师今天会谈什么“工作之外的话题”。司马完开门见山地问：

“听说你有志于理论物理，宇宙学研究？”

“对。我搞武器研究是角色反串，暂时的。战事结束后我肯定会回本行。”

司马完有点突兀地问：“你是否相信有宇宙终极定律？”

史林谨慎地说：“我想，在地球所在的‘这个’宇宙中，如果它在时间和空间上是有限的——这已经是大多数理论物理学家的共识——那么，关于它的理论也就应该有终极。”

司马完点点头，说："还应该加一个条件：如果宇宙确实是他——上帝——基于简单、质朴和优美的原则建造的。"

史林激动地说："对这一点我绝对相信！当然没有人格化的上帝，但我相信两点：一是宇宙只有一个单一的起源；二是它的自我建构一定天然地遵循一个最简单的规则。有这两点，就能保证你说的那种质朴和优美。"

司马完赞赏地点点头，沉默了一会儿。史林也沉默着，不知道司马完还会谈什么。司马完忽然问：

"你的 IQ 值是一百六十？"

史林不想炫耀自己，有点难为情地说："对，我做过一次测定，一百六十。不过，我不大相信它，至少是不大看重它。"

司马完皱着眉头问："不相信什么？是 IQ 测定的准确性，还是不相信人的智力有差异？"

"我指的是前者。智商测定标准不会是普遍适用的。一个智商为六十的弱智者也可能是个音乐天才。至于人与人之间的智力差异，那是绝对存在的，谁说没有差异反倒不可思议。"

"IQ 的准确与否是小事情，不必管它。关键是——是否承认天才。我就承认自己是天才，在理论物理领域的天才。承认天才并不是为了炫耀，而是认识到自己的责任。老天既然生下爱因斯坦，他就有责任发现相对论，否则他就是失职，是对人类犯了渎职罪。"

史林听得一愣。从来没有听过对爱因斯坦如此"严厉"的评判，或者说是如此深刻的赞美，他觉得很新鲜。从这番话中，他感受到司马完思维的锋利，也多少听出一些偏激。他想，天才大都这样吧！

"我知道你也是个天才。我观察你两年多了。"司马完说得很平静，不是赞赏，而是就事论事，就像说“我知道你的体重是一百六十斤”一样，“也知道你一直没放弃对终极理论的研究，并用业余时间一直在作这方面的研究。你想由一个中国人来揭开上帝档案柜上的最后一张封条。我没说错吧？”

史林感动地默默点头。他没想到司马老师在悄悄观察他。对他而言，探索宇宙终极理论已经成了此生的终极目的，这种忠诚溶化在他的血液中，今生不会改变。所以，司马老师的话让他觉得亲切，有一种天涯知己的感觉——不过他马上提醒自己：不要忘了国家安全部的嘱咐，对司马老师时刻都得睁着“第三只眼睛”。

“其实我也一直致力于此，比你早了二十年吧。你不妨说说近来的思考、进展或者疑难，也许我能对你有所帮助。”

司马老师说得很平淡，但透出不事声张的自信。史林思考片刻，说：

“我想，要解决终极理论，还得走阿维·热所说的对称性的路子。德国女数学家艾米·诺特尔以极敏锐的灵感，指出大自然中守恒量必然与某种对称相关。比如她指出：如果物理定律不随时间变化（相对于时间对称），能量就守恒；如果作用量不随空间平移而变化，动量就守恒；如果不随空间旋转而变化，角动量就守恒。司马老师，这些守恒定律我在初中就学过了，但从来没想到它们的对称本质！诺特尔的洞察力是人类智慧的一个极好例子，简直有如神示，给我极深刻的印象，让我敬畏和动情。我对她崇拜得五体投地。”

史林说得很动情。司马完没有插话，只是面无表情地点点头。

“爱因斯坦非常深刻地理解这一点——上帝对宇宙的设计必定由对称性支配。他能完成相对论，就是因为他善于从浩繁杂乱的实验事实中抽取对称性。比如，在那么多有关引力的事实中，他只抽取了最关键的一个守恒量，就是所有物体，不管轻重，不管它是什么元素，都以同样的速度下落。这就导致他发现了一种对称：均匀引力场与某个数值的加速运动完全等效。爱因斯坦称，这对他来说是一次‘非常幸福的思考’，从那之后广义相对论就呼之欲出了。”史林说着忽然觉得有点不好意思，在司马老师面前说这些无疑是班门弄斧，“这些历史你一定很清楚。我对它们进行回溯，只是想说明，我对终极理论的研究一直是走这条对称性的路子。”

司马完微微点头：“我想你的路子不错。有进展吗？”

“还没有。引力还是没法进行重整，不能与其他三种力合并到一个公式中。”

司马完沉默了一会儿，说：“对称性的路子肯定不会错的，但你是否可以换一个角度？当年爱因斯坦没能完成统一场论，是因为那时弱力和强力还没有被发现。那么，今天物理学界在终极理论上举步维艰，是不是因为仍然有未知力隐藏于时空深处？我相信物质层级不会到夸克和胶子这儿就戛然而止。应该有更深的层级。当然，随着粒子的尺度愈接近普朗克长度（1.6×10^{-33}厘米，夸克是10^{-21}厘米），粒子实体或物质层级就会愈模糊、虚浮、互相粘连，研究它们相应的就会越来越难，最终干脆不可知。不过，我们并不需要完全了解。门捷列夫也不是在了解所有元素后才建立周期律的。他只用推断出元素性质跟重量有关，并呈周期性变化就行了，这是个比较复杂的周期，取决于最外电子层可容纳的电子数。但只要发现这个‘定律之核’，周期律就成功了。”

这番见解让史林受到震动。他说：“老师你说得很对，我也相信你所抽提的脉络。不过我一直没能发现有关宇宙力的那个‘核’。那个核！只要抓住这个核，终极理论就会在地平线上露头了。”

史林企盼地看着司马完。直觉告诉他，也许司马老师手里就握着这把钥匙。不过他同时又认为这是不可能的，如果司马老师已经有所突破，绝对不会藏在心里而不去发表，更不会在这样的闲聊中轻易披露，要知道，这是多少人梦寐以求的成功！对这样的成功来说，诺贝尔奖是太轻太轻的奖赏。不会的，司马老师不会握有这把钥匙。不过，他无法排除这种奇怪的感觉——对于宇宙终极真理，司马老师的神情完全是成竹在胸。

司马完看着舷窗外的天空，平淡地说：“以往的终极研究都是瞄着把宇宙几种力统一。实际上，力的本质是信使粒子的交换，像光子的交换形成电磁力，引力子的交换形成引力，介子的交换形成弱力等。所以，力的本质就是物质，换一个说法而已。而物质呢，不过是空间由于能量富集所造成的畸变。这么说吧，力、物质、能量这些都是中间量，可以撇开的。宇宙的生命史从本质上说只是两个相逆的过程：空间从大褶皱（如黑洞）转换为小褶皱，冒出无数小泡泡，又自发地有序组合；然后，又被自发地抹平。其中，空间形成褶皱是负熵过程（这点不难理解，按质能公式，任何粒子的生成都是能量的富集化）；空间被抹平则是熵增。你看，这又是艾米·诺特尔式的一个对应：宇宙运行相对于时间的对称性，对应于空间畸变度的守恒。”他把目光从窗外收回来，看看史林，“你试试吧。沿着这个思路——抛开一切中间量，直接考虑空间的褶皱与抹平——也许能比较容易得出宇宙的终极公式。”

司马完朝史林点点头，结束了谈话，闭目靠在座椅上。他已经看见了史林的激动，甚至可以说是狂热。史林感觉到了“幸福的思考”，就像爱因斯坦坐电梯时因胃部下沉而感受到引力与加速度的等效；像麦克斯韦仅用数学方法就推导出电磁波恰恰等于光速；像狄拉克在狄拉克方程的多余解中预言了反粒子……所有的顿悟对科学家来说都是最幸福的，而这次的幸福更是幸福之最，它是真理的终极，是对真理探索的最完美的一次俯冲。

史林的目光在燃烧，血液沸腾了。眼前是奇特优美的宇宙图景，是宇宙的生死图像：

一个极度畸变的空间，光线被锁闭在内部，无法向外逃逸；连时间也被锁死，永久地停滞在零点零分零秒。然后，它因偶然的量子涨落爆炸了，时间由此开始。空间暴涨，单一的畸变在暴涨中被迅速抹平，但同时转变为无数的微观畸变。空间中撕裂出一个个“小泡泡”，它们就是最初层面的粒子。泡泡以自组织的方式排列组合，形成夸克和胶子，再粘结成轻子、重子、原子、分子、星云、星体、星系。星体在核反应中抛出废料，形成行星，某些行星上的“太初汤”再进行自组织，生成有机物、有机物团聚体、第一个DNA、简单生物，等等。这个负熵过程的高级产物之一就是人，是人的智慧和意识……

但同时，随着氢原子聚合，随着恒星向太空倾倒光和热，一只看不见的手又在轻轻抹去物质的褶皱，回归平滑空间。这个熵增过程是在多个层级上进行的；不过，局部的抹平又会导致整体的空间畸变，于是黑洞（奇点）又形成了。空间的畸变和抹平最终构成了宇宙史。

史林完全相信，只要抽出这个艾米·诺特尔对称，宇宙终极公式也就不远了。它一定非常简约质朴，像爱因斯坦的质能公式一样优美。激动中，他竟然有些气喘吁吁。这会儿他把国安部洪先生的交代完全抛到脑后了。他虔诚地看着司马老师，等他往下说，但司马完似乎已经把话说完了。

过了一会儿，史林不得不轻声唤道："老师？"

司马完睁开眼看看他。

"老师，你的见解极有启发性。我想，你离成功只有一步之遥了，为什么还没得出最终结果？"

司马完淡然说："也许是我的才智不够。这也是个悖论吧——要想破解这个最简约的宇宙公式，可能需要超出我这种小天才的超级天才。"

史林有些失望，也免不了兴奋（带点自私的兴奋）——如果司马老师没有完成，那自己还有戏。他沉默一会儿，说："可惜，这样的公式即使被破译，恐怕也很难检验。物理学家和玄学家的区别，是物理学家有实验室，而且所做的实验必须有可重复性。但唯独物理学中的宇宙学例外：宇宙学家倒是有一个天然的大实验室——宇宙，但没人能看到实验的终点，更无法把宇宙的时间拨到零点，反复运行，以验证它的可重复性。"

"谁说不能验证？只要是真理，就应该得到验证，也必然能验证。"司马完不屑地说，"我知道有类似的论调，说宇宙学是唯一不能验证的科学。不要信它！总有办法验证的，即使不是直接验证，也是很有说服力的间接验证。"

史林渴望地看着司马完，依他的感觉，司马老师不但对终极定律成竹在胸，而且对如何验证也早有定论。他真希望老师能把这个"包袱"彻底抖出来。非常不巧，飞机马上要降落了，空姐走出来，让乘客回到自己的座位，系上安全带。卓君慧从普通舱回来，她看出这次谈话对史林的触动显然很大，因为史林恋恋不舍地离开头等舱，并一直陷在沉思中。

地中海的海面在舷窗外闪过，特拉维夫机场的灯光向他们迎来，飞机降落了。他们出了机场，随即坐出租车来到伯塞尔饭店。饭店依海而建，窗户中嵌着地中海的风光，非常美丽；位置又比较适中，离他们要去的三个研究所都不远。前两次史林陪司马老师和师母来时，也是下榻在这个饭店的。

在前两次同行中，史林对司马老师产生过怀疑，因为老师在特拉维夫的行为多少透着古怪。史林的怀疑不大清晰，只是想想而已。不过，国家安全部官员的那次到来，把这些怀疑明朗化，也强化了。所以，即使史林因这次长谈而对司马老师相当敬畏，也不能完全抵消他内心对司马老师的怀疑。从住进伯塞尔饭店起，史林就时刻“竖着耳朵”观察老师的动静。

半个月前的一天，北方研究所吕所长（他的军衔是少将，在国内外军工界是一个大人物）让秘书把史林唤到办公室。屋里还坐着一个人，穿便衣，但有明显的军人气质，四方脸不怒而威，打眼一看就是个相当级别的大人物。那人迎上来和史林握手，请他在沙发上落座。吕所长介绍，“这是国家安全部的领导，姓洪，想找你问一些情况，你要全力配合。”吕所长说完就走了，临走小心地带上门。

史林心中免不了忐忑，单看吕所长的态度，就知道今天的谈话一定相当重要。洪先生先和颜悦色地扯了几句家常，问史林哪个学校毕业，来所里有几年，一直跟谁当助手，等等。史林知道这些话只是引子，既然国安部找到自己，自己的情况他一定事先调查清楚了。然后洪先生慢慢把谈话引到司马完身上。史林谨慎地回答说：他来这儿时间不长，对司马老师非常敬佩，老师专业造诣极深，工作也非常敬业。不过他们没有多少工作之外的接触，只是应卓师母之邀去赴过两次家宴。

洪先生不停地点头，他说这位司马老师可是国宝啊，是列在国家安全部重点保护名单上的。我们的保护是百倍小心，不容出任何差错的，所以想找你来了解一下，看他有没有什么心理上的问题，身体上的问题，等等。你不要有什么顾虑，尽可直言不讳。

虽然洪先生的话很委婉，史林也不会听不出话外之音。史林断定，洪先生既然来找他了解司马完，肯定有什么重要原因。他踌躇片刻，决定对国安部应该实话实说：

“我没发现什么问题，只有一点，不知道算不算异常。他在以色列工作访问时，总有两三天不见踪影。我陪他去过两次特拉维夫，都是这样。据他说是陪妻子去魏茨曼研究所，那是个综合性的研究所，以脑科学研究为强项，所以，卓师母去那里是正常的，但司马老师去干什么，我就不清楚了。我原来以为，也许这牵涉到什么秘密工作，是我这样级别的人不该了解的，所以我一直没有打探过。”

洪先生听得很认真：“还有什么情况吗？”

“没有了。”史林想想又补充道，“我们去特拉维夫的工作访问一般不会超过一星期，所以，单单为了陪妻子而耽误两三天时间，这不符合司马老师的为人。”

洪先生赞赏地点点头，这才说出来这儿的用意：“谢谢你小史。我来之前对你做过深入了解，吕所长说你是一个完全可以信赖的年轻人。今天我找你来，是有一个重担要交给你。”史林听出了问题的严重性，屏息聆听。“我们对司马先生非常信任，非常器重，他对国家的贡献是有目共睹的。但不久前一次例行体检中，发现他脑中有异物。”

史林极为震惊！他瞪大眼睛看着洪先生。对方点点头，肯定地说：“没错，确定有异物，是在头部正上方，穿透头盖骨，向下延伸到胼胝体。异物的材质看来是某种芯片，或其他电子元件，我们还没机会确认。”

史林张口结舌。说震惊是太轻了，完全是惊骇欲绝。有异物！在一个国宝级的武器科学家脑中！在战争阴云越来越浓的特殊时刻！他觉得，洪先生宣布的事实，就像是阴河里的水，漫地而来，让他不寒而栗。他说：

“你是说他被……”

“对，我们担心他被别人控制，被敌人控制，在他本人并不知情的情况下。所以……”洪先生摇摇头，没把这句话说完。

史林下意识地轻轻摇头。这事太不可思议，他实在不愿相信。他想劝洪先生再去认真复核，不要把事情搞错。当然，他知道这个想法太幼稚。对一个国宝级的人物，来人又是国安部的重要官员，肯定不会贸然行事的。但……脑中有异物！受人控制！这实在太诡异。洪先生问：

“你是否知道，司马先生在魏茨曼研究所接触的是什么人？”

“不清楚，他从不在我面前谈论那边的事，卓师母也不谈。”

“那么，司马先生的行为是否有异常？比如偶然的动作僵硬，表情怔忡，无名烦躁，等等。如果他真受到外来力量的控制，应该会表现出一些异常的。”

史林认真回忆一会儿，摇摇头：“没有，从来没发现过。”

“那好吧，今天就谈到这儿，以后请你注意观察，但不要紧张，不要在他面前露出什么迹象。现在，既然知道司马脑中有异物，那么一切都已在控制之中了，不会出大娄子。”

洪先生说得轻描淡写，但史林清楚，这些安慰恐怕言不由衷。史林突然问：

“你说是在对他例行体检时发现的，那么上一次的体检是什么时候？”

洪先生看看史林，心想这年轻人确实思维敏捷，糊弄不住的。他叹口气：“是去年二月十号。你说得对，这个异物可能是去年二月十号以后就植入了，而我们到今年二月才发现。如果是那样，他就有近一年的时间处于我们的控制之外。如果真的……能泄露的军事机密也该泄露完了。”他摇摇头，“不管怎样，我们要尽快查个水落石出，这也是为他本人负责。”

到达特拉维夫后，他们三人照例访问了以色列军事技术公司（IMI），第二天又访问了迪莫纳核研究所。访问中明显看到战争阴云的影响。以色列同行们虽然还是谈笑自若，但能看出他们内心深处的疏远和提防。毕竟以色列一直是美国的忠实盟国，在即将来临的战争中，以色列不一定会直接参战，但至少是倾向于“自家大哥”的。

卓师母这两天一直陪着他们，她的美貌高雅、雍容大度是有效的润滑剂，让双方已经生涩的交往变得融洽一些。那些研究杀人武器的男人都愿意和她交谈。但史林却心情复杂。在和国安部洪先生的那次谈话中，有一点洪先生避而不提，史林当时也没想到。但随后他想到了，那就是：卓师母是否知道丈夫脑袋中的异物。作为夫妻，终日耳鬓厮磨、同床共枕，她应该能发现丈夫脑袋上的异常吧？如果知道——她在其中扮演什么角色？是同谋还是包庇犯？如果不知道——她与之同床共枕的男人竟然是个受他人控制的“机器人”，而她却一无所知？

史林对师母很尊敬，无论是哪种情况，史林觉得都比较恐怖，为她感到心痛。

第三天正好是犹太新年，即逾越节，司马夫妇一位老朋友，IMI一位高层主管胡沃德·卡斯皮邀三人去他的私人农场玩。卡斯皮二十年前曾任以色列军工司司长，是一个公认的亲华派。在这样一个相对微妙的时刻，这种邀请显然不是纯粹的私谊。四人乘坐着卡斯皮的大奔出城。他的私人农场相当远，已经接近加沙了。快中午时到达农场，卡斯皮夫人已经准备好饭菜，笑着说：

“欢迎来到我的农场。能在逾越节招待尊贵的客人，我非常高兴。”

餐桌上堆着烤羊肉、苦菜和未发酵的面包，这是逾越节的传统食品，是为了纪念当年犹太民族逃离埃及的历史。午饭中大家有意识地“不谈国事”，高高兴兴地闲聊着。

饭后，卡斯皮带客人们参观了他的农场，随后他领客人回到客厅，他夫人斟上咖啡后就退出去了。客人们知道，真正的谈话就要开始了。卡斯皮脸色凝重地说：

“恐怕咱们之间的交往不得不中断了。原因你们都知道的：战争。美国的压力。关于战争的正义性我不想多说，各国政治家都有非常雄辩的诠释，但我想倒不如用一个浅显的比喻更为实在。这是一场资源之战，就像一群海豹争夺唯一的可以换气的冰窟窿。先来的海豹要求维持旧有秩序，后来的说，你们占了这么久，轮也该轮到我们了！谁对？可能后来者的要求多一些正义，但考虑到换气口对先来者同样生死攸关，他们的强占也是可以原谅的。尤其是，如果换气口太小而海豹个数太多，即使达成完全公平的分配办法，也不能保证所有海豹的最基本需求，那就只有靠战争来解决了。你们如果最终走进战争，那是为了自己民族的生存，我敬重你们，至少是理解你们。”

司马完说：“谢谢。战争确非我们所愿，甚至当一个武器科学家也违反我的本性。我总忘不了美国一个科学家班布里奇的话。他在参与完成了第一颗原子弹的成功爆炸后，痛心疾首地对奥本海默说：现在，我们都是狗娘养的了！”他摇摇头，“可是，总得有人干这种狗娘养的事。”

卡斯皮用力点头，重复道：“我能够理解，非常理解，甚至在道义上对你们的同情更多一些。但战争一旦爆发，以色列势必站在另一方。你们知道的，多年的政治同盟，以色列人对美国的感恩心理。而且，即使没有这些因素，”他盯着司马完，加重语气说，“我们也不能把宝押在注定失败的一方。”

这句话非常刺耳，史林有倒噎一口气的感觉——看看司马完夫妇，他们依然神色不为所动。司马完平静地说：“看来你已经预判了战争的输赢。”

卡斯皮的话毫不留情：“我知道这些话很不中听，但我还是要说，作为朋友我不得不说。这些年中国国力大增，按 GDP（以平价购买力计算）来说已经是世界第一经济体。但你们的军事力量大大滞后。当然，你们也大力发展了不对称战法，在某些领域，比如你主持的电磁脉冲武器就不亚于美国。但这改变不了整体的劣势。我曾接触过一些中国军方人士，他们说，中国十四亿民众和广袤的国土，足以让任何侵略者深陷战争的泥沼。我绝对相信这一点，但问题是美国军方也绝对相信这一点！经历了多次局部战争后，他们有足够的精明。所以，我估计，这次战争不会以占领土地和消灭有生力量为主，而是远程绞杀战和点穴战，重点破坏你们的石油运输、电力、通讯、交通等设施，直到中国经济被慢慢扼死。这不是第三次世界大战，是2.5次世界大战。”

这是史林第一次听到这个名词，后来它成了历史学家公认的名称，虽然并不是卡斯皮所说的理由。

司马夫妇沉默着，不作任何表态，但听得很用心。卡斯皮继续说：“坦率地讲，你们大力发展的不对称战法恐怕难以奏效。关键是：即使在这些领域你们也并不占绝对优势，因而改变不了你们的整体劣势。据我估计，战争中真正能实现的，反倒是对方的不对称战法，即：在信息战、地面战、岸基海战等你们有均势或优势的领域；对方将只使用远洋打击力量、空中力量和天基打击力量等你们处于绝对劣势的领域，实行远程绞杀和精确点穴。你们对这种战法将毫无办法。”

司马完平静地听着，点点头：“你的分析很精辟。”

“一定要避免这场战争！请务必把我的话转达给贵国的高层。我算不上虔诚的和平主义者，以色列国是从血与火中建立起来的，我们不会迂腐到反对一切战争，但至少要避免必败的战争。说句我不该说的话吧，即使这场战争实在不可避免，也要尽量推迟。推迟十年，二十年，那才符合你们的利益。”

“谢谢你的诤言。我会转达的。”

卡斯皮摇摇头：“你刚才说到班布里奇的自责，使我想起俄国和美国两大枪族的鼻祖，卡拉什尼科夫和斯通纳。两人七十多岁时在美国第一次会面，见面时说：我们都是罪人，上帝的两群子孙拿着我俩发明的武器互相残杀。”

司马完叹息着，重复道：“狗娘养的职业。武器科学家就像是令人憎厌的行刑手，偏偏又是社会不可缺少的。不过，现在不少国家已经进步了，废除了死刑，也不需要行刑手了。但愿有一天不再需要武器科学家。咱们等着那一天吧。”

私人访问结束后，卡斯皮把他们三人送回特拉维夫。三个中国人很清楚，卡斯皮实际上是受以色列政府的授意，对他们宣布了非正式的断交。当然，以色列政府是为了自己的国家利益，虽断交但做得很有人情味，很义气。

回到伯塞尔饭店后，史林心情相当抑郁。他太年轻，虽然对双方的军力一向都有基本的了解，但难免受偏见所蒙蔽。现在，卡斯皮为他们指出了一座阴森森的冰山，它横亘在必走的航线上，正缓慢地、不可阻挡地向这边逼近。它是真实的威胁，不是海市蜃楼。没有任何办法躲开它。

史林也注意地观察着司马夫妇的反应。不知道他们内心如何，至少表面上相当平静。也许他们对卡斯皮的谈话内容并不意外，他们早就认识到形势的严峻？晚上洗浴后，史林来到司马夫妇住的套房，卓君慧新浴过后正在内室梳妆，对外边大声说：是小史吗？你先和老马聊，我马上就出来。司马完向史林点点头，仍自顾翻阅犹太教的《塔木德》法典。法典是英文版的，以色列饭店中经常放有犹太教的典籍，以供客人们翻阅或带走。司马完的翻阅显得心不在焉，史林想，他原来并非心静如水啊。史林坐下来，不服气地说：

“司马老师，今天卡斯皮说得未免太武断。”

司马完淡淡地说：“一家之言罢了。不过，他的分析确实很有见地。”

“那我们怎么办？”

“尽人力，听天命吧。”

这个表态未免过于消极。史林心里不太舒服，沉默着。这会儿卓师母走出来说：“明天咱们到魏茨曼研究所去，这恐怕是战前最后一次了。小史，明天你也去。”

史林非常意外，因为过去两次陪司马夫妇来以色列，他们从不提让史林去那个研究所，甚至在闲谈中也从不提它。史林一直有一个感觉：司马夫妇总是小心地捂着那边的一切。今天的态度变化未免太突然。他看看司马完，后者点头认可。卓君慧对丈夫说：“你也去洗浴吧，洗完早点休息，要连着绞两三天脑汁呢！”

司马完嗯了一声，起身去卫生间。史林有点纳闷：她所说的“绞两三天脑汁”是什么意思？按说，在魏茨曼研究所应该是卓师母去绞脑汁吧？那是她的本职工作。卓师母坐到沙发上，和史林聊了一会儿。电话响了，她去接了电话，听见她声音柔柔地说了很久，最后说：

“去吧，我和你爸都尊重你的决定。”

等卓师母放下电话过来，史林发现她神情有些黯然。

“儿子的电话。”卓师母说，“军队在大学征兵，他办了休学，参军了。他说，中国之大，已经放不下一张安静的书桌。他的很多同学都参军了。”

史林在老师家里见过这位晚五届的系友，印象不是太佳。但他没想到，这个表面上玩世不恭的小伙子原来是性情中人，一个热血青年。他钦佩地说："师母，他是好样的。如果我不是在搞武器，也会报名参军。"

卓师母叹口气："我和他爸爸都支持他的决定。当然，担心是免不了的，他年纪太小。"

"他到什么部队？"

"南方一个长波雷达站。在那儿他的专业多少有点用处。"

司马完在浴室里喊妻子，让她把行李箱中的电动刮胡刀拿过去。史林觉得自己留这儿不合适，立即起身告辞。临走，那个念头又冒出来：终日与丈夫耳鬓厮磨的卓师母是否知道他脑中的异物？她不可能毫无觉察吧？史林想，国安部委派的工作真是难为自己了。现在，面对一向敬重的司马老师，春风般温暖的师母，还有他们满腔热血、投笔从戎的儿子，他真不愿意再扮演监视者的角色。

第二天，他们三人借用卡斯皮先生的大奔，由卓师母开着去魏茨曼研究所。路上史林有一个明显的感觉：睡过一觉之后，司马夫妇已经把卡斯皮那番沉重的谈话，以及对战争前景的担心完全抛在脑后，现在他们一心想的是去魏茨曼研究所之后的工作，有一种临战前的紧张和企盼，一种隐约的兴奋。一路上，夫妇两人一直在进行简短的交谈，如："肯定是战前最后一次冲刺了。"或者："我估计这次会有突破。"他们的谈话不再回避史林，似乎史林突然也成了"圈内人"。史林没有多问，只是默默地听着，默默地揣摸着。

研究所在海边，是一幢不大的灰色四层小楼。门口没有设警卫，汽车长驱直入地开进去，停在长有棕榈树的院内。小楼内部的建筑和装修相当高档，过往的工作人员都热情地和司马夫妇打招呼，看来他们在这儿很熟络。三人来到一间地下室内，屋子比较封闭，里面有七张椅子，类似于牙科病人坐的那种可调节的手术椅，南墙上一个相当大的电脑屏幕。屋里已经有五个人，司马完夫妇同他们依次握手，同时向史林介绍他们的身份，其中有一些史林已经早闻其名。那个黄面孔、衣冠楚楚的男人叫松本清智，是日本东京大学物理系的主任。那个俄国人叫格拉祖诺夫，长得虎背熊腰，胡须茂密，堪称“北极熊”这个绰号的最好标本。他是俄国实验地球物理研究所的研究员。那个肥胖的中年男人是东道主，以色列人西尔曼。这位叫吉斯特那莫提，瘦骨嶙峋，衣着粗劣，令人想起印度电影中的弄蛇艺人。年纪最大的高个子是美国人肯尼思·贝利茨，满头白发，粉红色的手背上长满了老人斑。卓君慧说，贝利茨是这个“一六〇小组”的组长。

一六〇小组？史林疑惑地看着卓师母。卓师母笑着解释，这个研究小组完全是民间性质，一直没有正式名称，在他们的圈内常戏称为一六〇小组，后来就这么固定下来了。起这个名字是因为，小组成员的 IQ 一般都不低于一百六十，都是世界上最杰出的理论物理学家。“不一定是最著名，但一定是最杰出的，比如那个印度人，是一个无正式职业的贱民，完全靠自学成才，在物理学界内外都没有名望，但他的实力不在任何人之下。”卓君慧补充说。

这句介绍让史林掂出了这个小组的分量。他很困惑，不知道这几个人的集合与“脑科学”有什么关联。卓师母还介绍了第六位：电脑屏幕上一个不断变幻着的面孔。她说这是电脑亚伯拉罕，算是一六〇小组的第八个成员吧。

几个人都微笑看着第一次与会的史林。司马完向大家介绍说，这是一个很有天分的年轻人，专业是理论物理，智商一百六十，是一个不错的候补人选。“我因个人原因即将退出一六〇小组，所以很冒昧地向大家引荐他，彼此先接触一下。当然，是否接纳他还要等正式的投票。”司马完转向吃惊的史林，“小史，请原谅我事先没有征求你的意见。反正是非正式的见面，究竟参加与否你有完全的自由。不过我想你肯定会参加的，因为，”他难得地微微一笑，“这是向宇宙终极堡垒进攻的敢死队。”

宇宙终极堡垒！史林确实吃惊，没有想到司马老师会这么突然地把他推到这个陌生的组织内。他内心已经升腾起强烈的欲望。这些人中凡是史林已闻其名的，都是一流的宇宙学家或量子物理学家。各人主攻方向不同，但没关系的，正如阿维·热所说，在向宇宙终极定律的进攻中，科学的各个分支已经快会师了。

鉴于自己多年的追求，和深植于心中的宇宙终极情结，他当然十分乐意参加，甚至可以说，这是司马完老师对他的莫大恩惠。当然，想到国安部洪先生的话，他心中也免不了有疑虑。也许司马完突然给他的恩惠是别有用心？司马完随后的话使他的疑虑更加重了，司马完说：“依照一六〇小组的惯例，你需要首先起誓：绝不向外界透露有关一六〇小组的任何情况。无论最终是否决定参加，你都要首先宣誓。”

大家对新来者点点头，表示是有这样的程序。史林迟疑地说：“只要这儿的秘密不危害我的国家。”

贝利茨摇摇头：“一六〇小组中没有国家的概念。我们的工作是以整个人类为基点的。”

史林犹豫着。人类——这当然是个崇高的字眼，但他知道人类利益和国家利益并非完全一致。很显然，人类内部有过多次战争，包括将要发生的战争，上帝的子孙们一直在互相残杀。在这样的情形下，怎能去奢谈什么单一的人类？司马完看看他，冷静地说：

“你可以不起誓的，这样你就不会知道一六〇小组的内情；你也可以起誓，这样你将了解一六〇小组的内情但不得向外人披露。对于国家安全部来说，这两种情况的最终结果是完全等效的。你选择吧。”

司马完似不经意地点出了国家安全部的名字，史林不由得转过目光看着他。司马完面无表情，卓师母安详地微笑着。史林想，看来他们已经知道了国家安全部与自己的那次谈话。史林飞快地盘算一下，果断地作出了选择。他想，如果一六〇小组中真有什么见不得人的秘密，他们不会把宝押在一个新人的誓言上的。他郑重地说：

“我以生命起誓：绝不向任何人透露有关一六〇小组的内情。”

屋里的人都满意地点头。贝利茨说：“好的，现在进入阵地吧。这可能是战前最后一次冲刺，希望这次能得到确定的结论。”格拉祖诺夫笑着说：“没关系，这次一定能撬开上帝的嘴巴。”

“开始吧！”

以下的进程让史林目瞪口呆。格拉祖诺夫先坐到可调座椅上，卓君慧过去，熟练地揭开他的一片头骨，里边弹出两个插孔，她拉过座椅旁的两根带插头的电缆，分别与两个插孔相连。计算机屏幕上，在亚伯拉罕的模拟人脸旁边，立时闪出格拉祖诺夫的面孔，不，不是一个，是两个。两个面孔与“原件”相比有些人为的变形，而且变形全都左右对称，比如一个人左耳大而另一个右耳大，这大概是用来区分格拉祖诺夫的左右分身吧。它们在屏幕上对着大家做鬼脸。

卓君慧依次为六个人做好同样的连接，更准确地说是联机，十二个面孔依次闪现在屏幕上。

虽然很震惊，但史林在那一刻就猜到了真相。这是一种集体智力。六个大脑的胼胝体被断开，每人的左右脑独立，变成十二个相对独立的思维场，再分别与计算机联机，建成一个大一统的思维场。胼胝体是人脑左右大脑的连接，有大约两亿条通路。早期治疗癫痫时曾有过割断胼胝体的治疗方法，可以防止一侧大脑的病变影响到另一侧。大约在二三十年前有人提出设想，说人脑的胼胝体实际是很好的对外通道，可以实现人脑之间，或人脑与电脑的联机，并戏言它是“上帝造人时预留的电脑接口”。

非常可喜的是：这种联机的结果并不是加法，大致说来，n 个人脑的联机，其联合智力大约是单个人脑的 10^n 次方的数量级。所以，这是一种非常诱人的技术。但因为它牵涉到太多的伦理方面的问题，没有了下文。没想到，在一六〇小组中已经不声不响地实行起来。现在，六个人脑的联机（先不算卓师母和电脑亚伯拉罕），其综合智力大致相当于 106 个人脑——也就是说，相当于一百万个一流的理论物理学家！在这么一个强大的思维机器前，还有什么问题不能解决呢？

史林苦笑着想，这就是国家安全部所怀疑的“脑中异物”啊！他们在大脑中插入异物，原来并不是为了当间谍，而完全是为了非功利的思维。他佩服这六个人的勇敢，因为，不管怎么说，这有点“自我摧残”、“非人”的味道。

这会儿是司马完在进行联机，他不动声色地说：“我的神经插头在上次体检时被外人发现了。我推测，国安部一定找你了解过我的情况。关于这一点你回国后尽可以向他们汇报，不算你违誓。”

原来司马完（和卓师母）心里早就明镜似的，非常清楚别人对他们的监视。一时间，史林有被剥光衣服的感觉。不过，这会儿他已经把什么“监视”抛到脑后了。那是世俗中的事情，而现在他已经到了天国，面前是六个主管宇宙运行机制的天界政治局常委，正在研究宇宙的最终设计。这也正是他毕生的追求，现在哪里还有闲心去管尘世中的琐事！

六人已经进入禅定状态，屏幕上的十三个面孔（包括电脑亚伯拉罕的）消失了，代之以奇形怪状的曲线和信息流，令人目不暇接。现在屋里只剩下史林和卓君慧。卓师母帮六个人联完机，这才有时间对他解释。她说，这样的人脑联机，或者说集体智慧，是由贝利茨先生最先提议，由她帮助搞成的，唯一的目的，就是为了探求宇宙终极定律。正如司马完曾说的：为了探求那个最简约的宇宙终极公式，需要超出人类天才的超级智慧。

“你先在这儿坐一会儿，我也要进去了，是例行的巡视。”卓师母有点得意地说，“我可以说是这个智力网络的版主，负责它的健康运行。你耐心等一会儿，我很快就会回来的。小史，等我回来，也许我有话要跟你说。”

卓师母坐到第七张手术椅上，散开长发，把两手举到头顶，熟练地做好与计算机的联机，然后闭上眼睛。她的面部表情也被割裂，变得和其他六个男人一样怪异。史林看着她自我联机，感情上再度受到强烈的冲击。原来，卓师母不仅知道丈夫的“异物”，她自己也是如此！很奇怪的是，史林可以接受六个男人的现实，却不愿相信卓师母也是这样。这位慈和明朗、春风沐人的女性，不应该和“脑中异物”扯到一块儿。

其实史林对这种异物并无敌意，如果一六〇小组同意，他会很乐意地照样办理，只要能参与到对宇宙终极定律的冲刺中。所以，他对师母的怜惜就显得违反逻辑。

屋里很静，只有计算机运行时轻轻的嗡嗡声。六个男人都处于非常亢奋的作战状态，面部变幻着怪异的表情。大部分时间他们闭着眼，有时他们也会突然睁开眼（一般只睁一只），但此时他们的目光中是无物的，对焦在无限远处。他们面颊肌肉抖动着，嘴角也常轻轻抽动，左手或右手神经质地敲击着手术椅的不锈钢扶手。大屏幕上翻滚着繁杂怪异的信息流，一刻也不停息，其变化毫无规则，非常强劲。六道思维的光流频繁地向终极堡垒冲击，从繁复难解的大千世界中理出清晰的脉络，这些脉络逐渐合并，并成一条，指向宇宙大爆炸的奇点。然后，汹涌拍击的思维波涛涌动于整个宇宙。

史林贪婪地盯着屏幕，盯着他们。他此时无缘体会对宇宙深层机理的顿悟，那种爱因斯坦所称的“幸福思考”。不过，透过六个人的表情，他已经充分感受到这个思维场的张力。而他暂时只能作壁上观，他简直急不可耐了。

只有卓师母的面容相对平和，基本上闭着眼，表情一直很恬静，不大显出那种怪异的割裂。这当然和她的工作性质有关。她并不是和其他人一样冲锋陷阵，而是充当在战线之后巡回服务的卫生兵。屋中的安静长久地保持着，和宇宙一样漫无尽头。一直到吃中午饭时，卓师母才睁开眼睛，伸手去取自己头顶的插头。

卓师母取下插头后仍躺在椅子上，一动也不动。她的表情现在完全恢复“正常”了，不再左右割裂了，但她似乎沉浸在深重的忧虑中，眉头紧蹙，默默地望着屋顶。史林清楚地感受到她的忧虑，但不知道原因。他想，是否是这个智力网络有什么问题？或者他们的集体思维没有效果？

卓师母起来了，从柜子中取出早就备好的食物，是装在软包装袋中的糊状物，类似于早期太空食品（后来的太空食品也讲究色香味，基本不再使用这种糊状物），让史林帮他分发给各人。六个男人都机械地接过食品，挤到嘴中。在做这些动作时，明显没有中断他们的思维。六人都吃完了，卓师母把食品袋收回，从微波炉中取出两份快餐，递给史林一份。两人吃饭时，史林有数不清的问题想问卓师母，但一时不知道该问哪个；另外，他也不知道卓师母会不会向他透露核心秘密，毕竟他还没有被一六〇小组接纳。他问：

“师母，他们的探索已经到了哪个阶段？如果可以对我透露的话。”

卓师母平静地、甚至有点漫不经心地说：“宇宙公式已经破解了，去年就成功了。”史林瞪大眼睛，震骇地望着师母，“非常简约、非常优美的公式。你如果看到它，一定会说：噢，它原来是这样，它本来就应该是这样！”她看看史林，“不过，在你正式加入之前，很抱歉我不能透露详情。它对一六〇小组之外是严格保密的，极严格的保密。”

这个消息太惊人了，史林难以相信。当然，卓师母是不会骗他的。他想不通的是，既然已经取得这样惊人的成功，换上他，睡梦中都会笑醒的，卓师母今天的忧虑又因何而来？小组又为什么不公布？沉思很久后，史林委婉地说：

“我上次对司马老师说过，宇宙学研究的最大难点是对于它的验证。这个终极公式一定难以验证吧？不过我认为，再难也必须通过某种验证，超越于逻辑思维之外的验证。”

卓师母轻松地说："谁说难以验证？恰恰相反，非常容易的，已经验证过了。"

"真——的？"

"当然。你想，在没有确凿的验证之前，一六〇小组会贸然喝庆功酒吗？"卓师母说，"虽然我不能向你披露这个公式，但讲讲对它的验证倒不妨的。这会儿没事，我大略讲讲吧。"

史林已经急不可耐了，忘记了吃饭："请讲吧，师母，快讲吧。"

卓师母对史林的猴急笑了："别急，你边吃边听。这要先说说爱因斯坦的质能公式，不少教科书上说，质能公式的发现打开了利用核能的大门，其实这纯属误解，是一个沿袭已久的误解。"

史林接过话头："对，你说得很对。质能公式是从分析物体的运动推导出来的，只涉及物体的质量（动量），完全不涉及核能或放射性。核能其实和化学能一样，都是某种特定物质的特定性质，只有少量元素才能通过分裂或聚变释放能量，大部分物质不行。比如铁原子就是最稳定的，可以说它是宇宙核熔炉进行到最终结果时的废料，它的原子核内就绝对没有能量可以释放。总归一句话：具有能释放的核能，并不是物质的普适性质。但根据质能公式，任何物质，包括铁、岩石、水、惰性气体，甚至我们的肉体，都应该具有极大的能量。"他又补充一句，"核能在释放时确实伴随着质能转换（铀裂变时大约有百分之一的质量湮灭），但那只能看作是质能公式的一个特例，不能代表公式本身。其实，化学反应中同样有质量的损失，只是为数极微。"

"对，是这样的。质能公式只是指出质量与能量的等效性，但并不涉及'如何释放能量'。那么你是否知道，有哪种办法可以释放普通物质中所内含的、符合质能公式的能量——可以称它为物质的终极能量？”卓师母补充道，“正反物质的湮灭不算，因为咱们的宇宙中并没有反物质，要想取得反物质首先要耗费更多的能量。”

史林好笑地摇摇头：“哪有这种方法啊，没有，绝对没有，连最基本的技术设想也没有。如果有了它，世界早变样啦！噢，对了，我想起来了，某个理论物理学家倒是提出过一个设想：假设地球旁边有一个黑洞，我们把重物投进黑洞，使用某种机械方法控制其匀速下落（从理论上说这可以做到），那么这个物体的势能就能转变为能利用的能量，其理论值正好符合质能公式的计算。”他笑着补充，“当然，这只是一个思维游戏，不可能转变为实用技术。”

“是否实用并不重要，关键看这个设想在理论上是否正确。我想它是正确的。这个设想中有两个重要特点，你能指出来吗？”

史林略略思索片刻，说：“我试试吧。我想一个特点是：这种能量释放和物质的种类无关，只和质量有关，所以它对所有物质都是普适的。对垃圾也适用，填到黑洞的垃圾将全部转换为终极能量，那位物理学家开玩笑说，这是世界上最彻底最经济的垃圾处理方式。”

“还有什么特点？”卓师母提示道，“想想老马曾说过的：抹平空间褶皱。”

史林的反应非常敏捷，立即说：“第二个特点是：它是借助于宇宙最极端的畸变空间实现的，物质放出了终极能量，然后被黑洞抹平自身的‘褶皱’，消失在黑洞中。”

卓师母赞许地点头：“不错，你的思维很敏锐，善于抓关键，你老师没看错你。”

史林心潮澎湃。他在阅读到这个设想时，只是把它当成智力游戏，一点也没有引起重视。但此刻在卓师母的提示下，他意识到：这个简单的思想实验也许正好显示了终极能量的本质。被投入黑洞的物质完成了它在宇宙中的最终轮回，被剥去所有毛发（抹去所有信息），不管它是什么元素，不管它是什么状态（固态、液态、气态、离子态，甚至是单独的夸克），都将放出终极能量，被黑洞一视同仁地抹平褶皱，化为乌有。但这和卓师母所说的“对宇宙终极公式的验证”有什么关系？卓师母似乎知道他的思想活动，随即说：

“一六〇小组发现的宇宙终极公式，恰恰揭示了空间‘褶皱’与‘抹平’的关系。利用这个公式，就有办法让物质‘抹平褶皱’，放出它的终极能量。所有的物质都可以，而且技术方法相当简单，比冷聚变简单多了。我们一般称它为终极技术。”

卓师母说得很平淡，但史林再次被惊呆了。他激动地看着卓师母，生怕她是在开玩笑。他忽然脱口而出：

“这么说，冰窟窿可以扩大了，甚至可以无限地扩大！卓师母，那你们为什么还要保密？”他说的话没头没脑，但卓君慧完全理解。他是在借用卡斯皮的比喻：即将开始的资源之战就像一群海豹在争夺冰面上的换气口。是啊，现在冰窟窿可以无限扩大了，因为对资源的争夺首先集中在能源上，如果物质的终极能量能轻易释放，那么，人类能源问题可以说得到了彻底解决，以后，只用把社会运行中产生的垃圾、核废料等这么转换一下就行了。哪里还用得着打仗呢？

史林非常亢奋，情动于色。卓君慧心疼地看看这个大男孩：他还是年轻啊，一腔热血，但未免太理想化。她摇摇头：

“不行的，终极公式绝不能对外宣布。这是小组全体成员的决定。”

史林的亢奋被泼了冷水，不满地追问：“为什么？到底是为什么？”

卓师母叹口气："我这就告诉你。不知道你是否知道文明发展的一个潜规则，虽然它并没有什么内在的必然性，但它一直是很管用的。那就是：当技术之威力发展到某种程度时，它的掌握者必然会具有相应程度的成熟。形象地说，就是上帝不允许小孩得到危险玩具。这么说吧，二战时核爆炸技术没有落到希特勒和日本人手里，看似出于偶然，实则有其必然性，更不用说它绝不会落在成吉思汗手里。大自然能有这条潜规则实在是人类的幸运，否则就太危险了。但一六〇小组的出现打破了这种潜规则。由于智力联网，小组所达到的科技水平远远超越时代，至少超越五个世纪。反过来也就是说，今天的人类还不具备与终极技术相应的成熟度。"她强调着，"不，绝不能让他们得到这个危险的玩具。"

史林悟到这个结论的分量，但并不完全信服。他不好意思反驳，沉默着。卓君慧看看他："你不大信服这条潜规则，是不是？我们并不愿意隐瞒终极技术，不过很可惜，它还有一个……怎么说呢，相当怪异的、善恶难辨的特点，它使我刚才说的危险性大大增加了。"

"什么特点？"

"量子力学揭示，一个观察者会造成观察对象量子态的塌缩，也就是说，精神可以影响实在。这个观点有点神神鬼鬼的味道，爱因斯坦就坚决反对，但一百多年的科学发展完全证实了它。而且，这种精神作用并不是永远局限在量子世界中——那样给人的感觉还安全些——通过某种技巧，精神作用甚至可以影响到宏观世界，比如著名的薛定锷猫佯谬。这些观点你当然了解的。"

"是的，我很了解，我一点都不怀疑。"

"问题是这种精神作用中的一个特例：当观察者的观察对象就

是他本身时，这种‘自指’会产生一种自激反应。把它应用到终极技术上，会得出这样一个结果：如果一个人想引爆自身会特别容易，可以借助于装在上衣口袋中的某种器具去实现。而普通物质终极能量的释放相对要复杂一些。”她看着史林，说，“你当然能想象得到，这意味着什么。”

史林当然能想象得到，不由得打了一个寒战。这就意味着，一旦终极技术被散播到公众中去，那对恐怖分子太有利了。他们今后甚至不用腰缠炸药，只用在上衣口袋中装上某种小器具，就可以自由自在地去他想去的地方，然后微笑着引爆自身。而且……这是怎样威力的人体炸弹啊！按爱因斯坦的质能公式 E=MC^2 推导，一个体重六十公斤的人所产生的爆炸威力相当于一亿吨 TNT 炸药的威力！而美国扔在广岛的原子弹才 1.3 万吨！太可怕了，确实太可怕了。现在，史林完全理解了一六〇小组对终极公式严格保密的苦心。卓君慧说：

“迄今为止，世界上只有七个人了解这件事。你是第八个。”

史林沉重地点头，他已经感到了沉甸甸的责任。他也会死死地守住这个秘密，不向任何人透露——甚至包括国家安全部。随后他想到，卓师母今天主动向他透露这些秘密，恐怕是有所考虑的，也许是受一六〇小组的授意吧！这些秘密不会向一个“外人”轻易泄露，那么，一六〇小组可能已经决定接纳自己。

对此史林没什么可犹豫的，虽然“脑中植入异物”难免引起一些恐怖的联想，有可能毁了他作为普通人的生活（也不一定，司马夫妇照旧生活得很好），但为了他从少年时代就深植于心中的宇宙终极情结，为了满足自己的探索欲，他愿意做出这样的牺牲。

卓师母又要进去巡回检查了。史林帮她插好神经插头。等她沉入那个思维场后，史林一个人坐在旁边发呆。卓师母指出的终极武器的前景太可怕，与之相比，今天的核弹简直是儿童玩具了。因为人类所珍视、所保护、所信赖的一切：建筑、文物、书籍、野花、绿草、白云、空气、清水，甚至你的亲人、你的自身，都会变成超级炸弹。也许一连串的终极爆炸能引起地球的爆炸，半径 6000 千米的物质球在一瞬间能被抹平，变成强光和高热，人类的诺亚方舟从此化为没有褶皱的空间，不留下任何痕迹。

话又说回来，如果终极能量完全用于高尚的目的，那时人类文明的前景该是何等光明！这是最干净最高效的能源。它的使用不会在系统内引起熵增，人类社会不但一劳永逸地解决了能源问题，连带着把最头疼的环境污染（本质是熵增）也解决了。

但谁能保证人类中没有一个恶人？没有一个谈笑间在学生教室里引爆自身的恐怖分子？一万年后也不敢保证。由于人性之恶，技术之“善”与“恶”被交织在一起，永远分拆不开。于是，一六〇小组的成员们只有眼睁睁地看着已经到手的伟大发现而不能用，甚至还要处心积虑地把它掩盖起来。

史林沮丧地想，看来人之善恶比宇宙终极定律更为复杂难解。也许这就是一六〇小组的下一个终极目标吧——致力于人类灵魂的净化。

六个人的“智力攻坚”整整进行了两天。这两天中，卓师母曾四次进入思维场。那里一切正常，后来她就不再进去了。但她也不再和史林交谈，一直沉思着，眉间锁着很深重的愁云。但究竟是为什么，史林不敢问。晚上她和史林没去睡觉，倚在椅子上断断续续眯了几次。那六个人则显然没有片刻休息，一直处于极为亢奋的搏杀状态中。第二天晚上七点，卓师母最后一次“进入”，半个小时后返回，对史林简短地说：

“快要结束了，他们已经太疲累。这次不大顺利，看来仍然得不出结论。”

史林试探地问：“他们在思考什么问题？既然终极公式已经得出来了。”

“终极公式可不代表终极问题。现在他们的进攻目标，其实是探究爱因斯坦曾经说过的一句话：我真正感兴趣的是，上帝能否用别的方法来建造世界。换言之，如果我们这个宇宙灭亡后还会有‘下一个’宇宙，或者在我们这个宇宙‘之外’还有另外的宇宙——只是象征性的说法，实际宇宙灭亡后连时间空间都不存在——我们的公式在那儿是否还管用。”卓师母微笑道。

“你一直强调对真理的验证，但这一个问题能否验证，还真的很难说。因为，对它的研究很难跳出纯粹的逻辑推理。要知道，依靠一六〇小组的超级智力，提出几种能够自洽的假说并不难，难的是设计出验证办法。”她补充道，“而且必须要在‘这个宇宙’之内对‘宇宙之外’的事情做出验证。这个问题甚至比破解终极公式更难一些。他们正在做的就是这件事。”

“你说他们这次的进攻没有成功？”

“嗯。”

史林笑了：“这对我其实是个好事，总不能把事做完了，得给我留一个吧！”

卓师母会心地笑了，但没有往下说，因为贝利茨先生已经举手示意要结束了……卓师母过去，动作轻柔地为他们拔下神经插头，再互相对接，把那块头骨按平。六个人依次从椅子上站起来。他们表情割裂的面容都恢复了正常，但都显得非常疲惫，入骨的疲惫。看来，连续两天的绞脑汁把他们累惨了。他们略定定神，贝利茨笑着说：

“别急，等下一次吧。上帝一百五十亿年才完成的东西，咱们想撬开它，不能太性急。”

这边茶几上卓君慧已经摆好了食物，这次不是瓶装流食，而是三明治、五香牛肉、羊肉（印度人不吃牛肉）、火鸡肉、饮料等，六个饿坏的人立即围上去，大吃大嚼起来。

尽管今天的探索失败了，但是他们丝毫不显沮丧，餐桌上反倒有腾腾搏动着的欢快。探索本身就是幸福，也许其过程比结果更幸福。史林非常理解这一点。他真想立即加入到这个小组中去——当然，与渴望伴随的还有对终极武器的恐惧，同卓师母谈话后，这样的恐惧已经如附骨之疽，摆脱不掉了。司马完看看史林，对妻子说：

“你对小史介绍了吧？”

“嗯，该介绍的我都说了。”

贝利茨温和地说：“史先生，你考虑一下，如果愿意加入一六〇小组，就提出一个正式申请，我们将在下次聚会时表决。”

“谢谢，我马上会提出申请。”

贝利茨没有问司马完为什么要退出一六〇小组，他对此有点困惑。凡是加入一六〇小组的人，都把这种无损耗的智力合作、这种对终极真理的孜孜探索，当成了人生第一需要，当成了人生快乐的极致。所以，不是为了非常重大的原因，没有人会愿意退出小组的。当然他没有问，其他人也都没有问，这属于个人的隐私，个人的自由。

七个人中间，只有卓君慧知道丈夫这个决定的深层原因。并不是丈夫告诉她的，司马完甚至对自己的妻子也守口如瓶。但卓君慧早就发现了丈夫的心事，半年前就发现了。在刚才的巡回检查中，当七个人的思维形成无边界的共同体时，卓君慧曾悄悄叩问了丈夫的潜意识。她的叩问非常小心，正致力于智力搏杀的司马完一点儿也没有觉察到。她甚至还悄悄叩问了其他几个人的潜意识，他们同样没发现。当六道思维大潮汇聚到一起，汹涌拍击宇宙终极堡垒的围墙时，他们不会注意到大潮下面是否有一道细细的潜流。

这种思维潜入在一六〇小组中并没有明令禁止，但从公共道德来说，这种做法肯定是违规的。但卓师母还是做了。她要去验证一些重要的东西，非常重要，重要到足以让她有勇气违背平时的做人原则。现在她已经完成了验证，验证的结果使她倍感忧虑。

夜里九点，八个人互相握别，也没忘了同电脑亚伯拉罕告别。他们依次同电脑中的那个面孔碰了碰额头，亚伯拉罕对每一个人说：

“再见，希望下一次早日相聚。”

他们预定的聚会被无限期地推迟了。

战争。

在随后的半年中，世界上的主要国家进行了最后的排列组合，分成两个阵营。一个阵营是“老海豹”，包括美国、日本、英国、澳大利亚等；另一个阵营是“新海豹”，包括中国、印度、韩国、巴西等。不用说，这种分组取决于各国在旧的世界资源分配体系中所占的地位。

2028年5月28日，后人所称的“2.5次世界大战”终于打响了第一枪。战争的进程一如那位以色列军事专家卡斯皮的预期，是典型的远洋绞杀战和点穴战。“老海豹”们宣布了对“新海豹”阵营绝对的石油禁运，所有通往这些国家的油船都被拦截。中国“郑和号”五十万吨油轮没能回国，被“暂时”扣押在伊拉克的巴士拉港。中俄石油管道和中哈石油管道“因技术原因”无限期关闭。中国西气东输管道，及伊朗——巴基斯坦——印度石油管道被空中投掷的动能武器炸毁，而且从此没能有效修复，因为这种天基打击是不可抵御的。中国和美国开始了对敌方卫星的绞杀战，一夜之间双方都损失了二分之一的卫星，然后又突然同时中止，原因不明。各国的核力量（陆基和海基）都绷紧了弦，但却一直引而不发。直到战争结束，谁都不敢首先启用。所以，最危险的核力量反倒毫发无伤。

最激烈的战事发生在对各重要海峡的争夺上，这是没有悬念的战斗，因为美、日、英的远洋海空力量及天基力量都处于绝对优势。然后，战火蔓延到“新海豹”国家的海港、铁路枢纽、通讯光缆会聚点等，但多是电磁脉冲轰炸或精确轰炸，是以破坏交通、电力、通讯为目的，人员伤亡并不大。人们讥讽地说，看来社会确实进步了，连战争也变得文明了。

这种慢性扼杀战术的效果逐渐显现。司马完夫妇“透不过气”的感觉越来越强烈。北京城里，那曾经川流不息、似乎永不会中断的车流几乎消失了，普通人的汽车全部趴在车库里，因为有限的石油被集中起来，确保军队的需要。铁路交通处于半瘫痪状态。电信通讯经常中断，社会不得不回过头来依靠邮政通信。北京的夜晚因为空防和经常断电变得漆黑一团。社会越来越难于正常运行了。

失败就像是黑夜中的冰山，缓慢地、无可逆转地向“新海豹”阵营逼来，伴随着砭人骨髓的寒意。

战争开始两星期前，史林到日本探亲（他一个叔爷定居在日本），随后两国断交，史林没有回国。其实两国断交后都遣返了滞留在自己国家的对方公民，但据说是史林自己坚决拒绝回国，他的叔爷便为他办了暂居证。

史林从以色列返回后，向国家安全部的洪先生汇报了在特拉维夫的见闻，主要是说明了司马完（还有他妻子）脑中的异物是怎么回事，但对终极公式和终极能量的情况则完全保密，信守了他对一六〇小组的承诺。他对洪先生说：

“我可以保证，他俩装上这个插头是为了科学探索，而不是其他的卑劣目的，也不存在受别人控制的情况。”

洪先生没想到一桩大案最终是这么一个结果，一下子轻松了。从他内心讲，他实在不愿意这个重量级的武器专家成了敌国间谍。同时他也非常不理解：一个人会仅仅为了强化智力而摧残自身，把自己变成“半机器人”？听完汇报后他摇摇头，没有多加评论，只是对史林表示了感谢。随后他和吕所长通了电话，气恼地说：

“太轻率了。司马完这种做法至少是太轻率了。要知道，他的脑袋不光是他个人的，还是国家的。”

吕所长叹道：“是的，他的轻率做法让我非常为难。以后我该怎样对待他？我敢不敢信任一个大脑里装着神经外插头的人？尽管他不会是间谍——你知道，我对这一点一直敢肯定，从一开始就敢肯定——但有了这么一个大脑外插头，就存在着向外泄密的可能，尽管泄密并非他本人的意愿。”

这么一来，战争开始后司马完反倒非常清闲。北方研究所彬彬有礼地把他束之高阁，不再让他参与具体的研究工作。对此他非常坦然地接受了，丝毫不加解释。他研制的电磁脉冲弹在战争中也没派上太大的用场。对日本倒是用上了。在几个城市、海港进行了饱和电磁轰炸，对其信息系统造成了很大破坏。但对远隔重洋的美、英、澳则有力使不上，毕竟中国的远程投掷能力有限。

司马完和妻子赋闲在家，散步，打太极拳，盼着儿子那儿寄来的军邮。儿子来过几封信，信中情绪很不好，一再说这场战争打得太窝囊，与其这样熬下去，不如驾一只装满炸药的小船去撞美国军舰，毕竟在几十年前，在南也门的亚丁港就有人这么成功地实施过。卓君慧很担心儿子的情绪，回了一封很长的信，尽量劝慰他，但她知道这些空洞的安慰不会起多大作用。

这是战争开始一年半后的事。儿子没能见到妈妈的信——几乎在发走这封信的同时，家里就接到了军队送来的阵亡通知书。仍是一次天基力量的精确打击，美国的武装卫星向儿子所在的长波雷达站投掷了一枚钨棒，以每秒六千米的极高速度打击地面，其威力相当于一枚小型核弹。雷达站被完全抹去了，里面的人尸骨无存，甚至连一件遗物都找不到。

办完儿子的丧事后，司马完开始实施自己的计划。并不仅仅是为了儿子的死，不是的，这个计划他早就筹划好了，自从确认中国在这场准备不足的战争中必然失利后，甚至早在卡斯皮那次谈话半年之前，他就开始了秘密筹划。但儿子的牺牲无疑也是一种推动，在道义上为他解去了最后的束缚。他办妥了去中立国瑞士的护照，借口是一次工作访问，然后准备从那儿到美国，寻找一个合适的地点，把自己五十六公斤质量的身体变为一个绚丽的巨火球。

妻子因爱子的死悲痛欲绝，终日以泪洗面。他在出发前一直尽量抽时间安慰妻子。在这样的时刻，语言的力量太苍白了。他只是默默地陪着她，搂着她的腰，看着她的眼睛，或者轻柔地抚着她的手背。其实他的悲痛并不比妻子稍轻。妻子睡熟后，他睡不着，一个人来到阳台，躺到摇椅上，望着深邃的夜空，思念着儿子，心疼着妻子，也梳理着自己的一生。他常说自己当一个武器科学家纯属角色反串，他的一生只是为了探索宇宙终极真理，享受思维的快乐。他们（一六〇小组的伙伴）的探索完全是非功利的，是属于全人类的。他也曾真诚地发誓，不会把终极能量用于战争。但他终究是尘世中人，当他的思维翱翔于宇宙深处时，思维的载体还得站在一个被称作中国的黄土地上。这儿有流淌五千年的血脉之河、文化之河，这儿的人都是黄皮肤，眼角有蒙古褶皱，有相同的基因谱系。他必须为这儿、为这些人，尽一份力量，做一些事情。虽然他要做的事可能有悖于一个终极科学家的道德观，有悖于他的本性。

他在无尽的思考中逐渐淬硬自己的决心。他并非没有迟疑和反复，不过他最终确认只能这样做。

他一直没把自己的决定告诉妻子，但妻子也许早已洞察到了。娶了这么一位高智商的妻子也有这点不便——他一般无法在妻子面前隐藏自己的内心活动。不过，这些天来，儿子之死对她的打击太大，妻子一直心神恍惚，似乎没有觉察到他的离愁，甚至没为他准备出门的衣物。

晚饭后，两人面对面坐在沙发上。司马完发现妻子的眼神像秋水一样清明。妻子冷静地、开门见山地说：

“老马，后天你就要走了，去做那件事了吧？”

“对。我要走了。”

“你打算在哪儿引爆自身？”

司马完不由得看看妻子，妻子沉默着，不加解释，等着他的回答。他也不再隐瞒，直言道：“还没定，到美国后我会选一个合适的地点。我之意在于威慑，不愿造成过多的人员伤亡。”

妻子叹息道：“即使这样，恐怕死者也是数万之众了。”

司马完沉重地点头：“可能吧。君慧，你了解我的，我真的不愿这样做……”

妻子叹息一声：“我没打算劝你。你已决定的事，别人没法改变的。其实我早知道你在筹划，大约半年前就开始了吧？而且是在卡斯皮那次谈话后最后定型。你决定赴死后，开始推荐史林接你的空缺。我对这些很清楚，因为……”她对丈夫第一次坦白，“在以色列那次智力联网中，我曾悄悄叩问了你的潜意识。”

司马完惊讶地看看妻子，认真回忆了一下，没能回忆到那次联网时妻子对他的思维入侵。他素来佩服妻子的智商，这会儿更佩服了。虽然那时他尽量做得不动声色，但还是没能瞒过明察秋毫的妻子，反倒是自己被蒙在鼓里。卓君慧接着说：

“那次我还同时叩问了其他五个人。他们大都会恪守一六〇小组制定的道德红线，即：在任何情况下，绝不把终极能量用于战争。”

司马完诚心诚意地说：“我敬重他们，也羡慕他们——如果我也能坚持那样的决定就太幸福了。他们的心地比我纯净。”

卓君慧仍顺着自己的思路往下说：“除了一个人。我是说，有可能背离这条红线的，除你之外还有一个人。当然他现在不会这样干，但一旦你用终极能量改变了战争的均势，他也会背离自己的本意，仿效你的做法。我想，不用说名字，你大概能猜出他是谁吧？”

司马完迟疑了一会儿，不大肯定地说：“松本清智？”

“对，是他。你——想想吧！”

卓君慧没有深谈，但司马完当然明白她的意思。一个可怕的前景。敌我双方都握着这种撒旦的力量，战争最终会变成终极能量的对决，双方将同归于尽，没有胜利者——如果不说地球毁灭的话。

不过，在这一瞬间，司马完马上想到了史林。从以色列回来后，妻子曾经同那个年轻人有过一次秘密谈话，然后史林就去了日本，而且在战争爆发后拒绝回国。司马完对此一直有怀疑，他了解那个青年，他和儿子一样，血是热的，在战争来临时拒绝回国不符合他的为人。这么说，他是妻子事先安排好的棋子？他看着妻子的眼睛，轻声问：

“但你已经事先做了必要的安排？”

妻子点点头：“对，史林。昨天我已经通知他开始行动。咱们等一等，等到那边的结果再说吧。”

此时，史林正待在日本千叶县一家拉面馆里。战争爆发后他拒绝回国，求他的叔爷为他办了暂居证，但此后他坚决拒绝了叔爷的挽留，离开叔爷在东京的家，到千叶县“和爱屋”拉面馆找到了工作，并住在这里。其实离开北京前他已经提前做了准备，用一千元的学费，花费一天时间，在一家兰州拉面馆中学会了拉面手艺。他那高达一百六十的智商可不是虚的，在体力活上也表现得游刃有余。到“和爱屋”半个月后，他的功夫已经炉火纯青，可以把手中的面拉得比头发还细，是这里挂头牌的拉面师了。

千叶县在日本的东面，离东京不远。这儿受战争影响不大，拉面馆生意相当红火，每天晚上到十一点后才能休息。忙完一天，累得两条胳膊抬不起来，但他在睡觉前总要抽点时间看看专业书。战争终归要结束的，而自己也终归会卸掉戏装（他目前就像是票友在舞台上扮演角色），回归自我。他不能让自己的脑子在这段时间锈死，至少要让它保持怠速运转吧？

他所看的专业书就包括松本清智的一些著作，日文原版，如《宇宙暗能量的计算》《杨－米尔斯理论中的非规范对称》《物质前夸克层级的自发破缺》《奇点内的高熵和有序》等。这些著作写得极为出色，浅中见深，举重若轻，逻辑非常清晰，给人的感觉是数学博士到小学讲加减法。如果是过去，阅读之后史林只会空泛地称赞一番，但现在他知道这些著作之所以出色的内在原因——松本清智已经知道了宇宙终极定律，虽然著作中只字未提，但以已经破解的终极定律来统摄这些前期的理论探讨，那就像登山者到达山顶后再回头看走过的路，当然是条分缕析清清楚楚了。

史林很敬重松本清智教授，所以对自己将不得不做的事，心中十分歉疚。从以色列回来后，卓师母和他有过一次深谈。那时他才知道，自他们到达以色列之后的一切举动，包括让史林走进一六〇小组的圈子内，包括卓师母主动向他透露有关终极武器的情报，实际上都属于一次周密的策划——不，更准确地说，是两个交织在一起的计划。司马老师是第一个计划的策划者，他决心背离一六〇小组的道德红线，用终极武器来改变战争的结局，于是推荐史林来接替自己死后留下的空缺；卓师母敏锐地发现了丈夫的秘密计划，不动声色地作了补救，并巧妙地利用那次大脑联网查清了各人的潜意识。

从以色列回国后的那次深谈中，她对史林坚决地说："绝不能让终极能量用于战争！一定要避免这一点，对于准备背离那条道德红线的人，无论是谁，不管是我丈夫还是松本清智，都不得不对其采取断然措施！"

史林开始并不同意她的做法，作为一个血气方刚的年轻人，从感情上说，他更多的是站在司马老师这一边。但卓师母用一个深刻的比喻把他说服了。卓师母说：

"假如一群二十世纪的文明人在海岛上发现一个野蛮人部落，他们还盛行部族仇杀，甚至吃掉俘虏。这当然是很丑恶的行为，文明人会怜悯他们，劝阻他们，但并不会仇视他们，因为他们的社会心智还没进化到必要的高度。如果一时劝阻不住，文明人会寄希望于时间，期待他们的心智逐渐开化。不过，如果因为痛恨他们的丑恶而大开杀戒，用原子弹或艾滋病毒把他们灭族，那这样的文明人就比野蛮人更丑恶了！

"相对于一六〇小组的成员来说，二十一世纪的人类也处于蒙昧阶段。想想吧，他们仍然那么迷恋危险的武器玩具，热衷于用战争来解决人类内部的争端。但这是现实，没办法的，无法让他们在一夕之间来个道德跃升，也只能寄希望于时间。可是，如果我们也头脑发热，甚至把'五百年后的技术'用于今天的战争，帮助一部分人去屠杀另一部分人，那我们就比他们更丑恶了！"

史林被她的哲人情怀完全征服了，心悦诚服地执行师母给他布置的任务。他在日本住下来，老老实实地做他的拉面师傅，每星期按时到警察厅报告自己的行踪（这是日本警方对敌国侨民的要求），其余时间就窝在“和爱屋”拉面馆里。日本社会中本来就有浓厚的军国主义思想，战争更强化了它。拉面馆里几乎每天都能听到刺耳的言论，甚至有狂热的右翼分子知道这位拉面师傅是中国人，常常来向他挑衅。但史林对这些挑衅安之若素。

转眼一年半过去了。

这天，他正在操作间拉面，服务员惠子小姐过来喊他，说一位客人要见见中国拉面师傅。顺着惠子的手指，他看到一个相貌普通的中年人，坐在角落里，安静地吃着酱油拉面。史林走过去，那人抬起头，微笑着问：

“你是史林君？从中国来的？”

“对。”

“听说你曾是物理学硕士？”

“对。”

“你认识卓君慧女士吗？”

“认识的，她是我的师母。先生你是……”

那人改用汉语说：“卓女士托我捎来一样东西。”他把一个很小的纸包递过来，里面硬硬的像是一把钥匙，然后他唤服务员结账，就走了。

当天晚上，史林向拉面馆老板递了辞呈，说他的叔爷让他立即回东京，家里有要事。老板舍不得这个干活卖力、技术又好的拉面师傅，诚心诚意地作了挽留，留不住，便为他结清了工资。

第二天上午，史林已经到了东京大学物理系办公室。在此之前，他先到东京车站，用那位信使交给他的钥匙，打开车站寄存处第二十三号寄存箱，从里面取出一个皮包。包内是一枝电击枪，美国XADS公司研制的，有效射程五十米，它是用强大的紫外线激光脉冲将空气离子化，产生长长的、闪闪发光的等离子体丝，电流再通过这一通路击向目标。为了将人击晕而又不造成致命伤害，所用的电脉冲必须极强，但持续时间又极短，每次只有零点四皮秒（一皮秒等于一百亿分之一秒），这相当于瞬间作用能量达到一万兆千瓦。

这是一种非杀伤性武器，一般用于警察行动。但史林手中这个型号的震击枪强度可调，在最强挡使用，可以使目标的大脑受到不可逆的损伤，变成植物人，无论是催苏醒药物还是高压氧舱都无能为力。这种武器的致残效果非常可靠，美国XADS公司对其作过缜密的研究和动物实验，史林阅读过有关的实验数据。现在，装有武器的皮包就放在他的腿上。

秘书去喊松本先生，在这段时间里史林打量着松本的办公室。原来松本是很有性格特点的，大学物理系主任的办公室应该很严肃，但这儿贴满了漫画，似乎都是从科普著作或科幻读物中摘录并由他重新绘制的，而且全都和宇宙终极定律暗暗相合。这张画上是一个麻衣跣足、长发遮面的上帝，他在向宇宙挥手下令：我要空间有褶皱，于是就有了褶皱；那儿仍是这位上帝，右手托着下巴苦苦思索：我该不该用另外的办法来造出下一个宇宙？后墙上的画更让他感到亲切，那是一群小人，推着小车，排成长队，向地球之外的一个桶里倾倒垃圾，而这个桶则连着绳索和种种可笑的滑轮，控制其速度后坠向下面的黑洞。这正是他向卓师母提及的那个“释放物质的终极能量”的设想。

他欣赏着这些漫画，从中感受到松本清智未泯的童心。然后他用手捏了捏皮包，里面硬硬的，是那件杀人武器。他不由得叹息一声。

松本先生进来了，一眼就认出了史林：“是史林君？我们在以色列见过一面。你怎么这会儿来日本？”

史林立起身，恭谨地说：“我已经在日本停留一年多了，战前我来日本探亲，战争爆发后我没有回去。”

松本看看他，没有说话。松本不赞成战争，但也不赞成一个年轻人逃避对国家的责任。这两种观点是相悖的，用物理学家的直觉或形式逻辑都无法理清它。但不管怎么说，这种不明不白的感觉让他对史林心存芥蒂。不过他没有把心中的芥蒂表示出来，亲切地问：

“有什么需要我帮忙的吗？有难处尽管说，我同你的老师、师母都是很好的朋友。”

“谢谢松本先生。我没有什么难处。我来找你，是受卓君慧女士之托，想请你回答一个问题。”

松本扬扬眉毛：“是吗，受卓女士所托？请问吧！”

“请问松本先生，你会把终极能量用于这场战事吗？”

松本愣了一下，没想到史林会直率地问这个问题。一般来说，一六〇小组的组员们都不在那间地下室之外谈论与终极定律有关的话题。他简单地说：“不会。这是所有组员的共识。”

“但如果某个人，比如我的老师司马完，首先使用了它，从而改变了战争的均势，那时你会使用它吗？”

松本感受到这个问题的分量，认真地思考着。史林这个问题不会是随便提出的，其中必然涉及司马完的某个重要决定。在他思考时，史林目不转睛地看着他。过了一会儿，松本坦率地说：“如果是在那样的情势下，我会考虑的。”

史林从皮包中拿出那枝电击枪，苦涩地说："松本先生，我非常抱歉。卓师母说，绝不能让终极能量变成杀人武器，那对人类太危险了。为了百分之百的安全，必须事先就对你和司马完先生采取行动。我真的很抱歉，我是为你尚未犯下的罪行伤害你。但我不得不这样做。"

在松本先生吃惊的盯视中，他扣响了扳机。松本身体猛然抽搐，脸朝后跌了下去。史林抢上一步抱住他，把他慢慢放在地上。坐在外间的女秘书透过玻璃看见屋里发生的事，尖叫一声，向外面跑去。史林没有跑，他把松本先生抱到沙发上，仔细放好，用沉重的目光端详着他。松本脸上冻结着惊讶的表情，不再对外界的刺激发生反应，他已经成为植物人了。史林对他深深鞠了一躬。

他用办公室的电话机拨了两个外线，一个给那位送钥匙的信使，一个给东京警视厅。然后他就端坐在松本先生身边，等着警察到来。

在妻子扣动 XADS 电击枪扳机的那一瞬间，司马完没有恐惧而只有轻松。妻子把他身上这副担子卸下来了，他相信妻子随后会把这副担子背起来，肯定会背起来的。她比自己更睿智。

一道闪闪发光的细线从枪口射向他的头部，然后，强劲的电脉冲顺着这个离子通道射过来。司马完仰面倒下去，妻子抢前一步抱住他，把他小心地放在沙发上，苦涩地看着丈夫。她没有哭，只是长长地叹息着。

战争没有改变贝利茨闲逸的退休生活。他住在特拉华半岛上的奥南科克城郊，每天早上，他与老妻带着爱犬巴比步行到海滨，驾着私人游艇在海上徜徉一个上午。这天他们照旧去了，他扶着妻子上了游艇，巴比也跳上来了，他开始解缆绳。忽然，海滨路上一辆警车风驰电掣般驶来，很远就听见有人在喊：

“是贝利茨先生吗？请等一等，请等一等！”

贝利茨站直了，手搭凉棚，狐疑地看着来人。一个警官下来，向他行礼：“你是斯坦福大学的终身教授肯尼思·贝利茨先生吗？”

“对，我是。”

“请即刻跟我们走，总统派来的直升机在等你。”

他十分纳闷，想不通总统突然请他干什么。但他没有犹豫，立即跳到岸上，对老妻简单地道别。

他说：“琳达，你不要出海了，你自己驾游艇我不放心。”

琳达说：“你快去吧，我会照顾自己的。”

他同老妻扬手告别，坐上警车。那时他不知道，这是他同老妻最后的见面了。两个小时后，他来到白宫的总统办公室。会议室中坐着一群人，有总统、副总统、国务卿、国防部长和参谋长联席会议主席，单从这个阵势看，总统一会儿要谈的问题必定非同小可。屋里，椭圆形办公桌上插着国旗、总统旗及陆、海、空、海军陆战队四个军种的军旗，天花板上印着总统印记，灰绿色的地毯上则嵌有美国鹰徽。他进去时，总统起身迎接，握手，没有寒暄，简洁地说：

“谢谢你能及时赶来。贝利茨先生，有一位中国人，卓君慧女士，要立即同你通话。是通过元首热线打来的。你去吧！”

白宫办公室主任领他来到热线电话的保密间，总统和国务卿跟着他进来。贝利茨拿起话机，对方马上说：“是老贝吗（卓君慧常这样称呼他），我是卓君慧。”

“对，是我。”

“我有极紧要的情况向你通报。请把我的话传达给贵国决策者，并请充分运用你的影响力，务必使他们了解情况的严重性。因为……”她冷峻地说，“据我估计，他们的理解力不一定够用的。”

“我会尽力的。请讲。”

卓君慧言简意赅地讲了事情的整个经过：卡斯皮的谈话，她丈夫司马完的打算，她对一六〇小组其他六个成员意识的秘密探查——

“我很歉疚，我的秘密探问是越权的。我……”

“你的道歉以后再说，说主要的。”

“我确认，小组中有两人，即我的丈夫和松本清智先生，会把终级能量用于当前的战争。我随后又用其他方法，对两人的态度作了直接验证。验证后我采取了断然行动，使用美国 XADS 电击枪将他们变成了植物人。关于松本先生的情况，你们可以通过日本政府得到验证；关于我丈夫的情况，你是否需要亲自来验证一下？这一点很重要，你可以带上一个官方代表。”

贝利茨已经猜到了卓君慧以下要谈的事。他略微犹豫，说：“不需要了，我信得过你。继续说吧。”

她加重语气说：“我们已经做出了足够的自我克制，希望这种克制能得到善意的回应。”她重复道，“希望你能把这些话传达给贵国决策者，诺亚方舟的存亡在他们的一念之间。我希望在三天内听到回音，可以吗？”

“可以的，三天时间够了。再见。”

“再见。”她说了一句美国人爱说的话，“愿上帝保佑美利坚，也保佑整个诺亚方舟。”

贝利茨挂上电话，陷入沉思。总统一行人一声不响地等着他说话。等了一会儿，国务卿忍不住问：“贝利茨先生，那位中国女人所说的终极能量是怎么回事？”

贝利茨笑着说：“我是个机能主义者，我认为电子元件同样能承载一个人的智慧，说不定，那样的智慧会更纯净呢，因为人性中很多的‘恶’与我们的肉体欲望有关。”

在场的几个人都不明白这番没头没脑的话，心想也许贝利茨先生老糊涂了？不过他们都礼貌地保持安静。但贝利茨显然没有糊涂，他目光灼灼地扫视着众位首脑，有条不紊地吩咐着：

“请立即给我安排一架专机，我要尽快赶到特拉维夫，在那儿查证一样东西。明天晚上我会返回白宫，那时请今天在座的各位再次聚在这儿，我们再详谈吧。”

第三天上午，贝利茨和国防部副部长拉弗里来到新墨西哥州的阿拉莫戈多“三一”核试验场。这是美国进行第一次核试验的地方，以后的核试验改在内华达地下核试验场。不过，这次贝利茨要求在这儿做地上实验，他说：

“在地上做这件事更直观一些，我知道有些人的IQ有限，直观教具对他们更适用。”

前天他赶到特拉维夫，在亚伯拉罕电脑的资料库中仔细查阅了上次智力联网的记录。他十分相信卓君慧，相信她说的事实都是可靠的，但对于如此重大的事情，他当然还是要再亲自落实一下。结果正如卓君慧所说，她确实在做智力联网巡回时悄悄叩问了几个人的潜意识，包括贝利茨的。她的叩问很小心，被问的六个人当时正致力于向“终极堡垒”进攻，都没有觉察，但都以潜意识的反应作出了不加粉饰的回答。有四个人坚决拒绝把终极能量用于战争，贝利茨是其中一个，他的回答是：

“在任何情况下我都不会把终极技术用于战争。”

但司马完的回答是：“除非我的国家和民族处于危亡时刻。”

松本清智的回答模糊一些：“只要别人不首先使用。”卓君慧的思维潜入——这件事本身是不光彩的，但此刻贝利茨反而很感激她。作为一六〇小组的组长，他是大大失职了。他太相信六个人的誓言，相信他们的高尚，却没考虑到在事关国家民族生死存亡的时刻，这样的誓言是不可靠的。这是因为准备违背誓言的两个人都不是为了私利，而是为了大义，他们自认为动机是完全纯洁的，因而就具备了违背誓言的必要勇气。看来，自己太书生气了，也许——他很不愿意这样想，但此刻他无法否定这个想法——他当时提议创建这个超智力网络，发展出“五百年后”的科技，本身就欠斟酌。潘多拉魔盒不该被提前造好，因为只要它造好就有被提前打开的可能，再严密的防范也不行。

坐实了卓君慧说的事实之后，他又在这儿多停了一夜，在亚伯拉罕的帮助下，他把自己的思维全部输到电脑中去。严格说来不是全部，在输入时他设了一个严格的过滤程序，把藏在自己思维深处的肮脏东西，那些披着圣洁外衣的肮脏：对暴力的迷恋、嫉妒、自私、沙文主义、种族优越感，等等，全都仔细剔除。这个输入很费时，直到第二天上午十点才完成。他同亚伯拉罕匆匆告别，坐专机返回美国。

回到白宫之后，他对椭圆形办公桌后边的那些首脑讲了他所知道的全部情况，客观而坦率。他讲了终极能量的可怕威力，尤其是人体自我引爆的便于实现。他说，卓女士说得很对，她（及她的国家）已经做出了足够的克制。现在，那两个打算把终极能量用于战争的人都被封了口，其中一个甚至是卓的丈夫，是她亲自对丈夫下的手。但世界上还有五个人会使用它，包括中国的卓，她在做出“足够的克制”后，正在等着对方的“善意回应”呢。她的等待只给了三天时间。万一终极能量被使用，万一有十个八个因绝望而愤怒的人（说不定他们还有美国公民身份呢）来到华盛顿、纽约或东京引爆自身，那将是何等可怕的前景。

他说：也许你们都不相信终极能量可以轻易释放，也想象不到它的威力，所以我准备做一个公开的实验。咱们到阿拉莫戈多实验场，我削下一截六克重的指尖并把它引爆——这大约就相当于 1945 年在广岛扔下的那颗“小男孩”的爆炸当量，一点三万吨 TNT。你们睁大眼睛看着吧！

现在，具体操办此事的国防部副部长拉弗里带贝利茨来到实验场中心。送他们来的黑鹰直升机没有熄火，时刻准备着接他俩返回。这儿非常荒凉，渺无人迹。当年第一次核试验的“大男孩”钚装药六点一千克，TNT 当量二点二万吨，核爆时产生了上千万度的高温和数百亿个大气压。三十米高的铁塔被瞬间气化，尸骨无存。地面上有一个巨大的弹坑，沙石被熔化成黄绿色的玻璃状物质。现在，弹坑旁新搭起一个帐篷，这是应贝利茨的要求盖的，是为了防止卫星的拍照，因为——那老家伙说，他会绝对小心，绝不让人体引爆的操作方法被人窃去。他对总统斩钉截铁地说：

“在任何情况下，我都不会把可怕的终极能量用于战争。关于这一点，请不要抱任何幻想。”

他还说，只需使用能装在上衣口袋里的某种器具，就能引爆自己“削下的指尖”。现在，在他上衣口袋里确实装着一个硬硬的家伙，但扣子扣得严严实实，不知道那是什么玩意儿。拉弗里真想把那东西抢过来，然后变成美国军队的制式武器——这个前景该是何等诱人啊！当然，只能想想而已，这会儿他绝不敢得罪这个老家伙。

贝利茨对周围查看一番，表示满意，用手中的手术刀指指直升机，对拉弗里说：“行了，以下的操作只能我一人在场，你先乘机离开吧，把军用对讲机给我留下就行。等我该离开时，我再召唤直升机。”

拉弗里不情愿地离开了，乘机来到十七千米外的地下观察所。这是当年第一次核试验时的老观察所，已经破败不堪，只是被草草打扫了一遍。十几个情报人员正在里面忙碌，布置和操作各种仪器——昨天他们已经抓紧时间在那座帐篷里布下了针孔摄像头和窃听装置。拉弗里一下直升机立即赶到屏幕前，屏幕前的情报官看见拉弗里来了，回过头懊恼地说：

“副部长先生，恐怕要糟，贝利茨肯定正在找咱们的秘密摄像头。”

他没说错。从屏幕上看，贝利茨正在帐篷内仔细地检查，而且很快找到了目标。现在屏幕中现出他的笑脸，因为太近而严重变形，几乎把镜头完全遮盖了。贝利茨微笑着，在对讲机里说：“拉弗里？我想这会儿你已经赶到监视屏幕前了吧。这个摄像头的效果如何？”

拉弗里只有摁下对讲机的通话键，硬着头皮回答：“不错，我看你很清楚。”

“那就对不起了，我在往下操作之前，首先要把这个镜头盖上。请通知总统，我不能回去了。我曾说，我会引爆我一个削下的指尖，实际上指尖削下后就不是我自身了，就是普通物质了。普通物质终极能量的释放相对要困难一些，需要若干比较复杂的设备，已经来不及了。所以我不得不留在这儿引爆自身——目前我无法控制住只让一个指尖起爆——它大致相当于一亿吨 TNT。你目前所处的观察所还太近，请立即后撤，至少到八十千米以外。另外，爆炸将造成强大的电磁脉冲，请通知五百千米以内的飞机停飞，以免造成意外事故。我给你三个小时做准备，请按我的吩咐做吧！”

拉弗里十分吃惊，在心里狠狠骂着这个自行其是的老家伙。这些变化超出了上头事先拟好的应急计划，他不敢自己做主。这时总统及时地插话了，他和有关首脑一直在白宫监控着这儿的局面。他说：

“贝利茨先生，既然这样，请你改变计划，不必引爆自身了。你的生命比什么都贵重。请立即停止，我们再从长计议。”

贝利茨讥讽地说：“我的生命比战争胜利更重要吗？或者说，美国人的生命比敌国已经死去的二十万条生命的价值高一些？谢谢你的关心，但我不打算停下来。我知道某些人，比如此时在屏幕前的拉弗里先生，不见到棺材是不会落泪的。我必须把终极能量变成他能看见的现实。另外，我还有点私人的打算，”他微微一笑，“我想同中国的老朋友，司马完先生，来个小小的赌赛，那家伙为了信仰不惜把自身变成一个巨大火球，我想让他知道，美国人也不缺少这样的勇气。不要多说了，请开始准备吧。三个小时后，即十二点十五分，我将准时起爆，不再另行通知。现在，请设法接通我家的电话，我要和妻子告别。”

总统不再犹豫，命令手下立即按照贝利茨先生所说的进行准备：飞机停飞或绕道，五百千米内的交通暂时中断，医院停止手术，所有电子设备关闭，一百千米以内的人员尽量向外撤退或待在地下室里。同时，他命人接通了贝利茨家的电话，再经过军用对讲机的中转，同贝利茨接通了。

贝利茨夫人刚刚从总统办公厅主任那儿知道了真情，顿时惊呆了。丈夫三天前被总统召见时，她绝对想不到会出现这样的结局！更想不到那天的匆匆告别会是夫妻的永别！她哽咽着说：

“亲爱的……”

贝利茨笑着说：“不必伤心，琳达，我爱你，正因为爱你我才这样做。如果我的死能让人类从此远离战争，那我的六十四公斤体重可是宇宙中价值最高的物质啦！再说，世界上有哪个人能像我死得这样壮丽？在一瞬间抹平肉体的褶皱，回归平坦空间，同时放出终极能量，变成绚丽的火球。琳达，不要哭了，当命运不可避免时就要笑着迎接它。”

琳达忍住眼泪，不哭了，两人平静地（表面平静地）闲聊着。这边州政府宣布了紧急状态，警察、军队和准军事力量全部动员起来，进行着紧张的撤离。这对老夫妻一直聊到中午十二点，贝利茨温和地说：

“再见，琳达。替我同孩子们说声再见，同巴比说声再见。我该去做准备了。”

琳达强忍住泪水说：“你去吧，我爱你。我为你自豪。”

那边的对讲机关上了。一片寂静。安全线外，几百台摄像机从四面八方对准了爆心，记者们屏住气息等待着。这些镜头向全世界做着直播，所以，此刻至少有十亿双眼睛盯着屏幕。十五分钟后，一团耀眼而恐怖的巨大光球突然蹿上天空，火球迅速扩大，把整个沙漠和丛林映照得雪亮，天空中原来那个正午的太阳被强光融化了。那景象正如印度经典《摩诃婆罗多》经文中所说：“漫天奇光异彩，有如圣灵呈威，只有一千个太阳，才能与之争辉。”

爆炸点上空那汹涌翻腾、色彩混沌的烟云慢慢散开，在爆心处留下一个巨大的岩浆坑。岩浆在凝结过程中因表面张力把表面抹平，变成一个近乎抛物体的光滑镜面。

安全线外的观察者们通过护目镜看到了这一切，而通过实况转播观看的十亿人只能看到电视屏幕上剧烈扭动的曲线，因为在那一瞬间，看不见的巨量电磁脉冲狂暴地冲击着这片空间，造成了电磁场的畸变。不过，电磁脉冲是不能久留的，它很快越过这儿，消失在太空深处。屏幕上的图像逐渐还原。这次非核物质的爆炸景象和当年的第一次核爆一样，只是威力大了八千倍。这不奇怪，按照终极公式，在更深的物质层级中并没有铀、钚和碳水化合物的区别，没有所谓“核物质”和“非核物质”的区别。它们全都是因畸变而富集着能量的空间，也都能在一瞬间抹平空间的褶皱，释放出相等的终极能量。

战争很快结束了。

在贝利茨造成的这次爆炸之后，各国政府都迅速下达了“暂停军事行动”的命令。一个星期后，八国政府首脑汇集到中立国瑞典的斯德哥尔摩，开始了紧张的磋商。在激烈地、充满仇恨地争吵了两个星期后，终于达成了一个妥协方案。没有一个国家对这种妥协满意，“新海豹”中的韩国代表甚至痛哭着说，如果他不得不在这个“丧权辱国”的投降方案上签字，他将蹈北海而死，无面目见故国父老。而“老海豹”们同样不满，他们不得不吐出很多已经和即将到口的利益。

但不管怎样争吵，怎样谩骂，妥协还是达成了。因为有一件东西明明白白地摆在那儿，谁也甭想忽视它：那种可怕的终极武器。如果它被普遍使用，即使不会毁灭地球，至少也能毁灭人类文明。没人敢和它较劲。另外，人们还普遍存在着隐秘的、但又是非常强烈的希望：既然终极能量已经可以掌握，那能源之争就没有必要了。

于是，这场蓄势已久的战争，在尚未爬到峰值时就出人意料地戛然而止。后世历史学家把它命名为“2.5 次世界大战”。以色列的卡斯皮先生在两年前就造出了这个名称，因而在媒体上大出风头。当然，他当时所持的原因并不正确（他认为双方力量的悬殊将造成一场非对称战，而不是说大战将因终极武器而半途结束），但这并不影响他拥有“2.5 次世界大战”的命名权。人类的历史往往就是由这样的阴差阳错所构成的。

世界在狂欢。各交战国，各非交战国，华盛顿、东京、伦敦、新德里、汉城（首尔）、北京……北京是用爆竹声来庆贺的。爆竹声传到了司马完的私寓。卓君慧正在为丈夫喂饭，是用鼻饲的办法，把丈夫爱吃的食物打成糊糊，通过导管送到胃里。每天她还要不停地给丈夫翻身，防止因局部受压而形成褥疮；要把他扶起来拍打胸部，防止肺部积水造成肺炎，等等。这些工作又吃力又琐碎，研究所为他聘用了专职护士。但只要有可能，卓君慧还是亲自去做，她想通过亲身的操劳来弥补对丈夫的歉意。

近一个月的劳累让她显得有点憔悴。狂欢声传进屋里时，她微微笑了。这个结局是她预料到的，或者说是她努力促成的，为此她不得不做了一些违心的事，也付出了巨大的牺牲，把她丈夫（还有松本先生）变成植物人。还有一个重大牺牲是在她的意料之外：她的朋友“老贝”也为此献出了生命。

她俯在丈夫耳边轻声说：“老马，战争停止了，没有战败国。你的心愿达到了，你该高兴啊！”

丈夫面无表情，他现在连饥饱都不知道，更不用说为战事停止而喜悦了。墙上是儿子的遗照，穿着戎装，英姿飒爽，从黑镜框中平静地看着她，似乎对这个结局并不吃惊。卓君慧看着儿子的眼睛，说了同样一番话。忽然，电话铃急骤地响了，她拿起话筒，液晶屏上显示的是日本的区号。电话那边史林兴奋地说：

“卓师母！战争结束了！我也可以回国了！今天上午日本警方把我释放了。”

“小史你辛苦了，快点回来吧，我和司马老师都盼着你。”

“我是否带着松本先生一块儿回来？你说过的，他，还有司马老师，你都能治好的，是不是？”

卓君慧笑了：“当然。普通医学手段对这种植物人状态无能为力，但你不要忘了，这两个病人的大脑都有神经插头啊！通过思维联网，由其他小组成员‘走进去’唤醒他们，一定能成功的。小史，我已经通过外交途径和日本政府联系过，你直接去找他们，请求派一架专机将松本先生送到北京，再带上司马老师，飞到特拉维夫。我已经通知一六〇小组其他成员在那里集合，我们将合力对他俩进行治疗，另外还有亚伯拉罕的帮助呢！”

“太好了，师母，只有把两人治好，我才能多少弥补一点自己的负罪感。我这就去联系。”

第二天上午，一架波音 787 停在北京机场，一架舷梯车迅速开来，与机门对接。机门打开，满脸放光的史林在门口向下面招手。早就在机场等候的卓君慧让两个助手抬着丈夫，沿舷梯上了飞机。飞机内部进行过改制，几十张椅子被拆掉，腾出很大一个空场，在空场中摆了三张床，其中一张上睡着松本。护士们把司马完小心地放在另一张床上，与松本先生并肩。卓君慧走过去，端详着松本的面容，轻声问候着：

“松本你好，不要急，你马上就会醒来的。”

飞机没有耽搁，立即起飞。机舱内还有第三张床，是手术床，周围已经装好相应的照明设备、手术器械架等，这是按卓君慧的吩咐安装的。她拍拍史林的肩膀，微笑着说：

“小史，我已经口头征求了一六〇小组其他组员的意见，他们同意你加入小组，到特拉维夫后会履行正式手续。所以，你是否愿意让我现在对你进行手术？这种激光手术的刀口复原很快，明天你就能参加到思维共同体中，和大家一起唤醒这两位沉睡者。手术的安全性你不用担心，飞机在平流层飞行时，其稳定性完全可以手术。你愿意做吗？”

史林从口袋里掏出一张纸，那是他事先已经签字的加入小组的申请：“我当然愿意，这是我的书面申请。谢谢师母。”

“好的，那就开始吧。”

史林躺在手术床上，卓的助手先为他剃光头发，然后进行麻醉。他还未进入深度麻醉时，手术已经开始了，由卓君慧亲自主刀。史林的头骨被钻开，一束细细的“无厚度激光”向颅腔内深入，轻轻地割开左右脑之间的胼胝体。不过史林没有感觉到疼痛，更不会感觉到激光的亮度。说来很奇怪的，大脑是人体感觉中枢，所有感觉信号都在这里被最终感知，但它本身却没有痛觉和其他任何感觉。胼胝体被切开后，一个极精巧的神经接头板被准确地插入，它是双面的，左右两面互相绝缘，分别与被切开的胼胝体两个断面紧密贴合，断面上原有的两亿条神经通路各自对应着一个触点。这些神经触点的材质是有机材料，与人脑神经原有很好的生物相容性，所以，当触点与某一条神经通路相接触后，会形成永久性连结。由于切口极光滑，这种连结是在分子范围内进行，非常快速，二十四小时内就可以完成。手术后，左右脑半球彼此独立，分别经过胼胝体的两亿条神经通路，再经相应电路传到脑腔外的左右接口。左右接口可以彼此对接（此时就恢复了大脑的原始状态），也可以与电脑或其他大脑相连。

没多久，卓君慧就把左右脑的接头对接了。这时，史林感觉还像未做手术一样。

手术顺利完成了，而此时史林才逐渐进入深度麻醉。他的意识沉入非常舒适的甜梦中，听见卓师母轻声说：

“好了，让他安静地休息吧。明天他就能正常活动了。”

史林睡了一个很长的甜觉。等他醒来已经是第二天了，睁开眼，他看见了那个熟悉的地下室，听见卓师母欣喜地说：“好了，醒过来了。小史，你感觉怎么样？”

史林坐起身，晃动一下脑袋，说：“一切正常，就像没做手术一样。”

“那就好。这儿一切都准备好了，就等你醒来。现在开机吧。”

一六〇小组的其他成员走过来，依次同他握手。松本和司马睡在他身边的两张床上，仍然没有知觉。随着低微的嗡嗡声，电脑屏幕亮了，亚伯拉罕的面孔像往常一样闪出来。不过今天屏幕上又出现了另一个面孔，是贝利茨先生的。电脑的相貌生成程序非常逼真。

屏幕上，老人慢慢睁开眼，迷茫的目光逐渐聚焦，定到卓君慧的脸上，他高兴地说：

“哈，既然你们唤我醒来，估计战事已经结束了吧？”

卓君慧素来以安详的微笑应对一切事变，即使丈夫倒下时她也没有流泪，但这时她忍不住哽咽了：“老贝你好，你说得对，各国已经达成妥协，战争结束了。”

贝利茨大笑：“那么我的演技如何？我想我能赢得国会大剧院的表演奖。亲爱的卓，那会儿我决定配合你演一场逼真的戏，不过我知道，不，我确信，即使我最终未能说服我国的当权者停战，你也不会把终极能量用于战争和杀人。我说得对吗？”

卓君慧的眼泪夺眶而出！她猛烈地啜泣着，断断续续地说：“是的是的……我绝不会使用……谢谢你的信任……谢谢你做的一切……”说到最后她的感情失控了，失声痛哭着，“可是我没有料到你会这样啊，你完全不必那样啊……”

贝利茨安慰她：“傻女人，干吗哭啊，应该高兴呀。我不过是失去了肉体，对，还失去了我头脑中肮脏的东西，现在，一个良心清白的我，在智力网络中得到永生，有什么不好嘛？喂，”他把目光转到其他成员身上，“你们这些反应迟钝的男人，快点过来，安慰安慰那个小女人呀！”

格拉祖诺夫笑着，首先过来，把卓君慧搂到怀里，在他两米高的身体旁，卓君慧真成一个小女人了。然后西尔曼和史林也来拥抱了她，吉斯特那莫提不大习惯这样的拥抱，走过来，向卓合什致意。她的泪水还在淌着，不过脸上已经绽出笑容。贝利茨说：

“好了，开始正题吧，今天是什么日程？”

卓君慧说："请你首先主持投票，决定是否接纳史林加入小组。然后大家联网，合力唤醒松本和司马完。我想唤醒是没问题的，我对此有百分之九十九的把握。"

"好的。不过按原来的小组章程进行表决会有麻烦，因为它规定新加入者必须经全票通过，这会儿松本和司马并未失去成员的身份，但又不能进行投票，只能算做弃权。这样吧，咱们先以三分之二多数票对章程进行修改，将'全部成员同意'改为'全体成员同意或不反对'，再进行接纳表决。行不行？"

大家同意，于是首先对一六〇小组章程的修正案进行表决，五票赞成，两票弃权，刚好超过三分之二票数，修正案获得通过；再对接纳史林的动议表决，仍是相同的票数通过。贝利茨说：

"史林先生，祝贺你。你已经成为一六〇小组的正式成员。"

史林激动地说："谢谢大家的信任。我会努力去做。"

他随即在小组成员保密誓约上签了字。贝利茨提出第三项动议：重新选举一六〇小组的组长。"我将永远是一六〇小组的成员，但仍由我担任小组长就不合适了。显然，我以后出门不大方便。"他开着玩笑，"因此我建议大家新选一个组长。作为原组长，我推荐卓君慧继任，因为，经过这场惊天大事变，她的睿智、果断、处事周详，更不用说品行的高尚，都是有目共睹的。请大家发表意见。"

四个成员都表示同意。卓君慧没有客气："那我也投自己一票吧。谢谢大家，我会努力去做，不让老贝落个'荐人不当'的罪名。"

"我相信自己绝不会走眼。那么，我现在正式交棒，请新组长主持以下的议程吧。"

卓君慧为其他四人连接了神经插头。当史林头上对接的插头被打开、又同大家进行联网后，他感受到了此生最奇特的经历。首先，他的自我被突然劈开，变成史林 A 和史林 B。两个独立的意识在空中飘浮着，像是由等离子体组成的两团球形闪电。然后，两“人”同时进入一个大的智力网，或者说他的大脑突然扩容，这两种说法是等效的。现在这儿包含了史林 A 和史林 B、西尔曼 A 和西尔曼 B、格拉祖诺夫 A 和格拉祖诺夫 B、吉斯特那莫提 A 和吉斯特那莫提 B、老贝利茨（他是以整体存在），以及一个非常大的团聚体——那是从电脑亚伯拉罕的电子元件中抽出来的意识，它对集体智力主要提供后勤支持（巨量信息）。这些智力场相对独立，各自有自己的边界，但同时它们又是互相“透明”的，每个个体都能在瞬间了解其他个体的思维。这些思维互相叠加，每一点神经火花的闪亮都以指数速率加强，扩展，形成强大的思维波。

史林（史林 A 和史林 B）在第一时刻就感受到了合力思维的快乐。那简直是一种“痛彻心脾”的快乐，其奇妙无法向外人描述。

现在这个共同体开始了它的第一项工作——唤醒沉睡者。在智力网络中还有四个黑暗的聚合体，只能隐约见到它们的边界。它们沉睡着，其内部没有任何思维的火花。其他团聚体向这儿集中，向它们发出柔和的电脉冲，那是在呼唤：

“醒来吧，醒来吧，战争已经结束了。一六〇小组的伙伴们在等着你们，亲人在等着你们。醒来吧！”

没有回应。于是唤醒的电脉冲越来越强，像漫天飞舞的焰火。但那四个黑暗的团聚体仍执拗地保持沉睡。这时，又有两个球形亮团加入进来，是卓君慧（A 和 B）。她镇静地对大家说：

“不要急。如果一时唤不醒，就撇下他们，开始你们对终极理论的进攻吧！也许这样更容易唤醒他们，因为，对终极理论的思考已经成了他俩最本能的冲动，比生存欲望还要强劲。”

于是所有球形亮团掉转头，开始合力进行对终极理论的思考。史林（A和B）乍然参加进来，一时还不能适应。或者说，他还不能贡献出有效的思维，只能慢慢熟悉四周。他很快消除了与其他智力团聚体进行交流的障碍，建立了关于共同思维的直观图像。那是宇宙的生死图像，是空间的皱褶和抹平。几百秒的人类思维重演了几百亿年的宇宙生命。

这个“褶皱与抹平”的过程，在宇宙公式中已经得到圆满的解释，所以思维共同体没在这儿多停留。它们把注意力集中在奇点内部。奇点内部没有时间也没有空间，处于绝对的高熵或者说混沌，没有任何有序结构。但超级智力仔细探索着，在极度畸变的奇点之壁上发现了一种悖论式的潜结构——它们是不存在的，绝对不会有任何信息显露于奇点之外；但它们又是潜存在的，一旦奇点因量子涨落而爆炸，“下一个”宇宙仍将以同样的方式从空间中撕裂出同样的粒子。

也就是说，一个独立于宇宙之外的上帝，仍将以同样的方式创造另一个宇宙。

关于这一点也已经形成共识，所以合力思考的重点是：如何在“奇点之外”的宇宙中设法验证这种悖论式潜结构；或者说，如何在我们宇宙之内验证宇宙之外的潜结构。按照拓扑学理论，这两种说法也是完全等效的。

思考非常艰难，即使对这样的超级智力而言也是如此。一个想法在某个团聚体中产生，立即变成汹涌的光波漫向全域。随后，更多的光脉冲被激发，对原来的光波进行加强，产生正反馈，使它变得极度辉煌。但这时常常有异相的光脉冲开始闪现，慢慢加强，冲销了原来光团的亮度。于是一个灵感就被集体思维所否决。然后是下一个灵感。

思维之大潮就这样轮番拍击着。在思考中，史林（A 和 B）感受到强烈的欢快感，比任何快感都强烈。他迷醉于其中，尽情享受着思维的幸福。不过，今天的智力合击注定仍然得不到结果。因为，在周围辉煌光亮的诱惑下，那四个黑暗的团聚体中，忽然迸出一个微弱的火花。火花一闪即逝，在漫长的中断后，在另一个团聚体中再次出现。火花慢慢变多了，变得有序，自我激励着，明明暗暗，不再彻底熄灭了。忽然，哗地一下，一个团聚体整体闪亮，并且保持下去。接着是另一个，又一个，再一个，四个团聚体全部变得辉煌。

其他人一直沉醉于幸福的思考，没有注意到四个沉睡脑半球的变化。但卓君慧（A 和 B）一直在关注着。这时她欣喜地通知大家：喂，你们先停一停，他们醒了！

她从智力共同体中退出，并且断开了其他人的神经连接，最后再断开那两个原植物人的。在未断开前，松本和司马完已经醒了，他们睁开一只眼，再睁开另一只眼，生命的灵光在半边脸上掠过，再在另外半边脸上掠过。等卓君慧把他们的左右神经接头各自对接，他们才完全恢复正常。他们艰难地仰起头，司马完微微笑着：

“是不是——战争——已经结束了？”

他的话音显得很滞涩，那是沉睡太久的缘故。松本也用滞涩的语调说：“肯定——结束了，我刚才——已经感受到——共同体内的——喜悦。”

卓君慧同松本拥抱，又同丈夫拥吻：“对，已经结束了，而且——没人使用终极能量。也没有战败国。”她喜悦地说，“我也没有打败仗啊，在唤醒手术中我总算成功了。松本，老马，我为当时的行为向你们道歉。”

两人都很喜悦，也有些赧然，司马完自嘲地说：“应该道歉的是我。很庆幸，我的激愤之念没有变成现实。”

松本也说：“我和你彼此彼此吧！卓女士，谢谢你。”

其他成员都过来同两人拥抱。贝利茨在屏幕内说：“别忘了还有我呢！你们向屏幕走过来吧，原谅我行动不便。”

两人还不知道贝利茨的死亡，疑惑地看着卓君慧。卓难过地说：“非常不幸，老贝牺牲了，为了配合我……”

她没有往下说，因为两人已经完全理解了。他们立即向屏幕走过去。刚刚从一个月的沉睡中醒来，他们的步履显得僵硬和迟缓。两人同屏幕中的老人碰碰额头，心情既沉重，又充满敬意。贝利茨很理解他们的心情，笑道：

“我在这儿非常舒适，你们不必为我难过。司马，”他坦率地说，“多学学你的妻子，她比你更睿智。”

“我已经知道了。我会学她。”

卓君慧说：“我刚才和老贝交换了看法。从某种角度上说，我们的一六〇小组是现存世界的最大危险。我们创造了远远超过时代的科技，对于还未达到相应成熟度的人类来说，它其实是一个时刻想逃出魔瓶的撒旦。当然，我们也不能因噎废食，把小组解散。但要做更周密的防范。我想再次重申和强化小组的道德公约。第一条：一六〇小组任何成果均属全人类，小组各成员不得以任何借口为人类中某一特殊群体服务。第二条：鉴于我们工作的危险性，小组成员主动放弃隐私权，在大脑联网时每人都有义务接受别人的探查，也可以对其他人进行探查。你们同意吗？如果同意，就请起誓。”

每一个人依次说：“我发誓。”

司马完又加了一句：“我再也不会重复过去的错误。”

他们在誓约上郑重签字。

史林急急地说：“我能不能提一个动议？”大家说当然可以，“我想，我们的下一步工作是把终极能量用于全世界，当然是和平目的。能源这样紧张，把这么巨量的干净能源束之高阁，那我们就太狠心了！如果这个冰窟窿不扩大，战争早晚还会被催生出来的。当然，把终极能量投入使用前，要先对人性进行彻底净化。”

大家都互相看看，没有作声。屏幕中的贝利茨叹口气：“我们会朝这个方向努力的。不过，你说的人性净化恐怕是另一个终极问题，现在还看不到胜利的曙光。和人打交道不是物理学家们的强项，不过，让我们尽量早日促成吧！”

全频带阻塞干扰

俄美大战假想

刘慈欣

以深深的敬意献给俄罗斯人民，他们的文学影响了我的一生。

——刘慈欣

在战场电磁干扰形式的选择上，本手册主张采用对某一特定频率或信道所进行的瞄准式干扰，而不主张采用同时干扰一个较宽频带的阻塞式干扰，因为后者对己方的电磁通信和电子支援措施也会产生影响。

——摘自 1993 年美国陆军《电子战手册》

1 月 5 日，斯摩棱斯克前线

失陷的城市已经看不见了，战线在一夜之间后退了 40 千米。

在凌晨的天光下，雪原呈现出寒冷的暗蓝色。在远方的各个方向上，被击中的目标冒出的一道道黑色的烟柱，笔直地向高空升去，好像是连接天地的一条条细长的黑纱。顺着烟柱向上看，卡琳娜吃了一惊——刚刚显现晨光的天空被一团巨大的白色乱麻充塞着，这纷乱的白色线条仿佛是一个精神错乱的巨人疯狂地划在天上的。那是歼击机的混乱尾迹，是俄罗斯空军和北约空军为争夺制空权所进行的一夜激战之后留下的。

来自空中和远方的精确打击也持续了一夜。在非专业人士看来，打击似乎并不密集，爆炸声每隔几秒钟甚至几分钟才响一次。但卡琳娜知道，每一次爆炸都意味着一个重要目标被击中，几乎不会打空。这一声声爆炸，仿佛是昨夜这篇黑色文章中的一个个闪光的标点符号。凌晨到来时，卡琳娜不知道防线还剩下多少力量，甚至不知道防线是否存在，似乎整个世界上只有她一人在抵抗。

卡琳娜少校所在的电子对抗排是在半夜被摧毁的，当时这个排所在的位置落下了六颗激光制导炸弹。卡琳娜所乘的那辆装载干扰机的 BMP–2 装甲车还在燃烧。这个排的其他电子战车辆现在都变成散落在周围雪地上的一堆堆黑色金属块。卡琳娜所在的弹坑中的余热正在散去，她感到了寒冷。她用手撑着坐直身，右手触到了一团黏糊糊的冰冷绵软的东西，看上去像一个沾满了黑色弹灰的泥团。她突然意识到那是一块残肉。她不知道它属于身体的哪一部分，更不知道属于哪个人。在昨夜的那次致命打击中，阵亡了一名中尉、两名少尉和八名士兵。卡琳娜呕吐起来，但除了酸水什么也没吐出来。她拼命把双手在雪里擦，想把手上的血迹擦掉，但黑红色的血在寒冷中很快在手上凝固，还是那么醒目。

令人窒息的死寂已持续了半个小时，这意味着新一轮的地面进攻就要开始了。卡琳娜拧大了别在左肩上的对讲机的音量，但传出的只有沙沙的噪音。突然，几句模糊的话语传了出来，仿佛是大雾中掠过的几只鸟儿。

“……06观察站报告：1437阵地正面，M1A2坦克37辆，平均间隔60米；‘布莱德雷’运兵车41辆，距M1A2坦克攻击前锋500米；M1A2坦克24辆，‘勒克莱尔’8辆，正在向1633阵地侧翼迂回，已越过同1437的接合部。1437，1633，1752，准备接敌！”

卡琳娜克制住因寒冷和恐惧引起的颤抖，使地平线在望远镜视野中稳定下来。她看到天边出现了一团团模糊的雪雾，给地平线镶上了一道毛茸茸的边儿。

这时卡琳娜听到了身后传来发动机的轰鸣，一排T90式坦克越过她的位置冲向敌人，在后面，更多的俄罗斯坦克正在越过高速公路的路基。卡琳娜又听到了另一种轰鸣，敌人的攻击直升机群在前方的天空中出现，它们队形整齐，在黎明惨白的天空中形成一片黑色的点阵。卡琳娜周围坦克的发烟管启动了，随着一阵低沉的爆破声，阵地笼罩在一团白色的烟雾中。透过白雾的缝隙，她看到俄罗斯的直升机群正从头顶掠过。

坦克上的125毫米口径炮疾风骤雨般地响了起来，白雾变成了疯狂闪烁的粉红色光幕。几乎与此同时，敌人的第一批炮弹落了下来，白雾中粉红色的光芒被爆炸产生的刺眼蓝白色闪电所代替。卡琳娜伏在弹坑底部，感到身下的大地在密集的巨响中像一张震动的鼓皮，身边的泥土和小石块被震得飞起好高，落满了她的后背。在这爆炸声中，还可隐约听到反坦克导弹发射时的嘶鸣。卡琳娜感到整个宇宙都在这撕人心肺的巨响中化为碎片，向无限深处坠落……就在她的神经几乎崩溃时，这场坦克战结束了，它只持续了约三十秒钟。

当白雾和浓烟散去时，卡琳娜看到面前的雪地上散布着被击中的俄罗斯坦克，燃起一堆堆裹着黑烟的熊熊大火。她举目望去，远方同样有一大片被击毁的北约坦克，看上去只是雪原上一个个冒出浓烟的黑点。但更多的敌军坦克正越过那一片残骸冲过来，裹在由履带搅起的一团团雪雾中。“艾布拉姆斯”那凶猛的扁宽前部不时从雪雾中露出来，仿佛是一头头从海浪中冲出的恶龟，滑膛炮炮口的闪光不时亮起，好像恶龟闪亮的眼睛……低空中，直升机的混战仍在继续，卡琳娜看到一架“阿帕奇”在不远的半空爆炸，一架米 28 拖着漏出的燃料，摇晃着掠过她的头顶，在几十米之外坠地，炸成了一团火球。近距空空导弹的尾迹，在低空拉出了无数条平行的白线……

卡琳娜听到咣的一声，转身一看，不远处一辆被击中后冒出浓烟的 T90 后部的底门打开了，没看到人出来，只见门下方垂下一只手。卡琳娜从弹坑中跃出，冲到那辆坦克后面，抓住那只手向外拉。车内响起一声沉闷的爆炸，一股灼热的气浪把卡琳娜向后冲了几步远。她的手中抓着一团黏软的很烫的东西，那是从坦克手的手上拉脱的一团烧熟的皮肤。卡琳娜抬头看到一股火焰从底门中喷出。车内已成了一座小型的炼狱。在那暗红色的透明火焰中，阵亡坦克手的身影清晰可见，像在水中一样波动着。

卡琳娜又听到两声尖啸，这是她左前方的一个导弹班把最后两枚反坦克导弹发射出去，其中一枚有线制导的“赛格”导弹成功地击毁了一辆“艾布拉姆斯”，另一枚无线制导的导弹则被干扰，向斜上方冲去，失去了目标。导弹班的六个人撤出掩体，向卡琳娜所在的弹坑跑来。一架“科曼奇”直升机向他们俯冲下来，那棱角分明的机体看上去像一只凶猛的鳄鱼。一长排机枪子弹打在雪地上，击起的雪和土如同一道突然立起又很快倒下的栅栏。这栅栏从那只小小的队伍中穿过，击倒了其中四人，只有一名中尉和一名士兵到达了弹坑。这时卡琳娜才注意那名中尉戴着坦克防震帽，可能来自一辆已被击毁的坦克。他们每人手中都拿着一管反坦克火箭筒。跳进弹坑后，中尉首先向距他们最近的一辆敌坦克射击，击中了那辆 M1A2 的正面，诱发了它的反应装甲，火箭弹和反应装甲的爆炸声混在一起，听起来很怪异。坦克冲出了爆炸的烟雾，反应装甲的残片挂在它前面，像一件破烂的衣衫。那名年轻的士兵继续对着它瞄准，手中的火箭筒随着坦克的起伏而抖动，一直没有击发。当距他们只有四五十米的坦克冲进一个低洼地时，那名士兵只能站到弹坑边缘向斜下方瞄准。他手中的火箭筒与那辆“艾布拉姆斯”的 120 毫米口径炮同时响了。坦克的炮手情急之中发射的是一发不会爆炸的贫铀穿甲弹。初速每秒 800 米的炮弹击中了那个士兵，把他上半身打成了一团飞溅的血花！卡琳娜感觉到细碎的血肉有力地打在她的钢盔上，噼啪作响。她睁开眼睛，看到就在她眼前的弹坑边缘，那名士兵的两条腿如同两根黑色的树桩，无声地滚落到弹坑底部她的脚下。他身体被粉碎的其他部分，在雪地上溅出了一大片放射状的红色斑点。火箭击中了“艾布拉姆斯”，聚能爆炸的热流切穿了它的装甲，车体冒出了浓烟。但那个钢铁怪兽仍拖着浓烟向他们冲来，直冲到距他们 20 米左右才在车体内的一声爆炸中停了下来，那声爆炸把它炮塔的顶盖高高掀飞。

紧接着，北约的坦克阵线从他们周围通过，地皮在覆带沉重的撞击下微微颤抖。但这些坦克对他们俩所在的弹坑未加理会。当第一波的坦克冲过去后，中尉一把拉住卡琳娜的手，拽着她跃出弹坑，来到一辆已布满弹痕的吉普车旁。在二百多米远处，第二道装甲攻击波正快速冲过来。

“躺下装死！”中尉说。卡琳娜于是躺到了吉普车的轮子边，闭上双眼，“睁开眼更像！”中尉又说，并在她脸上抹了一把不知是谁的血。他也躺下，与卡琳娜成直角，头紧挨着卡琳娜的头。他的钢盔滚到了一边，粗硬的头发扎着卡琳娜的太阳穴。卡琳娜大睁着双眼，看着几乎被浓烟吞没的天空。

两三分钟后，一辆半履带式“布莱德雷”运兵车在距他们十几米处停下来，从车上跳下几名身穿蓝白相间雪地迷彩服的美军士兵。他们中大部分平端着枪呈散兵线向前去了，只有一个朝这辆吉普走来。卡琳娜看到两只粘满雪尘的伞兵靴踏到了紧靠她脸的地方。插在伞兵靴上的匕首刀柄上，82空降师的标志清晰可辨——一匹帕加索斯飞马。那个美国人俯身看她，他们的目光相遇了。卡琳娜尽最大努力使自己的目光呆滞无神，对着那双透出惊愕的蓝色瞳仁。

“Oh，God!”

卡琳娜听到了一声惊叹，不知是惊叹这名肩上有一颗校星的姑娘的美丽，还是她那满脸血污的惨相，也许两者都有。他接着伸手解她领口的衣扣。卡琳娜浑身起了鸡皮疙瘩，把手向腰间的手枪移动了几厘米，但这个美国人只是扯下了她脖子上的识别牌。

他们等的时间比预想的长。敌人的坦克和装甲车源源不断地从他们两旁轰鸣着通过，卡琳娜感到自己的身体在雪地上都快冻僵了。她这时竟想起了一首军旅诗歌中的一句，那首诗是她在一本记述马特洛索夫事迹的旧书上读到的：“士兵躺在雪地上，就像躺在天鹅绒上一样。”她得到博士学位的那天，曾把这句诗写到日记上。那也是一个雪夜，她站在莫斯科大学科学之宫顶层的窗前。那夜的雪也真像天鹅绒，雪雾中，首都的万家灯火时隐时现。第二天她就报名参军了。

这时，一辆敌方吉普车在距他们不远处停了下来，三名北约军官在车上抽着雪茄聊天。卡琳娜和中尉的周围空旷起来，他们跳上已方吉普车，中尉把车发动，沿着早已看好的路飞快驶去。他们身后响起了冲锋枪的射击声，子弹从头顶飞过，其中一颗打碎了后视镜。

吉普车迅急拐进了一个燃烧着的居民点，敌人没有追过来。

“少校，你是博士，对吗？”中尉开着车问。

“你在哪儿认识的我？”

“我见过你和列夫森科元帅的儿子在一起。”

沉默了一会儿，中尉又说：“现在，他的儿子可是世界上离战争最远的人了。”

“你这话什么意思，你要知道……”

“没什么意思，说说而已。”中尉淡淡地说。他们的心思都不在这个话题上，他们都在想着还抱有的那一线希望——

但愿整个战线只有这一处被突破。

1月5日，近日轨道，“万年风雪”号

米沙感到了一个人独居一座城市的孤独。

“万年风雪”号太空组合体确实有一座小城市那么大，体积相当于两艘巨型航空母舰，容纳5000人同时在太空中生活。当组合体处于旋转重力状态时，里面甚至有一个游泳池和一条小河，这在当今的太空工作环境中，可以说是绝无仅有的奢侈。但事实是，“万年风雪”号是自“和平”号以来俄罗斯航天界一贯的节俭思维的结果。它的设计思想是：赋予一个构造拥有在太阳系内进行太空探索的所有功能。这样虽一次性投资巨大，但从长远看还是十分经济的。“万年风雪”号被西方戏称为“太空的瑞士军刀”，它可作为空间站在地球各个高度的轨道上运行，还可以方便地移动到绕月轨道上，或作行星际探索

飞行。“万年风雪”号已去过金星和火星，并探测过小行星带。以它那巨大的体积，等于把一个研究院搬到了太空中。就太空科学研究而言，它比西方那些数量众多但小巧玲珑的飞船具有更大的优势。

当“万年风雪”号准备开始前往木星的为期三年的航行时，战争爆发了。它上面的一百多名乘员几乎全都返回了地面——他们大部分是空军军官——只留下了米沙一个人。这时“万年风雪”号暴露出它的一个缺陷：它目标太大，且没有任何防御能力。没有预见到后来太空军事化的进程，是设计者的一个失误。战争爆发后，“万年风雪”号只能进行躲避飞行。去外太空是不行的。在木星轨道之内，有大量的北约无人航行器，它们都体积不大，武装或非武装，每一个对“万年风雪”号都是致命的威胁。于是，它只有驶向近日空间。“万年风雪”号引以为傲的主动制冷式热屏蔽系统，使它可以比目前人类的任何太空航行器都更接近太阳。现在“万年风雪”号已到达水星轨道，距太阳五千万千米，距地球一亿千米。

虽然“万年风雪”号上的大部分舱室已经关闭，但留给米沙的空间仍大得惊人。透过广阔的透明穹顶，比从地球上看去大三倍的太阳发出耀眼的光芒。太阳表面的耀斑和紫色日冕中奇丽的日珥清晰可见。有时他甚至还可以看到光球表面因对流而产生的米粒组织。这里的宁静是虚假的。飞船外面，太阳抛出的粒子流和射电波的狂风巨浪在呼啸，“万年风雪”号就是这动荡海洋中漂浮的一粒小小的种子。

一束细如游丝的电波把米沙同地球连接起来，也把那遥远世界的忧虑带给了他。他刚刚得知，莫斯科近郊的控制中心已被巡航导弹摧毁，对“万年风雪”号的控制转由设在古比雪夫的第二控制中心执行。他每隔五个小时接收一份从地球传来的战争新闻，每到这时，他就想起了父亲。

1月5日，俄罗斯军队总参谋部

米哈伊尔·谢米扬诺维奇·列夫森科元帅觉得自己面对着的是一堵墙，他面前实际是一幅平铺的莫斯科战区全息战场地图。而以前当他面对挂在墙上的宽大纸制地图时，却能看到广阔而深邃的空间。不管怎样，他还是喜欢传统的地图。记不清有多少次，要找的位置在地图的最下方，他和参谋们只好趴在地上看。现在想起来，他不禁微微一笑。他又想起多次演习前，在野战帐篷中用透明胶带把刚发下来的作战地图拼贴起来，他总贴不好，倒是第一次随他看演习的儿子一上手就比他贴得好……发现自己又想起儿子，他警觉地打住了思绪。

作战室中只有他和西部集群司令两人，后者一根接一根地抽着烟，他们凝神盯着全息地图上方变幻的烟团，仿佛那就是严峻的战局。

西部集群司令说："北约在斯摩棱斯克一线的兵力已达75个师，攻击正面有100千米宽，已多处突破。"

"东线呢？"列夫森科元帅问。

"第11集团军的大部都倒向右翼联盟了，这您是知道的。右翼联盟的军队已达24个师，但他们对雅罗斯拉夫尔的攻击仍然是试探性的。"

地面的一次爆炸把微微的震动传了下来，作战室里充满了随着顶板上的挂灯而轻轻摇晃的影子。

"现在，已有人谈论退守莫斯科，凭借城市外围建筑和工事进行巷战了，像七十多年前一样。"

"胡说八道！我们一旦从西线收缩，北约就可能从北部迂回，在加里宁同右翼军队会合，莫斯科将不战自乱。下步作战方针，第一是反击，第二是反击，第三还是反击。”

西部集群司令叹了一口气，无言地看着地图。

列夫森科元帅接着说：“我知道西线力量不够，准备从东线抽调一个集团军加强西线。”

“什么？现在雅罗斯拉夫尔的防守已经很难了。”

列夫森科元帅笑了笑，“现在相当多指挥官只从军事角度考虑问题，严峻的形势让我们钻进去出不来了。从目前的态势看，你认为右翼联盟的军队没有力量攻下雅罗斯拉夫尔吗？”

“我认为不是，像第 14 集团军这样的精锐部队，集中了如此密集的装甲和低空攻击力量，在没有遭受太大损失的情况下，一天的推进还不到 15 千米，显然是有意放慢的。”

“这就对了。他们在观望，在观望西线战局！如果我们在西线夺回战场主动权，他们就会继续观望下去，甚至有可能在东线单方面停火。”

西部集群司令把刚拿出的一根烟夹在手上，忘了点火。

“东线的几个集团军的叛变确实是在我们背后捅了一刀，但一些指挥官在心理上把这当作借口，使我们的作战方针趋向消极。这种心态必须转变！当然，应当承认，要从根本上扭转战局，莫斯科战区的力量不够，我们的最终希望寄托在增援的高加索集群和乌拉尔集群上。”

“较近的高加索集群要完成集结并进入出击位置，最少也需一个星期。考虑到争夺制空权的因素，时间可能还要长。”

1月5日，莫斯科

卡琳娜和中尉的吉普车开进城时已时下午三点多，空袭警报刚刚响过，街上空荡荡的。

中尉长叹一口气说："少校，我真想念我那辆 T90 啊！四年前从装甲学院毕业的时候，我正失恋，可刚到部队的我一看到那辆坦克，心情一下子由阴转晴了。我摸着它的装甲，光溜溜、温乎乎的，像摸着女孩子的手。嗨，女孩儿算什么，这才是男人真正的伴侣！可今天早上，它中了一颗'西北风'。唉，可能现在火还没灭呢……"

这时，城市西北方向传来密集的爆炸声。这是现代空袭中很少见的野蛮的地毯式轰炸。

中尉仍沉浸在早上的战斗中，"唉，不到三十秒钟，整整一个坦克营就完了。"

"敌人的伤亡也很大。"卡琳娜说，"我注意观察了战果，双方被击毁的装甲的数量相差并不大。"

"敌我坦克的对毁率大约 1 比 1.2 吧！直升机差一些，但也不会超过 1 比 1.4。"

"尽管如此，战场的主动权仍在我们一边——我们在数量上占很大优势，仗怎么会打成这样呢？"

中尉扭头看了卡琳娜一眼："你是搞电子战的，还不明白为什么？你们的那套玩意儿，什么第五代 C3I，什么三维战场显示，还有动态态势模拟、攻击方案优化之类的，在演习中很像那么回事，可一到实战中，我面前的液晶屏上最常显示的就两句：COMMUNICATION ERROR 和 COULD NOT LOG IN。就说今天早上吧，我对正面和两翼的情况完全不清楚，只接到一个命令：接敌。唉……假如再投入一半的增援兵力，敌人就不会在我们的位置突破。整个战线的情况，大都如此。”

卡琳娜知道，在刚刚过去的战斗中，双方在整个战线上投入的坦克总数可能超过10000辆，还有数目相当于坦克一半的武装直升机。

他们的车驶入了阿尔巴特街，昔日的步行街现在空空荡荡，古玩店和艺术品商店的门前堆着充作工事的沙袋。

“我的那辆钢铁情人不亏本儿。”中尉仍沉浸在早上的战斗中不可自拔，“我肯定打中了一辆‘挑战者’，但我最想打中的是一辆‘艾布拉姆斯’，知道吗？一辆‘艾布拉姆斯’……”

卡琳娜指着一家古玩店的门口：“那儿，我爷爷就死在那儿。”

“可这里好像没有遭到空袭。”

“我说的是二十年前的事了，那时我才四岁。那个冬天真冷啊！暖气停了，房间里结了冰，我只好抱着电视机取暖，听着总统在我怀中向俄罗斯人许诺一个温暖的冬天。我哭着喊冷，喊饿，爷爷默默地看着我，终于下了决心，拿出他珍藏的勋章，带着我走了出去，来到这条街。那时这儿是自由市场，从伏特加到政治观点，人们什么都卖。一个美国人看上了爷爷的勋章，但只肯出40美元。他说，红旗勋章和红星勋章都不值钱的，但如果有赫梅利尼茨基勋章，我肯出100美元；光荣勋章，150；纳希莫夫勋章，200；乌沙科夫勋章，250；最值钱的胜利勋章你当然不可能有，那只授给元帅，但苏沃洛夫勋章也值钱，我可以出450美元……爷爷默默地走开了。我们沿着寒风中的阿尔巴特街走啊走，后来爷爷走不动了，天也快黑了，他无力地坐到那家古玩店的台阶上，让我先回家。第二天人们发现他冻死在那里，一只手伸进怀中，握着他用鲜血换来的勋章，睁大双眼看着这个他在七十多年前从古德里安的坦克群下拯救的城市……”

1月5日，俄罗斯军队总参谋部

一个星期以来，列夫森科元帅第一次走出了地下作战室，踏着厚厚的白雪散步，同时寻找着太阳。这时太阳已在挂满雪的松林后面落下了一半。在元帅的想象中，有一个小黑点正在夕阳那橘红色的表面缓缓移动。那是“万年风雪”号，元帅的儿子在上面。他是这个星球上离父亲最远的儿子了。

这件事在国内引起了许多流言蜚语，国际上，敌人更是大肆炒作。《纽约时报》用大得吓人的黑体字登出了一个标题：《战争史上逃得最远的逃兵！》。下面是米沙的照片，照片的注脚是：在俄国政府煽动三亿俄罗斯人用鲜血淹没入侵者时，他们最高军事统帅的儿子却乘着这个国家唯一一艘巨型飞船，逃到了距战场一亿千米的地方。他是目前这个国家最安全的人了。

但列夫森科元帅问心无愧。从中学到博士后，米沙周围几乎没有人知道他父亲是谁。航天控制中心作出这个决定，仅仅是因为米沙的研究专业是恒星数学模型。“万年风雪”号这次接近太阳，对他的研究是一次难得的机会，而组合体不能完全遥控飞行，上面至少应有一个人。总指挥也是后来从西方的新闻中才得知米沙的身份的。

另一方面，不管列夫森科元帅是否承认，在他的内心深处，确实希望儿子远离战争。这并不仅仅是出于血肉之情。列夫森科元帅总觉得自己的儿子不属于战争。是的，他是世界上最不属于战争的人了。但他又知道自己这想法有问题：谁是属于战争的?

况且，米沙就属于恒星吗？他喜欢恒星，把全部生命投入到对它的研究上面。但他自己却是恒星的反面，他更像冥王星，像那颗寂静、寒冷的矮行星，孤独地运行在尘世之光照不到的遥远空间。

米沙的性格，加上他那白皙清秀的外表，使人很容易觉得他像个女孩子。但列夫森科元帅心里清楚，儿子从本质上一点不像女孩子——女孩儿都怕孤独，但米沙喜欢孤独。孤独是他的营养，他的空气。

米沙是在东德出生的。儿子的生日对元帅来说是一生中最暗淡的一天。那天傍晚，还是少校的他，在西柏林蒂加尔登苏军烈士墓前，同部下一起为烈士们站四十多年来的最后一班岗。他的前面，是一群满脸笑容的西方军官，和几个牵连着狼狗来换防的吊儿郎当的德国警察，还有那些高呼“红军滚出去”的光头新纳粹。他的身后，是大尉连长和士兵们含泪的眼睛。他控制不住自己，只好也让泪水模糊了这一切。天黑后回到已搬空的营地，在这回国前的最后一夜，他得知米沙出生了，但妻子因难产而死……回国后日子也很难。同从欧洲撤回的 40 万军人和 12 万文职人员一样，他没有住房，和米沙住在一间冬冷夏热的临时铁皮屋里。他昔日的战友为了生活什么都干，有的向黑社会出售武器，有的甚至到夜总会跳脱衣舞。但他一直像军人一样正直地生活着，米沙也在艰辛中默默地长大。同别的孩子不同，他似乎天生就会忍受，因为他有自己的世界。

早在上小学的时候，米沙每天都在自己的小房间里静悄悄地一人度过整晚。元帅起初以为他在看书，但有一次，他无意中发现，儿子是站在窗前一动不动地看着星星。

“爸爸，我喜欢星星。我要看一辈子星星。”他这样对父亲说。

十一岁生日那天，米沙首次向父亲提出了一个要求：想要一架天文望远镜。这之前，他一直用列夫森科元帅的军用望远镜观察星星。后来，那架天文望远镜就成了米沙唯一的伴侣。他在阳台上看星星可以一直看到东方发白。有不多的几次，他们父子俩一起在阳台上看星星，元帅总是把望远镜对准夜空中看起来最亮的一颗星，但儿子不以为然地摇摇头，“那颗没意思，爸爸。那是金星，金星是行星，我只喜欢恒星。”

但对其他男孩子喜欢的东西，米沙却一点兴趣都没有。隔壁空降兵参谋长家的那个小胖子，偷拿父亲的手枪玩，结果走火把大腿打穿了。参谋部将军们的那些的男孩子，如果能让爸爸领到部队的靶场上打一次枪，就算是最高的奖赏了。但男孩子对武器的这种天生的迷恋，在米沙身上丝毫没有出现。从这点来说，他确实不像男孩子。元帅对此很不安，他几乎无法容忍自己的儿子对武器无动于衷，以至于后来做出了一件至今想起来仍让他很不好意思的事。有一次，他把自己的那支马卡诺夫式手枪悄悄放到了儿子的书桌上。放学回来后不久，米沙就拿着枪从他的小房间中出来——他拿枪像女人那样，小心地握着枪管——把枪轻轻地放到父亲面前，淡淡地说：“爸，以后别把这东西乱放。”

在米沙的前途问题上，元帅是一个开明的人。他不像周围的那些将军，一心让儿子甚至女儿延续自己的军旅生涯。但米沙离父亲的事业确实太远太远了。

列夫森科元帅不是一个脾气暴躁的人，但作为全军统帅，他不止一次在上万名官兵面前斥责一位将军。但对米沙，他却从来没有发过火。这固然因为米沙一直默默地沿着自己的轨道成长，很少让父亲操心，更重要的是，米沙身上似乎生来就有一种非同寻常的超脱的气质，这气质有时甚至让列夫森科元帅感到有些敬畏。就如同他在花盒中随意埋下一颗种子，却长出了绝世珍稀的植物。他敬畏地看着这植物一天天成长，小心地呵护着它，等着它开出花朵。他的期望没有落空，儿子现在已成为世界上最出色的天体物理学家。

这时太阳已在松林后面完全落下去，地上的雪由白色变成浅蓝色。列夫森科元帅收回了思绪，回到地下作战室。开作战会议的人都到齐了，包括西部集群和高加索集群的主要指挥官。

另外还有电子战指挥官，从少将到上尉都有，大部分是刚从前线回来的。作战室里正在进行一场激烈的争论，争论的双方是西部集群的陆战部队和电子战部队的军官们。

“我们正确判明了敌人主攻方向的转变。”塔曼摩的费列托夫师长说，“我们的装甲力量和陆航低空攻击力量的机动性也并不差，但通信系统被干扰得一塌糊涂，C3I 指挥系统几乎瘫痪！集团军中的电子战单位，级别从营升到了团，从团又升到了师，这两年在这上面的资金投入比常规装备的投入都多，就这么个结果？！”

负责指挥战区电子战的一位中将看了身边的卡琳娜一眼。同其他刚从前线归来的军官一样，她的迷彩服上满是污渍和焦痕，脸上还残留着血迹。中将说：“卡琳娜少校在电子战研究方面很有造诣，同时也是总参派往前线的电子战观察员，她的看法可能更有说服力一些。”像卡琳娜这样的年轻博士军官大多心直口快，无所顾忌，往往被人当枪使，这次也不例外。

卡琳娜站起来说：“上校，话不能这么说！比起北约，我们这些年对 C3I 的投入微不足道。”

“那电子反制呢？”师长问，“敌人能干扰我们，你们就不能干扰他们？！我们的 C3I 瘫痪了，北约的却运转得很好，像上了润滑油似的。今天早上我对面的陆战一师能那么快速地转变攻击方向就是证明！”

卡琳娜苦笑了一下：“提起对敌干扰，费利托夫上校，不要忘了，就是在你们师的阵地上，你的人用枪顶着操作员的脑袋，逼停了集团军电子对抗部队的干扰机！”

“怎么回事？”列夫森科元帅问，这时人们才发现他进来了，纷纷起身敬礼。

“是这样，”师长对元帅解释说，“对我们的通信指挥系统来说，他们的干扰比北约的更厉害！在北约的干扰中，我们还能维持一定的无线通信，可他们的干扰机一开，就把我们全盖住了！”

卡琳娜说：“可同时敌人也全被盖住了！这是我军目前实施电子反制可选择的唯一战略。北约目前在战场通信中，已广泛采用诸如跳频、直接序列扩频、零可控自适应天线、猝发、单频转发和频率捷变等技术。我们用频率瞄准方式进行干扰根本不起作用，只能采用全频带阻塞干扰。”

第5集团军的一位上校质问：“少校，北约采用的可全是频率瞄准式干扰，频带还相当窄，而我们的C3I系统也普遍采用了你提到的那些通信技术，为什么他们对我们的干扰那样有效呢？”

“这原因很简单。我们的C3I系统是建立在什么样的软硬件平台上？UNIX，LINUX，甚至WINDOWS 2010，CPU是INTEL和AMD！这是用人家养的狗给自己看门！在这种情况下，敌人可以很快掌握诸如跳频规律之类的电子战情报，同时用更多更有效的纯软件攻击加强其干扰效果。总参谋部曾经大力推广过国产操作系统，但到了下面阻力重重，你们集团军就是最顽固的堡垒……”

“好了，你们所说问题和矛盾正是今天会议要解决的，开会！”列夫森科元帅打断了这场争论。

当大家在电子沙盘前坐好后，列夫森科元帅叫过一位少校参谋，这个身材细高的年轻人双眼眯缝着，好像不适应作战室中的光线。“介绍一下，这位是邦达连科少校，他的最大特点就是深度近视。他的眼镜与众不同，别人的眼镜镜片在镜框里边，他的镜片在镜框外面，哈，就像茶杯底那么厚啊！但我们现在看不到镜片——早上少校的吉普车遇到空袭时给砸了，好像隐形眼镜也弄丢了？”

“报告首长，那是五天前在明斯克丢的。我的眼睛是在半年内变成这样的。这变化早些的话，我进不了伏龙芝军事学院。”少校立正说。

虽然谁也不知道元帅为什么介绍这位少校，人群中还是响起了低低的笑声。

“战争爆发以来的事实说明，虽然有白俄罗斯战场的失利，但在空中和陆上常规武器方面，我们并不比敌人差多少；但在电子战方面，我们的差距之大出乎意料。造成这样的局面有很深远的历史原因，这不是我们今天要讨论的。我们要明确的是以下一点：目前，电子战是我军夺回战争主动权的关键！我们首先必须承认敌人在电子战方面的优势，甚至是压倒性优势，然后我们必须以我军现有的电子战软硬件条件为基础，制定出一套行之有效的战略战术。这套战略战术的目的，是要在短时间内，使我军和北约在电子战方面形成力量上的平衡。也许大家认为这不可能——我军上世纪末以来的战争理论，主要是基于局部有限战争的，对目前在军事上如此强大的敌人的全面进攻，确实研究得不够。在这样严峻的形势下，我们必须以一种全新的方式思维。下面我要介绍的统帅部新的电子战战略，就可以看作这种思维的结果。”

灯灭了，电脑屏幕和电子沙盘都关闭了，重重的防辐射门也紧紧关闭，作战室淹没于伸手不见五指的黑暗之中。

“是我让关灯的。”黑暗中传来元帅的声音。

时间在黑暗和沉默中慢慢流逝，这样过了有一分钟。

“大家现在有什么感觉？”列夫森科元帅问。

没有人问答。浓重的黑暗使军官们仿佛沉没在夜之海的海底，呼吸都有些困难。

“安德烈将军，你说说看。”

“这几天在战场上的感觉。”第5集团军军长说。黑暗中又响起了一阵低低的笑声。

“别的人呢？大概都与他有同感吧？”元帅说。

“当然。您想想，耳机里除了沙沙声什么也没有，屏幕上一片空白，对作战命令和周围的战场态势一无所知，可不就是这种感觉嘛！这黑暗，压得人喘不过气来啊！”

“但并非所有人都是这种感觉。邦达连科少校，你呢？”列夫森科元帅问。

邦达连科少校的声音从作战室的一角传来：“我的感觉不像他们这么糟糕。在亮着灯的时候，我看周围也是模模糊糊的。”

“你甚至还有一种优越感吧？”列夫森科元帅问。

“是的，元帅您可能听说过，在纽约大停电时，是瞎子带领人们走出摩天大楼的。”

“但安德烈将军的感觉也是可以理解的。他有一双鹰眼，还是个神枪手，喝酒时常用手枪在十几米外开酒瓶盖。想想他和邦达连科少校在这里用手枪决斗，可是一件很有意思的事。”

黑暗中的作战室又陷入了沉默，指挥官们都在思考。

灯亮了，人们都眯起了双眼，这与其说是不能适应突然出现的亮光，不如说是对元帅刚刚的暗示感到震惊。

列夫森科元帅站起来说：“我想，刚才我已把我军的电子战新战略表达清楚了：全频段大功率的阻塞干扰，在电磁通信上，制造一个双方‘共享’的全黑暗战场！”

“这样将使我军的战场指挥系统全面瘫痪！”有人惊恐地说。

“北约也一样！瞎大家一起瞎，聋大家一起聋，在这样的条件下同敌人达到电子战的力量平衡。这就是新战略的核心思想。”

“那总不至于让我们用通信员骑摩托车传达作战命令吧？！”

“要是路不好，他们还得骑马。”列夫森科元帅说，“我们粗略估计了一下，这样的全频段阻塞干扰，至少可覆盖北约 70% 的战场通信系统，这就意味着他们的 C3I 系统将全面瘫痪。同时还可使敌人 50% 至 60% 的远程打击武器失去作用，尤其是‘战斧’巡航导弹——现在这种导弹的制导系统同上个世纪有了很大的改变，那时的‘战斧’主要使用地形匹配和小型测高雷达来导航，现在这种导航方式只用作末端制导，而在其运行过程的大部分都依靠全球卫星定位系统。通用动力公司和麦克唐纳·道格拉斯公司认为他们所做的这种改进是一大进步。美国人太相信来自太空中的导航电波了，但 GPS 系统的电波传输一旦被干扰，‘战斧’就成了瞎子。这种对 GPS 的依赖在北约大部分远程打击武器中都存在。在我们所设想的战场电磁条件出现时，敌人就会被迫同我们打常规战，我们自己的优势就会充分发挥出来。”

“我还是心里没底。”被从东线调往西线的第 12 集团军军长忧心忡忡地说，“在这样的战场通信条件下，我甚至怀疑我的集团军能不能从东线顺利地调到西线。”

“你肯定能的！”列夫森科元帅说，“这段距离，对库图佐夫来说很短，我不信今天的俄罗斯军队离了无线电就走不过去了！被现代化装备惯坏的，应该是美国人而不是我们。我知道，当整个战场都处于电磁黑暗中时，你们心中肯定会感到恐惧。这时要记住，敌人比你们恐惧十倍！”

看着卡琳娜的身影混在穿迷彩服的军官中，消失在作战室的出口，列夫森科元帅不禁担心起来。她将重返前线，而她所在的电子战部队将是敌人火力最集中的地方。昨天，在同一亿千米远的儿子那来回延时达5分钟的通话中，元帅曾告诉他卡琳娜很好，但在今早的战斗中，她就险些没回来。

米沙和卡琳娜是在一次演习中认识的。那天元帅和儿子一起吃晚饭，同往常一样，他们默默地吃着，米沙早逝的母亲在远处的镜框中默默地看着他们。米沙突然说：“爸爸，我想起明天就是您的五十一岁生日了，我应该送您一件生日礼物。我是看见那架天文望远镜才想起来的，那件礼物真好。”

“送我几天时间吧！”

儿子抬头静静地看着父亲。

“你有你的事业，我很高兴。但做父亲的想让儿子了解自己的事业，这总不算过分吧！明天你和我一起去看军事演习怎么样？”

米沙笑着点点头。他很少笑的。

这是本世纪国内规模最大的一场演习。演习开始的前夜，米沙对公路上那滚滚而过的钢铁洪流没什么兴趣。一下直升机，他就钻进野战帐篷，用透明胶带替父亲粘贴刚发下来的作战地图。第二天演习的整个过程中，米沙也没表现出丝毫的兴趣。这早在列夫森科元帅的预料之中，但有一件事使他感到莫大的安慰。

上午进行的演习项目是装甲师进攻高地，米沙同一群地方官员一起坐在观摩台的北侧。这次观摩台的位置虽在安全距离之外，但应那些猎奇的地方官员的要求，比过去大大靠前了。图 22 轰炸机群掠过高地上空，重磅航空炸弹雨点般地落下，使那座山头变成喷发的火山口。这时，那群地方官员才明白真实战场同电影里的区别。在那地动山摇的巨响中，他们全都用双臂抱住脑袋伏在桌子上，有几位女士甚至尖叫着往桌下钻。但元帅看到，只有米沙一个人仍直直坐着，仍是那副冷漠的表情，静静地无动于衷地看着那座可怕的火山，任爆炸的火光在他的墨镜中狂闪。一股暖流冲击着列夫森科元帅的心田。儿子，你的身上到底流着军人的血啊！

这天晚上，父子俩在白天的演习现场散步。远处，各种装甲车辆的前灯如繁星洒满山谷和平原，空气中还残留着淡淡的硝烟味。

“这场演习要花多少钱？”米沙问。

“直接费用大约三亿卢布。”

米沙叹了口气，“我们的课题组想搞第三代恒星演化模型，申请了三十五万经费都批不下来。”

列夫森科元帅把他早就想对儿子说的话说了出来：“我们两个的世界相差太远了。你的恒星，最近的也有 4 光年吧，它同地球上的军队与战争真是毫不相干。我对你的事业知之不多，但为之感到很骄傲。作为军人，我们也是最想让儿子了解自己事业的人。哪一个父亲不把对儿子讲述自己的戎马生涯当作最大的幸福？而你对我的事业却总抱着冷漠的态度。事实上，我的事业是你的事业的基础和保障。一个国家，如果没有足够数量和质量的武装力量保证它的和平的话，像你从事的这种纯基础研究根本不可能进行。”

“爸爸，你说反了。如果人们都像我们这样，用全部的生命去探索宇宙的话，就能领略到宇宙的美——它的宏大和深远后面的美，而一个对宇宙和自然的内在美有深刻感觉的人，是不会去进行战争的。”

“你这种想法真是幼稚到家了！如果战争是因为人们缺乏美感造成的，那和平可太容易了！”

“您以为让人类感受这种美就那么容易吗？”米沙指指夜空中灿烂的星海，“您看这些恒星。人们都知道它们是美的，但有多少人能够真正体会到这种美的最深层呢？这无数的天体，它们从星云到黑洞的演化是那么壮丽，它们喷发的能量是那么巨大，但您知道吗，只用数目不多的几个优美的方程式就能精确地描述这一切。用这些方程式建立的数学模型能极其精确地预言恒星的一切行为。甚至我们对自己星球上大气层建立的数学模型，精确度都要比它低几个数量级。”

列夫森科元帅点点头：“这是可能的，据说人类对月球的了解比对地球海底的了解还要多。但你所说的对宇宙和自然深层次美的感受还是制止不了战争。没有人比爱因斯坦更能感受这种美了，原子弹不还是在他的建议下造出来了吗？”

“爱因斯坦在他的后期研究中没什么建树，很大程度上是由于他过多地介入了政治。我不会走他的老路的。但，爸爸，到了需要的时候，我也会尽自己的责任的。”

米沙在演习区待了五天。元帅不知儿子是什么时候认识卡琳娜的。第一次看到他们在一起的时候，他们已经谈得很融洽了。他们谈恒星，而卡琳娜对此知道的很多。卡琳娜只是个天真烂漫的女孩，但因为拥有博士学位，她早早就扛上了一颗校星，他对此心里多少有些别扭。不过除此之外，他对卡琳娜的印象还是很好的。第二次见到米沙和卡琳娜在一起时，列夫森科元帅发现他们关系已更加亲密。他们谈话的内容让他很意外——他们在谈电子战。当时他们俩在距元帅的吉普车不远的一辆坦克边，并没有避开别人的意思。

元帅听到米沙说：“你们现在只关注于一些纯软件的高层次的东西，比如 C3I、病毒攻击、数字战场，等等，可你想到没有，你们可能握着一把木头做的剑。”看着卡琳娜惊奇的目光，米沙继续说，“你想过这些东西的基础吗？也就是位于网络七层协议最下面的物理层？对于民用网络，可以使用光纤和定向激光之类的东西作为通信媒介。但对于用于战场的 C3I 系统，它的各个终端是快速移动和位置不定的，只能主要依赖电磁波来进行信息联系，而电磁波这东西，你知道，在干扰下就像薄冰一样脆弱……”

元帅真的吃惊不小。他从未与儿子交流过这些，米沙更不可能偷看他的机密文件，但米沙却把元帅在电子战上多年来形成的思想简明准确地表达出来！米沙的这番话对卡琳娜的影响更大，居然使她偏离了原来的研究方向，研制出一种代号“洪水”的电磁干扰装置。“洪水”的大小可以装入一辆装甲车，能同时发出 3KHz 到 30GHz 的强烈电磁干扰波，覆盖除毫米波之外的所有电磁通信波段。这种武器在西伯利亚某基地进行的第一次实验就为军队惹来了一屁股官司——“洪水”使附近那座城市的电磁波通信全部中断，手机不通了，传呼机不响了，电视机和收音机都收不到信号。对银行和股市的影响更是灾难性的，地方上把造成的损失说成了天文数字。“洪水”的灵感来自于一种电磁炸弹，原理是使用高爆炸药在一次性线圈中产生强烈的电磁脉冲。所以“洪水”工作起来如同火箭发动机一样，产生的音响能震破附近的窗玻璃，这就决定了它只能遥控操作，而距它二三千米处的操作人员还得穿上防微波辐射的防护服。“洪水”

在总装备部和总参谋部的电子战指挥机构引起了很大的争论。很多人认为它没什么实战价值，在有限战场上使用它，就如同在巷战中使用核武器，对敌我的杀伤力都一样大。但在元帅的坚持下，“洪水”还是批量生产了二百多台。现在，在统帅部新的电子战战略中，它将担当主要角色。

儿子爱上了一个军中的姑娘，元帅深感意外。他的结论是，米沙对卡琳娜的感情同她的职业无关。后来米沙带卡琳娜到家里来过几次，第一次卡琳娜穿着一件亮丽的连衣裙，走时元帅听到米沙对卡琳娜说：“下次穿军装来。”这事使元帅否定了自己先前的结论。他现在知道，米沙爱上卡琳娜，与她是一名少校军官并非一点关系也没有。与演习第一天上午感到的别扭不同，现在元帅觉得卡琳娜肩上的那颗校星无比美丽。

1月6日，莫斯科战区

强烈的电磁波在战区上空很快聚集，最后形成了巨大的电磁台风。战后人们回忆，当时在远离前线的山村里，人们也看到动物和鸟儿骚动不安；在灯火管制的城市中，人们能看到电视天线上感应出的微小火花……

从东线调往西线的第12集团军的一个装甲团正在急速行军，团长站在停在路边的吉普车旁，满意地看着漫天雪尘中急速行进的部队。敌人的空袭远没有预料的强度，所以部队可以在白天赶路了。这时，三枚“战斧”导弹低低地从他们头顶掠过，冲压发动机低沉的嗡嗡声清晰可闻。不一会儿，远处响起了三声爆炸。团长身边的通信员拿着只听得到沙沙声的耳机无事可做，转头看看爆炸的方向，然后惊叫起来，让他看，他让通信员不要大惊小怪，但旁边的一位少校营长也让他看，他就看了，然后困惑地摇了摇头。“战斧”不是每枚都能命中目标，但像这样三枚相距上千米落到空无一物的田野上，真是少见。

两架苏 27 孤独地飞行在战区 5000 米上空。它们本来属于一支歼击机中队，但这支中队刚刚在海上同一组北约的 F22 发生了遭遇战，混战中，它们和中队失散了。在以前，重新会合是轻而易举的事。但现在，无线电联络不通了，原来对高速歼击机来说很狭小的空域现在变得如宇宙一样广阔，要想会合如同大海捞针。这对长僚机只能紧贴着飞行，距离之近像在飞特技。只有这样，他们才能听到对方的无线电呼叫。

“左上方发现可疑目标，方位 220，仰角 30！”僚机报告。长机飞行员沿那个方位看去，冬日雪后的晴空一碧如洗，能见度极好。两架飞机向斜上方靠近目标观察。那个目标与他们同一方向飞行，但速度慢了许多，所以他们很快追上了它。

当他们看清目标后，真觉得白天见了鬼。那是一架北约的 E−4A 预警机，是歼击机最不可能遇到的敌方飞机，就像一个人不可能看到自己的后脑勺一样。E−4A 预警飞机上的雷达监视面积可达 100 万平方千米，环视一圈只需 5 秒钟。它能发现远离防区 2000 千米处的目标，可以提供 40 分钟以上的预警时间。它能发现 1000 ~ 2000 千米范围里的 800 ~ 1000 个电磁信号，每次扫描可询问和识别 2000 个海陆空各类目标。预警机从不需护航，它强有力的千里眼可使自己远远地避开歼击机的威胁。所以长机飞行员理所当然地认为这可能是一个圈套。他和僚机向四周的空域仔细搜索了一遍，明净寒冷的空中看不到任何东西，长机决定冒一次险。

“雷球雷球，我将发起攻击，你向 317 方位警戒，但注意不要超出目视距离！”

看着僚机向着机长认为最可能有埋伏的方位飞去后，他打开油门，猛拉操纵杆。苏 27 拖着加速产生的黑烟，如一条仰起头的眼镜蛇向斜上方的预警机扑去。这时 E−4A 也发现了向它逼近的威胁，急忙向东南方向作逃脱的机动飞行。干扰热寻导弹的镁热弹不断地从机尾蹦出，那一串小小的光球仿佛是它那被吓出壳的灵魂。预警飞机在歼击机面前就如同自行车在摩托车面前一样，是无法逃脱的。这时长机飞行员才感到他刚才给僚机的命令是多么自私。他在 E−4A 的后上方远远跟着它，欣赏着到手的猎物。E−4A 背上蓝白相间的雷达天线罩线条优美，像一件可人的圣诞玩具。它那粗大的白色机身，如同摆在盘子里的一只肥美的烤鸭，令他垂涎欲滴，又不忍下刀叉。但直觉使他不敢拖延。他首先用 20 毫米口径机炮做了一个点射，击碎了 E−4A 的雷达天线罩。他看到，西屋公司制造的 AN/PY−3 型雷达的天线的碎片飞散在空中，如圣诞节银色的纸花。他接着用机炮切断了 E−4A 的一个机翼，最后，射速达每分钟 6000 发的双管机炮射出的死亡之刃，将已经翻滚下坠的 E−4A 拦腰斩断。苏 27 盘旋着跟随两块坠落的机体，飞行员看到，人员和设备不停地从机舱中掉出来，就像从盒中掉出的糖果一样，有几朵伞花在空中绽开。他想起了在刚过去的空战中，一个战友被击落时的情景：一架 F22 三次从战友的降落伞上方掠过，把伞冲翻了，他看着战友像一块石头一样渐渐消失在大地的白色背景中。他克制了这样做的冲动，同僚机会合后，双机编队以最快的速度脱离这个空域。

他们仍觉得这可能是个圈套。

走散的飞机并不止那两架。在廊房战线的上空，一架隶属于美国陆军骑一师的“科曼奇”在漫无目标地飞着，飞行员沃克中尉却倍感兴奋。他刚从“阿帕奇”转飞“科曼奇”不久，对这种上世纪末才大量装备陆军的武装攻击直升机不太适应。他不喜欢“科曼奇”的没有脚踏的操纵系统，并觉得它的双目头盔瞄准镜不如“阿帕奇”的单目镜舒服，但他最不适应的还是坐在前面的攻击指挥员哈尼上尉。他们第一次见面时，哈尼说：“中尉，你要清楚自己的位置，我是这架直升机的大脑，你只是它电子和机械部件的一部分——你要尽一个部件的责任！”而沃克最讨厌作为一个部件而存在。记得一位年近百岁的参加过二战的前海军飞行员参观他们的基地时，看了看“科曼奇”的座舱，摇摇头说：“唉，孩子们，我当年那架野马式，座舱里的仪表还不如现在微波炉上的多。我最好的仪表是它！”他拍了拍沃克的屁股，“我们两代飞行员的区别，就是空中骑士和电脑操作员的区别。”沃克想当空中骑士，现在机会来了。在俄罗斯人那近乎变态的疯狂干扰下，这架直升机上的什么“作战任务设备一体化系统”、什么“目标探测系统”、什么“辅助目标探查分类系统”、什么“真实视觉场面发生器”，还有“资料突发系统”，全他妈妈的休克了！只剩下那两台 1200 马力的 T800 型引擎还在忠实地转动着。哈尼平时就是全凭那些电子玩意儿发号施令的，现在他那张喋喋不休的臭嘴也随着这些东西沉默下来。这时，内部送话系统传来了哈尼的话音：

“注意，发现目标，好像在左前方，好像在那个小山包旁边，有一支装甲部队，好像是敌人的，你……看着办吧！”

沃克差点笑出声来。哈，这小子，听他以前是怎么指挥的：“发现目标，方位133，90式坦克17辆，89式运兵车21辆，向391方位以平均时速43.5千米运动，平均间隔31.4米。按AJ041号优化攻击方案，从179方位以37度倾角进入……”现在呢？“好像”有装甲部队，“好像”在“山包那边”。这他妈用你说？我早看见了！还让我看着办。你是废物了哈尼，现在是我的天下，我要用屁股当仪表做一个骑士了！这架“科曼奇”在我的手中将不辜负它那英勇的印第安部落的名字。

“科曼奇”向着那显而易见的目标冲去，把机上的62枚27.5英寸口径“蜂巢”火箭全部发射出去。沃克陶醉地看着那群拖着着火尾的小蜜蜂欢快地向目标飞去，把敌人的车队淹没于一片火海之中。但当他迂回飞行观察战果时却发现事情不对，地面上敌人的士兵没有隐蔽，而是全都站在雪地上冲他指点着，像是在破口大骂。沃克飞近一些，清楚地看到了一辆被击毁的装甲车上的标志，那是个三环同心圆，中间是蓝色，然后是一个白圈儿和一个红圈儿。沃克眼前一黑，感到世界变成了地狱，破口大骂起来：

“你个狗娘养的白痴，你瞎眼了？！”

但他还是聪明地远远飞开，以防那些暴怒的法国佬还击：“你个狗娘养的，你现在大概在想到军事法庭上怎样把责任推给我。你推不掉的，你是负责目标甄别的，你要明白这一点！”

“也许……我们还有机会补救，”哈尼怯生生地说，“我又发现了一支部队，就在对面……”

“去你妈的吧！”沃克没好气地说。

“这次没错，他们正在同法国人交火！”

这下沃克又来了精神，驾机向新目标冲去，看到对方主要是步兵，装甲力量不多，这倒证实了哈尼的判断。沃克把仅剩的四枚“地狱火”导弹发射出去，然后把加特林双管机枪的射速调到每分钟 1500 发并开始射击。他舒服地感觉到机枪通过机体传来的微微振动，看到地面敌人的散兵线被撒上了一层白色的“胡椒面”。但一名老练的武装直升机飞行员的直觉告诉他有危险。他扭头一看，只见一枚肩射导弹刚刚从左下方一名站在吉普车上的士兵肩上发射出来。沃克手忙脚乱地发射了诱饵镁热弹，又向后方作摆脱飞行，但晚了些，那枚导弹拖着蛛丝般的白烟击中了“科曼奇”的机头下部。沃克从爆炸带来的短暂昏眩中醒来时，发现直升机已坠落到雪地上。沃克拼命爬出全是白烟的机舱，在雪地上抱住一棵刚被螺旋桨齐腰砍断的树，回头看见前舱中被炸成肉浆的哈尼上尉。他又看到前方一群端着冲锋枪的士兵正在向他跑来。沃克颤抖着抽出手枪放到面前的雪地上，然后掏出俄语会话本读了起来：

“吾已方下无起，吾是战扶，日内瓦……”

他后脑挨了一枪托，肚子上又挨了一脚，但他翻倒在雪地上时却大笑起来——他可能被揍个半死，但不会全死，因为他看到了那些士兵衣领上波兰军队的鹰形领章。

1 月 7 日，明斯克，北约军队作战指挥中心

“把那个该死的军医叫来！”托尼 · 帕克上将烦躁地喊道。当那名瘦高的上校军医跑到他面前时，他恼怒地说，“怎么搞的？你折腾了两次，我的假牙还在嗡嗡响！”

“将军，这是我见过的最奇怪的事，也许是您的神经系统有问题，要不我给您打一针局部麻醉？”

这时，一位少校参谋走过来说：“将军，请把假牙给我，我有办法的。”帕克于是取下假牙，放到了少校递过来的纸巾上。

关于将军掉的两颗门牙，媒体的普遍说法是在波斯湾战争中他所在的坦克被击中时造成的，只有将军自己知道这不是真的。那次是断了下颚，牙则是更早些时候掉的。那是在克拉克空军基地，当时的世界好像除了火山灰外什么都没有——天是灰的，地是灰的，空气也是灰的，就连他和基地最后一批人员将要登上的那架“大力神”，机顶上也落了厚厚白白的一层。火山岩浆的暗红色火光在这灰色的深处时隐时现。那个菲律宾女职员还是找来了，说基地没了，她失业了，房子也压在火山灰下，让她和肚子里的孩子怎么活？她拉着他求他一定带她到美国去，他告诉她这不可能，于是她脱下高跟鞋朝他脸上打，打掉了他的两颗门牙。看着灰色的海水，帕克默念，我的孩子，现在你在那儿？你是和母亲在马尼拉的贫民窟中度日吗？你的父亲现在某种程度上是为你而战。俄罗斯的民主政府上台后，北约的前锋将低达中国边境，苏比克和克拉克将重新成为美国在太平洋上的海空军基地，那里将比上个世纪更繁荣，你会在那儿找到工作的！如果你是个女孩，说不定像你妈妈（她叫什么来着，哦，阿莲娜）一样能认识个美国军官……

修牙的少校回来了，打断了将军的胡思乱想。将军拿过了纸巾上的假牙装上，几秒后惊奇地看着少校，“嗯？你是怎么做到的？”

“将军，您的假牙响是因为它对电磁波产生了共振。”

将军盯着少校，分明不相信他的话。

"将军，真是这样！也许您以前也曾暴露在强烈的电磁波下，比如在雷达的照射范围里，但那些电磁波的频率同您的假牙的固有频率不吻合。而现在，空中所有频带的电磁波都很强烈，于是产生了这种情况。我把假牙进行了一些加工，使它的共振频率提高了许多，它现在仍然共振，但您感觉不到了。"

少校离开后，帕克将军的目光落到了电子作战图旁的一个座钟上。钟座是骑着大象的汉尼拔塑像，上面刻着"战必胜"三个字，原来摆放在白宫的蓝厅，当时总统发现他的目光总落在那玩意儿上，就亲自拿起了在那儿放了一百多年的钟赠给了他。

"上帝保佑美国，将军，现在您就是上帝！"

帕克沉思了很久，缓缓地说："命令全线停止进攻，用全部空中力量搜寻并摧毁俄罗斯人的干扰源。"

1月8日，俄罗斯军队总参谋部

"敌人停止进攻了，你好像并不感到高兴。"列夫森科元帅对刚从前线归来的西部集群司令说。

"是高兴不起来。北约的全部空中力量已集中打击我们的干扰部队，这种打击确实是很奏效的。"

"这在我们的预料之中。"列夫森科元帅平静地说，"我们的战术在开始会使敌人手足无措，但他们总会想出对付的办法的。用于阻塞式干扰的干扰机，由于其强烈的全频带发射，很容易被探测和摧毁。好在我们已争取了相当的时间，现在全部希望都寄托在两个集群的快速集结上了。”

“情况可能比预想的严峻”，西部集群司令说，“在我们失去电子战优势之前，可能没有给高加索集群进入出击位置留下足够的时间。”

西部集群司令走后，列夫森科元帅看着电子沙盘上的前线地形，想起了正处于敌人密集火力下的卡琳娜，由此又想起了米沙。那天，米沙回到家里，脸上青一块紫一块的。这之前元帅已听到传言，说他儿子是那所大学中唯一一名反战分子，结果被学生们打了。

“我只是说不要轻言战争，我们真的不能同西方达成一种理智的和平吗？”米沙对父亲解释说。

元帅用从未有过的严厉口吻对儿子说：“你知道自己的身份。你可以不说话，但以后绝不许出现类似的言论。”

米沙点点头。

又过了几天，晚上一进家门，元帅就告诉米沙：“俄共上台了。”

米沙看了父亲一眼，淡淡地说：“吃饭吧！”

再往后，西方宣布俄罗斯新政府为非法，杜波列夫组织右翼联盟并发动内战。这些列夫森科元帅都不需要告诉米沙了。父子俩每天晚上都像往常一样默默地吃饭。直到有一天，米沙接到航天基地的通知，收拾起行装走了。两天后，他乘航天飞机登上了在近地轨道运行的“万年风雪”号。

又过了一周，战争全面爆发。这是一场由空前强大的敌人从预料不到的方向发起的旨在彻底肢解俄罗斯的世界大战。

1月9日，近日轨道，“万年风雪”号掠过水星

由于“万年风雪”号的速度很快，它不可能成为水星的卫星，只能从这颗行星面对太阳的那一面高速掠过。这是人类第一次用肉眼直接对水星表面进行近距离观察。米沙看到，水星表面高达两千米的峭壁，蜿蜒数百千米，穿过布满巨大坑穴的平原。他还看到了被行星地质学家称作“不可思议的地形”的名叫“卡托里萨”的盆地，其直径达1300千米。它的不可思议之处在于，在水星的另一面，有一个面积相仿的盆地正对着它。人们猜测，这是一颗巨大的彗星撞击了水星，强烈的震波穿过了整个星体，在两个半球同时形成了极其相似的两个盆地。米沙还发现水星表面有许多明亮的光斑。当他在屏幕上把那些光斑放大后，激动得屏住了呼吸。

那是水星上的水银湖泊，它们每个的面积平均达上千平方千米。

米沙想象着在水星那漫长的白天，在那1800℃的高温下，站在水银湖岸边的情形。即使在狂风中，水银湖也会很平静，更不要说水星没有大气，没有风。湖的表面如广阔的镜子平原。太阳和银河毫不失真地投射在上面。

“万年风雪”号掠过水星后，将继续靠近太阳，一直航行到它那由核聚变制冷装置支持的绝热层所能忍受的极限距离。太阳的高温将是它最好的掩护。北约的任何太空航行器都不可能飞进这个酷热的地狱。

看看这广阔的宇宙，再想想一亿千米之外的母星上的那场战争，米沙再次哀叹人类目光的狭隘。

1月10日，斯摩棱斯克前线

看着敌人渐渐靠近的散兵线，卡琳娜明白了为什么当周围的干扰点相继被摧毁后，只有她这里幸存下来——敌人想夺取一台完整的“洪水”。

由三架“科曼奇”和四架“黑鹰”组成的直升机群轻而易举地发现了这台“洪水”的位置。由于“洪水”巨大的电磁发射，对它的遥控只能通过光缆，敌人顺着光缆发现了卡琳娜所在的距那台“洪水”3000米的遥控站。这是一间被废弃的孤立的小库房。

四架运载着四十多名敌人步兵的“黑鹰”在距库房不到二百米处降落了。当时遥控站中除卡琳娜之外还有一名上尉和一名上士。上士听到引擎声响，刚拉开库房的门，就被直升机上的狙击手射出的一颗子弹掀开了头盖骨。敌人随后的火力很谨慎也很节制，显然怕伤了库房里他们想得到的设备，卡琳娜和那名上尉得以多坚守了一段时间。

现在，在卡琳娜的左前方，上尉的冲锋枪声沉默了，这枪声是这里唯一的安慰。她看到在作为掩体的树桩后面，上尉一动不动，一圈殷红的鲜血正在他周围的雪地上扩散。卡琳娜处在库房前由几个沙袋堆成的简易掩体后面，脚下散落着八个冲锋枪弹匣，滚烫的枪管在沙袋上面的积雪中发出嘶嘶的声音。每当卡琳娜射击时，对面的敌人就卧倒，子弹在他们前面溅起一团团雪花，而半圆形包围圈未受攻击方向的敌人则跃起快步推进一段距离。现在，卡琳娜只剩下三个弹匣了，她开始打单发，这没有经验的举动等于告诉敌人她子弹不多了，使他们更快更大胆地推进。卡琳娜再次换弹匣时，听到沙袋顶上厚厚的积雪“吱”地响了一声，有什么东西从中飞快地钻了过来，她感到右胁被什么猛推了一下，没有疼痛，只有一阵很快扩散的麻木感，温热的血顺着右侧身体流下去。她坚持着，几乎是漫无目标地打完了这个弹匣。当她伸手拿起沙袋顶上最后一个弹匣时，一颗子弹打断了她的前臂，弹匣掉到雪地上。卡琳娜站起身，回头向库房门走去，身后的雪地上留下了一条细细的血迹。当她拉开门时，又一颗子弹穿透了她的左肩。

由瑞特·唐纳森上尉率领的美国海军陆战队“海豹”突击队小分队谨慎地靠近库房。唐纳森和两名陆战队员越过那名俄罗斯上士的尸体，踹开门冲进帐篷，发现里面只有一名年轻女军官。她坐在他们的目标——“洪水”遥控仪旁边，一只被打断的手臂无力地垂在控制台上，对着显示屏上映出的影子，用另一只手整理着自己的头发，不断滴下的鲜血在她的脚下积成了小小的血洼。她对着冲进来的美国人和那一排枪口笑了一下，算是打了招呼。唐纳森长出了一口气，但这口出来的气再也没有吸回去——他看到她整理头发的手从控制台上拿起了一个墨绿色椭圆形的东西，把它悬在半空中。唐纳森立刻认出了那是一枚气体炸弹，由于是装备武装直升机的，体积很小。那东西可由激光近炸引信引爆，在距地面半米处发生两次爆炸，第一次扩散气体炸药，第二次引爆炸药雾，他现在就是一支箭也飞不出它的威力圈。

他朝她伸出一只手向下压着，“镇静，少校，镇静下来，不要激动。”他朝周围示意了一下，陆战队员们的枪口垂了下来，“您听我说，事情没您想的那么严重，您将得到最好的医疗，您将被送到德国最好的医院，然后，会作为第一批交换的战俘……”少校又对他笑了一下，这使他多少受到了一些鼓励，“您完全没必要采用这么野蛮的方式，这是一场文明的战争，它本来是会很顺利的，这一点在二十天前越过波俄边境时我就感觉到了。当时你们的大部分火力都被摧毁，只有零星的机枪声恰到好处地点缀着我们这场光荣而浪漫的远征。您看，一切都会很顺利的，没必要……”

“我还知道另一次更美妙的开始。”少校用纯正的英语说，她轻柔的声音如同来自天堂，能让火焰熄灭，钢铁变软，“美丽的沙滩，棕榈树上挂着欢迎的横幅。到处是漂亮的姑娘，留着齐腰的长发，穿着沙沙作响的丝裤，在年轻的士兵中移动，用红色和粉红色的花环装点着他们，羞怯地对着目瞪口呆的士兵们微笑……上尉，您知道这次登陆吗？”

唐纳森困惑地摇摇头。

“这就是 1965 年 3 月 8 日上午 9 点，在岘港，美国首批海军陆战队士兵登上越南土地的情景，也是越战的开端。”

唐纳森觉得自己一下子掉进了冰窟，刚才的镇静瞬间消失了，他的呼吸急促起来，声音开始颤抖：“不，别这样少校。您这样对待我们是不公平的！我们没有杀过多少人，杀人的是他们。”他指着窗外半空中悬停着的直升机说，“是那些飞行员，还有那些在很远的航空母舰上操作电脑指引巡航导弹的先生，但他们也都是些体面的人。他们所面对的目标都是屏幕上漂亮的彩色标记，他们按一下按钮或动一下鼠标，耐心地等一会儿，那些标志就消失了。他们都是文明的先生，他们没有恶意，真的没有恶意……您在听我说吗？”

少校笑着点点头，谁说死神是丑恶恐怖的。死神真美。

“我有一个女朋友，她在马里兰大学读博士，她像您一样美丽，真的，她还参加反战游行……”我真该听她的，唐纳森想，“您在听我说吗？您也说点什么吧，求求您说点什么……”

美丽的少校最后对敌人微笑了一次："上尉，我尽责任。"

赶来增援的俄军104摩步师的一支部队这时距那个"洪水"遥控站还有半千米，他们首先听到了一声沉闷的爆炸，并远远看到那间宽阔田野中孤零零的小库房隐没于一团白雾之中。紧接着是一声比刚才响百倍的巨响，地动山摇，一团巨大的火球在库房的位置出现，火焰裹在黑色的浓烟中高高升起，化作高耸的蘑菇云，如绽放在天地之间的一朵绝美的生命之花。

1月11日，俄罗斯军队总参谋部

"我知道你想要什么东西，别废话，要吧！"列夫森科元帅对高加索集群司令说。

"我想让前两天的战场电磁条件再持续4天。"

"你清楚，我们的战场干扰部队现在有百分之七十已被摧毁，我现在连4个小时都无法给你了！"

"那我的集群无法按时到达出击位置，北约的空中打击大大迟滞了部队的集结速度。"

"要是那样的话，你就把一颗子弹打进自己脑袋里去吧！现在敌人已逼近莫斯科，已到了七十年前古德里安到过的位置。"

在走出地下作战室的途中，高加索集群司令在心里默念：莫斯科，坚持啊！

1月12日，莫斯科防线

塔曼摩步师师长费利托夫上校清楚，他们的阵地最多只能再承受一次进攻了。

敌人的空中打击和远程打击渐渐猛烈起来，而俄军的空中掩护却越来越少了。这个师的装甲力量和武装直升机都所剩无几，最后的坚守几乎全靠血肉之躯了。

师长拖着被弹片削断的腿，拄着一支步枪走出掩体。他看到战壕挖得不深，这也难怪，现在阵地上大部分都是伤员了。但他惊奇地发现，在战壕的前面构起了一道整齐的约半米高的胸墙。师长很奇怪这胸墙是用什么材料这么快筑起的，这时他看到被雪覆盖的胸墙上伸出几条树枝一样的东西，走近一看，那是一只只惨白僵硬的手臂……他勃然大怒，一把抓住一位上校团长的衣领。

“混蛋！谁让你们用士兵的尸体筑掩体的？！”

“是我命令这样干的。”师参谋长的声音从师长身后平静地响起，“昨天晚上进入新阵地太快，这里又是一片农田，实在没有什么别的材料了。”

他们沉默对视着。参谋长额头绷带中流出的血在脸上一道道地冻结了。这样过了一会儿，他们两人朝这堵用青春和生命筑成的胸墙走去。师长的左手拄着用作拐杖的步枪，右手扶正了钢盔，向着胸墙行军礼，仿佛在最后一次检阅自己的部队……

他们路过了一个被炸断双腿的小士兵，从断腿中流出的血把下面的雪和土混成了红黑色的泥，这泥的表面现在又冻住了。小士兵正躺着把一颗反坦克手雷往自己怀里放，他抬起没有血色的脸，朝师长笑了笑，“我要把这玩意儿塞进‘艾布拉姆斯’的履带里。”

寒风卷起道道雪雾，发出凄厉的啸声，仿佛在奏着一首上古时代的战歌。

“如果我比你先阵亡，请你也把我砌进这道墙里。这确实是一个好归宿。”师长说。

“我们两个不会相差太长时间的。”参谋长用他那特有的平静说。

1 月 12 日，俄罗斯军队总参谋部

一个参谋来告诉列夫森科元帅，航天部部长急着要见他，事情很紧急，是有关米沙和电子战的事。

听到儿子的名字，列夫森科元帅心里一震。他已得知卡琳娜阵亡的消息，但他无法想象一亿千米之外的米沙同电子战有什么关系，他甚至想象不出米沙现在和地球有什么关系。

部长一行人走了进来，他没有多说话，径直把一片 3 英寸光盘递给了列夫森科元帅：“元帅，这是我们一小时前收到的米沙从‘万年风雪’号上发回的信息。后来他又补充说，这不是私人信息，希望您能当着所有相关人员的面播放它。”

作战室中的所有人听着来自一亿千米以外的声音：“我从收到的战争新闻中得知，如果电磁干扰不能再持续三到四天的话，我们可能输掉这场战争。如果这是真的，爸爸，我能给您这段时间。

“以前，您总认为我所研究的恒星与现实相距太远，我自己也是这么认为，现在看来我们都错了。我记得对您提起过，恒星产生的能量虽然巨大，但它本身却是一个相对单纯和简单的系统。比如

我们的太阳，组成它的只是两种最简单的元素：氢和氦；它的运行也只是由核聚变和引力平衡两种机制构成。同我们的地球相比，它的运行状态在数学模型上比较容易把握。现在，我们对太阳已经建立了十分精确的数学模型，其中也有我做的工作。通过这个数学模型，我们可以对太阳的行为作出十分精确的预测，这就使我们可以利用一个微小的扰动，在短时间内局部打破太阳运行的平衡。方法很简单：用‘万年风雪’精确撞击太阳表面的某点。

“也许您认为，这不过是把一块小石头投入海洋，但事实不是这样。爸爸，这是一粒沙子掉进了眼睛！

“根据数学模型我们得知，太阳是一个极其精细而敏感的能量平衡系统，如果计算得当，一个微小的扰动就能在太阳表面和内部产生连锁反应。这种反应扩散开来，其局部平衡就会被打破。历史上有过这样的先例。最近的记载是在 1972 年 8 月初，在太阳表面一个很小的区域发生了一次剧烈的电磁爆发，对地球产生了巨大的影响。飞机和轮船上的罗盘指针胡乱跳动，远距离无线电通信中断。在北极地区，夜空中闪动着炫目的红光。在乡村，电灯时亮时灭，如同处于雷暴的中心。这种效应持续了一个多星期。现在比较可信的解释是：当时一颗比‘万年风雪’号还小的天体撞击了太阳表面。这样的太阳表面平衡扰动在历史上一定多次发生，但大部分发生在人类发明无线电接收装置以前，所以没被察觉。这些对太阳表面的撞击都是随机的、偶然的，因而所能产生的平衡扰动在强度和范围上都是有限的。

“但‘万年风雪’号对太阳的撞击点是经过精确计算的，所产生的扰动比上面提到的自然产生的扰动要大几个数量级。这次扰动将使太阳向太空喷发出强烈的电磁辐射，包括从极低频到甚高频的所有频带的电磁波。同时，太阳射出的强烈的 X 射线将猛烈撞击对短波通信十分重要的电离层，从而改变电离层的性质，使通信中断。在扰动发生时，地球表面除毫米波外的绝大部分无线电通信将中断。这种效应在晚上可能相对弱一些，但在白天甚至超过了你们前两天进行的电磁干扰。据计算，这次扰动大约可持续一周。

“爸爸，以前我们两个人一直生活在相距遥远的两个世界中，互相交流很少。但现在，我们这两个世界已融为一体，我们在为一个共同的目标而战，我为此自豪。爸爸，像您的每一个士兵一样，我在等着您的命令。”

航天部部长说：“米哈伊尔博士所说的都是事实。去年，我们向太阳发射过一个探测器，它依据数学模型的计算对太阳表面进行了一次小型的撞击实验，证实了模型所预言的扰动。博士和他的研究小组还提出了一个设想：将来也许可以用这种方法适当改变地球的气候。”

列夫森科元帅走进一个小隔间，拿起直通总统的红色电话。过了一会儿，他就从隔间走了出来。历史对这一时刻的记载是不同的，有人说他马上说出了那句话，也有人说他沉默了一分钟之久，但那句话的内容是一致的。

“告诉米沙，照他说的去做吧。”

1 月 12 日，近日轨道，“万年风雪”号冲向太阳

“万年风雪”号的十台核聚变发动机全部打开，每台发动机的喷口都喷出了长达上百千米的等离子体射流，它在最后修正轨道和

姿态。

在“万年风雪”号的正前方，有一道巨大的美丽日珥。那是从太阳表面盘旋而上的灼热的氢气气流，像一条长长的轻纱，飘浮在太阳火的海洋上空，变幻着形状和姿态。它的两端都连着日球表面，形成了一座巨大的拱门。“万年风雪”号从这高达四十万千米的凯旋门正中缓缓地、庄严地通过。前方又出现了几道日珥，它们只有一头同太阳相连，另一头伸进了太空深处。发动机闪着蓝光的“万年风雪”号像穿行在几棵大火树中的一只小小的萤火虫。后来，那蓝光渐渐熄灭，发动机停止了，“万年风雪”号的轨道已精确设定，剩下的一切都将由万有引力定律来完成了。

当飞船进入了太阳的上层大气日冕时，上方太空黑色的背景变成了紫红色，这紫红色的辉光弥漫了这里的所有空间。在下方，可以清楚地看到太阳色球中的景象。在那里，成千上万的针状体在闪闪发光。那些东西在 19 世纪就被天文学家观察到了，它们是从太阳表面射向高空的发光的气体射流，这些射流使得太阳大气看上去像一片燃烧的大草原，每棵草都有上千千米长。在这燃烧的大草原下面就是太阳的光球，那是无边无际的火的海洋。

从“万年风雪”号发回的最后的图像中，人们看到米沙从巨大的监视屏前起身，打开了透明穹顶外面的防护罩，壮丽的火的海洋展现在他面前。他想亲眼看看他童年梦幻中的世界。火之海在抖动变形，那是半米厚的绝热玻璃在熔化。很快，那上百米高的玻璃壁化作一片透明的液体滚落下来。像一个初见海洋的人陶醉地面对海风，米沙伸开双臂迎接那向他呼啸而来的 6000℃的飓风。在摄像机和发射设备被烧熔之前发回的最后几秒钟图像中，可以看到米沙的身体燃烧起来，最后变成了一把跳动的火炬，和太阳的火海融为一体……

接下来的景象只能猜想了："万年风雪"号的太阳能电池板和突出结构首先熔化，由于其表面张力在飞船的表面形成一个个银色的小球。当"万年风雪"号越过色球和日冕的交界处时，它的主体开始熔化。当它深入色球2000千米后，整个飞船完全熔化了。一个个分开的金属液珠合并成一个巨大的银色液球，精确地沿着那已化为液体的计算机所设定的目标高速飞去。太阳大气的作用开始显现——液球的周围出现了一圈淡蓝色的火焰，向后拖了几百千米长，颜色由淡蓝渐变为黄色，在尾部变成美丽的橘红色。

最后，这美丽的火凤凰消失在浩渺的火海之中。

1月13日，地球

人类回到了马可尼之前的世界。

入夜，即使在赤道地区，夜空也充满了涌动的极光。

面对着一片雪花的电视屏幕，大多数人只能猜测和想象那块激战中的广阔土地上的情形。

1月13日，莫斯科前线

帕克将军推开了企图把他拉上直升机的82空降师师长和几名前线指挥官，举起望远镜继续看着远方。那里，俄罗斯人的坦克滚滚而来。

“定标 4000 米，9 号弹药装填，缓发引信，放！”

从来自后方的射击声帕克知道，还有不到三十门 105 毫米口径榴弹炮可以射击，这是他目前唯一可以用于防守的重武器了。

一小时前，这个阵地上唯一一只装甲力量——德军的一个坦克营——以令人钦佩的勇气发起反冲锋，并取得了显著的战果：在距此八千米处击毁了相当于他们坦克数目一倍半的俄罗斯坦克。但由于数量上的绝对劣势，他们在俄罗斯人的钢铁洪流面前如正午太阳下的露珠一样消失了。

“定标 3500 米，放！”

炮弹飞行的嘶鸣过后，在俄罗斯人的坦克阵前面掀起了一道由泥土和火焰构成的高墙。但就如同塌下的泥土只能暂时挡住洪水，洪水最终将漫过来一样，爆炸激起的泥土落下后，俄罗斯人的装甲前锋又在浓烟中显现。帕克看到他们的编队十分密集，如同在接受检阅。在前几天用这种队形进攻是自取灭亡，但现在，在北约的空中和远程打击火力几乎全部瘫痪的情况下，这却是可以采用的队形，可以最大限度地集中装甲攻击力量，以确保在战线一点上的突破。

防线配置的失误是在帕克将军预料之中的，因为在这样的战场电磁条件下，要想准确快速地判明敌人的主攻方向几乎是不可能的。对下一步的防守他心中一片茫然。在 C3I 系统全面瘫痪的情况下，快速调整防御布局是十分困难的。

“定标 3000 米，放！”

“将军，您在找我？”法军司令若斯凯尔中将走了过来。他身边只跟着一名法军中校和一名直升机飞行驶员。他没穿迷彩服，胸前的勋章和肩上的将星擦得亮亮的，但却戴着钢盔，提着步枪，显得不伦不类。

“听说在我们的左翼，幼鹿师正在撤出阵地。”

“是的，将军。”

“若斯凯尔将军，在我们的身后，70 万北约部队正在撤退，他们的成功突围取决于我们的坚固防守！”

“是取决于你们的坚固防守。”

“我听不明白。”

“您什么都明白！你们对我们隐瞒了真实战局，你们早就知道右翼联盟的军队要在东线单方面停火！”

“作为北约军队最高指挥官，我有权这样做。将军，我想您也明白，您和您的部队有接受指挥的职责。”

……

“定标 2500 米，放！”

……

“我只遵守法兰西共和国总统的命令。”

“我不相信现在您能收到这样的命令。”

“几个月前就收到了。在爱丽舍宫的国庆招待会上，总统亲自向我说明了在这种情况下法国军队的行为准则。”

“你们这些戴高乐的杂种，这几十年来你们一直没变！”帕克终于失去控制。

“话别说得这么难听，将军。如果您不走，我也会一个人留下来，我们一起光荣地战死在这广阔的雪原上。拿破仑在这儿也失败过，我们不丢人。”若斯凯尔向帕克挥动着那支 FAMS 法军制式步枪说。

……

“定标 2000 米，放！”

……

帕克慢慢地转过身，面对一群前线指挥官：“请你们向坚守阵地的美军部队传达我下面的话：我们并非生来就是一支只能靠电脑才能打仗的军队，我们原本是由庄稼汉组成的军队。几十年前，在瓜达卡纳尔岛，我们在热带丛林中一个地洞一个地洞地同日本人争夺；在溪山，我们用圆锹挡开北越士兵的手榴弹；更远一些的时候，在那个寒冷的冬夜，伟大的华盛顿领着没有鞋穿的士兵渡过冰封的特拉华河，创造了历史……”

“定标 1500 米，放！”

“我命令，销毁文件和非战斗辎重……”

“定标 1200 米，放！”

帕克将军戴上钢盔，穿上防弹衣，并把那只 9 毫米口径手枪别在左腋下。这时榴弹炮的射击声沉默了，炮手正把手榴弹填进炮膛中，接着响起了一阵杂乱的爆炸声。

“全体士兵，”帕克将军看着已像死亡屏障一样在他们面前展开的俄罗斯坦克群说，“上刺刀！”

战场的浓烟后面，太阳时隐时现，给血战中的雪野投下变幻的光影。

乡村教师

刘慈欣

银河系战争离我们有多远

他知道，这最后一课要提前讲了。

又一阵剧痛从肝部袭来，使他几乎晕厥过去。他已没有气力下床了，便艰难地挪向床边的窗口。月光映在窗纸上，银亮亮的，使小小的窗户看上去像是通向另一个世界的门。那个世界的一切一定都是银亮亮的，如同用银子和不冻人的雪做成的盆景。他颤颤地抬起头，从窗纸的破洞中望出去，幻觉立刻消失了，他看到了远处自己度过了一生的村庄。

村庄静静地卧在月光下，像是百年前就没了人似的。那些黄土高原上特有的平顶小屋，形状同村子周围的黄土包没啥区别，在月夜中颜色都一样，整个村子仿佛已融入这黄土坡之中。只有村前那棵老槐树很清楚，树上干枯枝杈间的几个老鸦窝更是黑黑的，像是落在这暗银色画面上的几滴醒目的墨点……其实，村子也有美丽温暖的时候。比如秋收时，外面打工的男人女人大都回来了，村里有了人声和笑声，家家屋顶上堆着金灿灿的玉米，打谷场上娃们在秸秆堆里打滚。再比如过年的时候，打谷场被汽灯照得通亮，在那里连着几天闹红火，摇旱船，舞狮子。那几个狮子只剩下咔嗒作响的木头脑壳，上面油漆都脱了，村里没钱置新狮子皮，就用几张床单代替，玩得也挺高兴……但正月十五一过，村里的青壮年都外出打工挣生活去了，村子一下没了生气。只有每天黄昏，当稀稀拉拉几缕炊烟升起时，村头可能出现一两个老人，扬起山核桃一样的脸，眼巴巴地望着那条通向山外的路，直到在老槐树上挂着的最后一抹夕阳消失。天黑后，村里早早就没了灯光——娃娃和老人睡得都早，电费贵，现在到一块八一度了。

这时村里隐约传出一声狗叫，声音很轻，好像那狗在说梦话。他看着村子周围月光下的黄土地，突然觉得那仿佛是纹丝不动的水面。要真是水就好了，今年是连着第五个旱年了，要想有收成，又要挑水浇地了。想起田地，他的目光向更远方移去。那些小块的山田，月光下如同巨人登山时留下的一个个脚印。在这座只长荆条和毛蒿的石头山上，田也只能是这么东一小块西一小块的。别说农机，连牲口都转不开身，只能凭人力耕种。去年一家什么农机厂到这儿来，推销一种微型手扶拖拉机，可以在这些巴掌大的地里干活儿。那东西真是不错，可村里人说他们这是闹笑话哩！他们想过那些巴掌地能产出多少东西来吗？就是绣花似的种，能种出一年的口粮就不错了，遇上这样的旱年，可能种子钱都收不回来！为这样的田买那三五千一台的拖拉机，再搭上两块多一升的柴油？唉，这山里人的难处，外人哪能知晓？

这时，窗前走过了几个小小的黑影，在不远的田垄上围成一圈蹲下来，不知要干什么。他知道他们都是自己的学生。其实只要他们在近旁，不用眼睛他也能感觉到他们的存在，这直觉是他一生积累出来的，只是在这生命的最后时间里更敏锐了。

他甚至能认出月光下的那几个孩子，其中肯定有刘宝柱和郭翠花。这两个孩子都是本村人，本来不必住校的，但他还是收他们住了。刘宝柱的爹十年前买了个川妹子成亲，生了宝柱，五年后娃大了，对那女人看得也松了，结果有一天她跑回四川了，还卷走了家里所有的钱。这以后，宝柱爹也变得不成样儿了，开始是赌，同村子里那几个老光棍一样，把自家折腾得只剩四堵墙一张床。然后是喝，每天晚上都用八毛钱一斤的地瓜烧把自己灌得烂醉，拿孩子出气，每天一小揍三天一大揍，直到上个月的一天半夜，抡了根烧火棍差点把宝柱的命要了。郭翠花更惨了。要说她妈还是正经娶来的，这在这儿可是个稀罕事，男人也很荣光了。可好景不长，喜事刚办完大家就发现她妈是个疯子，之所以迎亲时没看出来，大概是吃了什么药。本来嘛，好端端的女人哪会到这穷得鸟都不拉屎的地方来？但不管怎么说，翠花还是生下来了，并艰难地长大。但她那疯妈妈的病也越来越重，犯起病来，白天拿菜刀砍人，晚上放火烧房，更多的时间是阴森森地笑，那声音让人汗毛直竖……

剩下的都是外村的孩子了。他们的村子距这里最近的也有十千米山路，只能住校。在这所简陋的乡村小学里，他们一住就是一个学期。娃们来时，除了带自己的铺盖，每人还背了一袋米或面，十多个孩子在学校的那个大灶做饭吃。当冬夜降临时，娃们围在灶边，看着菜面糊糊在大铁锅中翻腾，灶膛里秸秆橘红色的火光映在他们脸上……这是他一生中看到过的最温暖的画面，他会把这画面带到另一个世界的。

窗外的田垄上，在那圈娃们中间，亮起了几点红色的小火星。在这一片银灰色的月夜背景上，火星的红色格外醒目。这些娃在烧香，接着他们又烧起纸来，这使他又想起了那灶边的画面。他脑海中还出现了另一个类似的画面：当学校停电时（可能是因为线路坏了，但大多数时间是因为交不起电费），他给娃们上晚课，手里举着一根蜡烛照着黑板。“看得见不？”他问。“看不见！”娃们总是这样回答。那么一点点亮光，确实难看清，但娃们缺课多，晚课是必须上的。于是他再点上一根蜡，手里两根蜡一齐举着。“还是看不见！”娃们喊。他于是再点上一根，虽然还是看不清，但娃们不喊了，他们知道再喊老师也不会加蜡了——蜡太多了也是点不起的。烛光中，他看到下面娃们的面容时隐时现，像一群用自己的全部生命拼命挣脱黑暗的小虫虫。

娃们和火光，娃们和火光，总是娃们和火光，总是夜中的娃们和火光，这是这个世界深深刻在他脑子中的画面，但他始终不明其含义。

他知道娃们是在为他烧香和烧纸，他们以前多次这么干过，只是这次，他已没有力气斥责他们迷信了。他用尽了一生在娃们的心中燃起科学和文明的火苗，但他明白，同笼罩着这偏远山村的愚昧和迷信相比，那火苗是那么的弱小，就像这深山冬夜中教室里的那根蜡烛。半年前，村里的一些人来到学校，要从本来已很破旧的校舍取下椽子木，说是修村头的老君庙用。问他们校舍没顶了，娃们以后住哪儿，他们说可以睡教室里嘛。他说那教室四面漏风，大冬天能住？他们说反正都是外村人。他拿起一根扁担和他们拼命，结果被人家打断了两根肋骨。好心人抬着他走了三十多里山路，送到了镇医院。

就是在那次检查伤势时，意外发现他患了食道癌。这并不稀奇，这一带是食道癌高发区。镇医院的医生恭喜他因祸得福，因为他的食道癌现处于早期，还未扩散，动手术就能治愈。食道癌是手术治愈率最高的癌症之一，他算拣了条命。

于是他去了省城，去了肿瘤医院，在那里他问医生动一次这样的手术要多少钱。医生说像你这样的情况可以住我们的扶贫病房，其他费用也可适当减免，最后下来不会太多的，也就两万多元吧。想到他来自偏远山区，医生接着很详细地给他介绍住院手续怎么办。他默默地听着，突然问："要是不手术，我还有多长时间？"

医生呆呆地看了他好一阵儿，才说："半年吧。"他长出了一口气，好像得到了很大安慰。

至少能送走这届毕业班了。

他真的拿不出这两万多元。虽然民办教师工资很低，但干了这么多年，孤身一人无牵无挂，按说也能攒下一些钱了。只是他把钱都花在娃们身上了。他已记不清给多少学生代交了学杂费，最近的就有刘宝柱和郭翠花。更多的时候，他看到娃们的饭锅里没有多少油星星，就用自己的工资买些肉和猪油回来……反正到现在，他全部的钱也只有手术所需费用的十分之一。

沿着省城那条宽长的大街，他向火车站走去。这时天已黑了，城市的霓虹灯开始发出迷人的光芒，多彩而斑斓，让他迷惑。还有那些高楼，一入夜就变成了一盏盏高耸入云的巨大彩灯。音乐声在夜空中飘荡，疯狂的，轻柔的，走一段一个样。

就在这个不属于他的世界里，他慢慢地回忆起自己不算长的一生。他很坦然，各人有各人的命。早在20年前初中毕业回到山村小学时，他就选定了自己的命。再说，他这条命很大一部分是另一位乡村教师给的。他就是在自己现在任教的这所小学度过童年的。他爹妈死得早，那所简陋的乡村小学就是他的家。他的小学老师把他当亲儿子待，日子虽然穷，但他的童年并不缺少爱。那年，放寒假了，老师要把他带回自己的家里过冬。老师的家很远，他们走了很长的积雪的山路，看到老师家所在的村子的一点灯光时，已是半夜了。他们身后不远处浮现出四点绿莹莹的亮光，那是两双狼眼。那时山里狼很多的，学校周围就能看到一堆堆狼屎。有一次他淘气，把那灰白色的东西点着扔进教室，浓浓的狼烟充满了教室，把娃们都呛得跑了出来，让老师很生气。现在，那两只狼向他们慢慢逼近，老师折下一根粗树枝，挥动着它拦住狼的来路，同时大声喊着让他向村里跑。他当时吓糊涂了，只顾跑，只想着那狼会不会绕过老师来追他，没想着会不会遇到其他的狼。他上气不接下气地跑进村子，同几个拿猎枪的汉子去接老师，却发现他躺在一片已冻成糊状的血泊中，半条腿和整只胳膊都被狼咬掉了。老师在送往镇医院的路上就咽了气。在火把的光芒中，他看到了老师的眼睛，老师的腮帮被深深地咬下一大块，已说不出话，但用目光把一种心急如焚的牵挂传给了他。他读懂了那牵挂，记住了那牵挂。

初中毕业后，他放弃了在镇政府里一个不错的工作机会，直接回到了这个举目无亲的山村，回到了老师牵挂的这所乡村小学。这时，学校因为没有教师已荒废好几年了。

前不久，教委出台新政策，取消了民办教师，其中的一部分经考试考核转为公办。当他拿到教师证时，知道自己已成为一名国家承认的小学教师了，很高兴，但也只是高兴而已，不像别的同事那么激动。他不在乎什么民办公办，只在乎那一批又一批的娃，从他的学校读完了小学，走向生活。不管他们是走出山去还是留在山里，他们的生活同那些没上过一天学的娃总是有些不一样的。

他所在的山区，是这个国家最贫困的地区之一。但穷不是最可怕的，最可怕的是那里的人们对现状的麻木。记得那是好多年前了，搞包产到户，村里开始分田，然后又分其他东西。对于村里唯一的一台拖拉机，油钱怎么出，出机时怎么分配，大伙总也谈不拢，最后唯一大家都能接受的办法是把拖拉机分了——真的分了，你家拿一个轮子他家拿一根轴……再就是两个月前，有一家工厂来扶贫，给村里安了一台潜水泵，考虑到用电贵，人家还给带了一台小柴油机和足够的柴油。挺好的事儿，但人家前脚走，村里后脚就把机器都卖了，连泵带柴油机，只卖了一千五百块钱，全村好吃了两顿，算是过了个好年……一家皮革厂来买地建厂，村里什么都不清楚就把地卖了。那厂子建起后，硝皮子的毒水流进了河里，渗进了井里，人一喝了那些水浑身就起红疙瘩。就这也没人在乎，还沾沾自喜那地卖了个好价钱……村里那些娶不上老婆的光棍，每天除了赌就是喝，但不去种地。他们都能算清：县里每年总会有些救济，那钱算下来也比在那巴掌大的山地里刨一年土坷垃挣得多……没有文化，人们都变得下作了。穷山恶水固然让人灰心，但真正让人感到没指望的，是山里人那呆滞的目光。

他走累了，就在人行道边坐下来。他面前，是一家豪华的大餐馆，靠街的全是一整面透明玻璃，华丽的枝形吊灯把光芒投射到外面。整个餐馆像一个巨大的鱼缸，里面衣着华贵的客人则像一群多彩的观赏鱼。他看到在靠街的一张桌子旁坐着一个胖男人，头发和脸似乎都在冒油，看上去像用一大团表面涂了油的蜡做的。男人两旁各坐着一个身材高挑、穿着暴露的女郎，男人转头对一个女郎说了句什么，把她逗得大笑起来，男人跟着笑起来，另一个女郎则娇嗔地用两个小拳头捶那个男的……真没想到还有个子这么高的女孩子，秀秀的个儿，大概只到她们一半……他叹了口气。唉，又想起秀秀了。

秀秀是本村唯一没有嫁到山外的姑娘，也许是因为她从未出过山，怕外面的世界，也许是别的什么原因。他和秀秀好过两年多，最后那阵差点儿就成了。秀秀家里也通情达理，只要一千五百块的肚疼钱（生养费）。但后来，村子里出去打工的人赚了些钱回来，和他同岁的二蛋虽不识字但脑子活，去城里干起了挨家挨户清洗抽油烟机的活儿，一年下来竟赚了个万把块。前年回来待了一个月，秀秀不知怎的就跟这个二蛋好上了。秀秀一家全是睁眼瞎，家里粗糙的干打垒墙壁上，除了贴着一团一团用泥巴和起来的瓜种子，还画着长长短短的道道儿，那是她爹多少年来记的账……秀秀没上过学，但自小对识文断字的人有好感，这是她同他好的主要原因。但二蛋的一瓶廉价香水和一串镀金项链就把这种好感全打消了。“识文断字又不能当饭吃。”秀秀对他说。虽然他知道识文断字是能当饭吃的，但具体到他身上，吃得确实比二蛋差好远，所以他也说不出什么。秀秀看他那样儿，转身走了，只留下一股让他皱鼻子的香水味。

和二蛋成亲一年后，秀秀生娃死了。他还记得那个接生婆，把那些锈不拉叽的刀刀铲铲放到火上烧一烧就向里捅。秀秀可倒霉了，血流了一铜盆，在送镇医院的路上就咽气了。成亲办喜事的时候，二蛋花了三万块，那排场在村里真是风光死了，可他怎么就舍不得花点钱让秀秀到镇医院去生娃呢？后来他一打听，这花费一般也就二三百，就二三百呀！但村里历来都是这样，生娃是从不去医院的。所以没人怪二蛋，秀秀就这命。后来他听说，比起二蛋妈来，她还算幸运。二蛋妈生二蛋时难产，二蛋爹从产婆那儿得知是个男娃，就决定只要娃了，于是把二蛋妈放到驴子背上，让那驴子一圈圈走，硬是把二蛋挤出来。听当时看见的人说，在院子里血流了一圈……

想到这里，他长出了一口气，笼罩着家乡的愚昧和绝望使他窒息。

但娃们还是有指望的。对那些在冬夜寒冷的教室中盯着烛光照着的黑板的娃们来说，他也是蜡烛，不管能点多长时间，发出的光有多亮，他总算是从头点到尾了。

他站起身来继续走，没走多远就拐进了一家书店。城里就是好，还有夜里开门的书店。除了回程的路费，他把身上所有的钱都买了书，以充实他的乡村小学里那小小的图书室。半夜，提着两捆沉重的书，他踏上了回家的火车。

在距地球5万光年的远方，在银河系的中心，一场延续了两万年的星际战争已接近尾声。

那里的太空中渐渐出现了一个方形区域，仿佛灿烂的群星的背景被剪出一个方口。这个区域的边长约10万千米，区域的内部是一种比周围太空更黑的黑暗，让人感到一种虚空中的虚空。从这黑色的正方形中，开始浮现出一些实体，它们形状各异，都有月球大小，呈耀眼的银色。这些物体越来越多，组成了一个整齐的立方体方阵。这银色的方阵庄严地驶出黑色正方形，构成了一幅挂在宇宙永恒墙壁上的镶嵌画。这幅画以绝对黑色的正方形天鹅绒为衬底，由纯净的耀眼的白银小构件镶嵌而成，仿佛是一首宇宙交响乐的固化。渐渐地，黑色的正方形消融在星空中，群星填补了它的位置，银色的方阵庄严地悬浮在群星之间。

银河系碳基联邦的星际舰队，完成了本次巡航的第一次时空跃迁。

在舰队的旗舰上，碳基联邦的最高执政官看着眼前银色的金属大地，上面布满了错综复杂的纹路，像一块无限广阔的银色蚀刻电路板，不时有几个闪光的水滴状小艇出现在大地上，沿着纹路以令人目眩的速度行驶几秒钟，然后无声地消失在一口突然出现的深井中。时空跃迁带过来的太空尘埃被电离，成为一团团发着暗红色光的云，笼罩在银色大地的上空。

最高执政官以冷静著称，他周围那似乎永远波澜不惊的淡蓝色智能场就是他人格的象征。但现在，像周围的人一样，他的智能场也微微泛出黄光。

“终于结束了。”最高执政官的智能场振动了一下，把这个信息传送给站在他两旁的参议员和舰队统帅。

“是啊，结束了。战争的历程太长太长，以至于我们都忘记了它的开始。”参议员回答。

这时，舰队开始了亚光速巡航，它们的亚光速发动机同时启动，旗舰周围突然出现了几千个蓝色的太阳，银色的金属大地像一面无限广阔的镜子，把蓝太阳的数量又复制了一倍。

远古的记忆似乎被点燃了。其实，谁能忘记战争的开始呢？这记忆虽然传承了几百代，但在碳基联邦的万亿公民的脑海中，它仍那么鲜活，那么铭心刻骨。

2 万年前的那一时刻，硅基帝国从银河系外围对碳基联邦发动全面进攻。在长达 1 万光年的战线上，硅基帝国的 500 多万艘星际战舰同时开始恒星蛙跳。每艘战舰首先借助一颗恒星的能量打开一个时空虫洞，然后从这个虫洞跃迁至另一个恒星，再用这颗恒星的能量打开第二个虫洞继续跃迁……由于打开虫洞消耗了恒星大量的能量，恒星的光谱会暂时红移。当飞船完成跃迁后，恒星的光谱会渐渐恢复原状。当几百万艘战舰同时进行恒星蛙跳时，所产生的这种效应是十分恐怖的——银河系的边缘出现一条长达 1 万光年的红色光带，向银河系的中心移过来。这个景象在光速视界是看不到的，但在超空间监视器上却能显示出来。那条由变色恒星组成的红带，如同一道 1 万光年长的血潮，向碳基联邦的疆域涌来。

碳基联邦最先接触硅基帝国攻击前锋的是绿洋星。这颗美丽的行星围绕着一对双星恒星运行，它的表面全部被海洋覆盖。那生机盎然的海洋中漂浮着由柔软的长藤植物构成的森林。温和美丽、身体晶莹透明的绿洋星人在这海中的绿色森林间轻盈地游动，创造了绿洋星伊甸园般的文明。突然，几万道刺目的光束从天而降，硅基帝国舰队开始用激光蒸发绿洋星的海洋。在很短的时间内，绿洋星变成了一口沸腾的大锅。这颗行星上包括五十亿绿洋星人在内的所有生物都在沸水中极度痛苦地死去，它们被煮熟的有机质使整个海洋变成了绿色的浓汤。最后海洋全部蒸发了，昔日美丽的绿洋星变成了一个由厚厚蒸汽包裹着的地狱般的灰色行星。

这是一场几乎波及整个银河系的星际大战，是银河系中碳基和硅基文明之间惨烈的生存竞争，但双方谁都没有料到战争会持续两万银河年！

现在，除了历史学家，谁也记不清有百万艘以上战舰参加的大战役有多少次了。规模最大的一次超级战役是第二旋臂战役。战役在银河系第二旋臂中部进行，双方投入了上千万艘星际战舰。据历史记载，在那广漠的战场上，被引爆的超新星就达两千多颗。那些超新星像第二旋臂中部黑暗太空中怒放的焰火，使那里变成超强辐射的海洋，只有一群群幽灵似的黑洞漂行其间。战役的最后，双方的星际舰队几乎同归于尽。15000 年过去了，第二旋臂战役现在听起来就像上古时代缥缈的神话，只有那仍然存在的古战场证明它确实发生过。但很少有飞船真正进入过古战场，那里是银河系中最恐怖的区域。这并不仅仅是因为辐射和黑洞。当时，双方数量多得难以想象的战舰为了进行战术机动，进行了大量的超短距离时空跃迁。据说一些星际歼击机在空间格斗时，时空跃迁的距离竟短到令人难以置信的几千米！这样就把古战场的时空结构搞得千疮百孔，像一块内部被老鼠钻了无数长洞的大乳酪。飞船一旦误入这个区域，就可能在瞬间被畸变的空间扭成一根细长的金属绳，或压成一张面积有几亿平方千米但厚度只有几个原子的薄膜，立刻被辐射狂风撕得粉碎。但更为常见的是飞船变为建造它们时的一块块钢板，或者旧得只剩下一个破外壳，内部的一切都变成古老灰尘。人在这里也可能瞬间回到胚胎状态或变成一堆白骨……

但最后的决战不是神话，它就发生在一年前。在银河系第一和第二旋臂之间的荒凉太空中，硅基帝国集结了最后的力量。这支由150万艘星际战舰组成的舰队在自己周围构筑了半径一千光年的反物质云屏障。碳基联邦投入攻击的第一个战舰群刚完成时空跃迁就陷入了反物质云中。反物质云十分稀薄，但对战舰具有极大的杀伤力。碳基联邦的战舰立刻变成一个个刺目的火球，但它们仍奋勇冲向目标。每艘战舰都拖着长长的火尾，在后面留下一条发着荧光的航迹，这由30多万个火流星组成的阵列构成了碳硅战争中最为壮观、最为惨烈的画面。在反物质云中，这些火流星渐渐缩小，最后在距硅基帝国战舰阵列很近的地方消失了，但它们用自己的牺牲为后续的攻击舰队在反物质云中打开了一条通道。在这场战役中，硅基帝国最后的舰队被赶到银河系最荒凉的区域——第一旋臂的顶端。

现在，这支碳基联邦舰队将完成碳硅战争中最后一项使命——在第一旋臂的中部建立一条500光年宽的隔离带。隔离带中的大部分恒星将被摧毁，以制止硅基帝国的恒星蛙跳。恒星蛙跳是银河系中大吨位战舰进行远距离快速攻击的唯一途径，而一次蛙跳的最大距离是 200 光年。隔离带一旦建立，硅基帝国的重型战舰要想进入银河系中心区域，就只能以亚光速跨越这 500 光年的距离。这样，硅基帝国实际上被禁锢在第一旋臂顶端，再也无法对银河系中心区域的碳基文明构成任何严重威胁。

“我带来了联邦议会的意愿，”参议员用振动的智能场对最高执政官说，“他们仍然强烈建议：在摧毁隔离带中的恒星前，对它们进行生命级别的保护甄别。”

“我理解议会。”最高执政官说，“在这场漫长的战争中，各种生命流出的血足够形成上千颗行星的海洋了。战后，银河系中最迫切需要重建的是对生命的尊重。这种尊重不仅是对碳基生命的，也是对硅基生命的。正是基于这种尊重，碳基联邦才没有彻底消灭硅基文明。但硅基帝国并没有这种对生命的感情。如果说碳硅战争之前，战争和征服对于它们还仅仅是一种本能和乐趣的话，那么现在这种东西已根植于它们的每个基因和每行代码之中，成为它们生存的终极目的。由于硅基生物对信息的存贮和处理能力大大高于我们，可以预测硅基帝国在第一旋臂顶端的恢复和发展将是神速的，所以我们必须在碳基联邦和硅基帝国之间建成足够宽的隔离带。在这种情况下，对隔离带中数以亿计的恒星进行生命级别的保护甄别是不现实的。第一旋臂虽属银河系中最荒凉的区域，但其拥有生命行星的恒星仍可能达到支持蛙跳的密度，这种密度足以支持中型战舰进行蛙跳，而即使只有一艘硅基帝国的中型战舰闯入碳基联邦的疆域，可能造成的破坏也是巨大的。所以在隔离带中只能进行文明级别的甄别。我们不得不牺牲隔离带中某些恒星周围的低级生命——这是为了拯救银河系中更多的高级和低级生命。这一点我已向议会说明。”

参议员说：“议会也理解您和联邦防御委员会，所以我带来的只是建议而不是法案。但隔离带中周围已形成3C级以上文明的恒星必须被保护。”

“这一点毋庸置疑。”最高执政官的智能场闪现出坚定的红色，“对隔离带中拥有行星的恒星文明检测将是十分严格的！”

舰队统帅的智能场第一次发出信息：“其实我觉得你们多虑了。第一旋臂是银河系中最荒凉的荒漠，那里不会有3C级以上文明的。”

“但愿如此。”最高执政官和参议员同时发出了这个信息，他们智能场的共振使一道弧形的等离子体波纹向银色金属大地的上空扩散开去。

舰队开始了第二次时空跃迁，以近乎无限的速度奔向银河系第一旋臂。

夜深了，烛光中，全班的娃们围在老师的病床前。

“老师歇着吧，明儿个讲也行的。”一个男娃说。

他艰难地苦笑了一下，“明儿个有明儿个的课。”

他想，如果真能拖到明天当然好，那就再讲一堂课。但直觉告诉他怕是不行了。

他做了个手势，一个娃把一块小黑板放到他胸前的被单上。这最后一个月，他就是这样把课讲下来的。他用软弱无力的手接过娃递过来的半截粉笔，吃力地把粉笔头放到黑板上，这时又一阵剧痛袭来，手颤抖了几下，粉笔嗒嗒地在黑板上敲出了几个白点儿。从省城回来后，他再也没去过医院。两个月后，他的肝部疼了起来，他知道癌细胞已转移到那儿了。这种疼痛越来越厉害，最后变成了压倒一切的痛苦。他一只手在枕头下摸索着，找出了一些止痛片，是最常见的用塑料长条包装的那种。对于癌症晚期的剧痛，这药已经没有任何作用。可能是由于精神暗示，他吃了后总觉得好一些。杜冷丁倒是也不算贵，但医院不让带出来用，就是带回来也没人给他注射。他像往常一样从塑料条上取下两片药来，但想了想，便把所有剩下的十二片全剥出来，一把吞了下去——他知道以后再也用不着吃药了。他又挣扎着想向黑板上写字，但头突然偏向一边，一个娃赶紧把盆接到他嘴边，他吐出了一口黑红的血，然后虚弱地靠在枕头上喘息着。

娃们中传出了低低的抽泣声。

他放弃了在黑板上写字的努力，无力地挥了一下手，让一个娃把黑板拿走。他开始说话，声音细若游丝。

“今天的课同前两天一样，也是初中的课。这本来不是教学大纲上要求的，但我想你们中的大部分人，这一辈子可能永远也听不到初中的课了，所以我最后讲一讲，也让你们知道稍深一些的学问是什么样子。昨天讲了鲁迅的《狂人日记》，你们肯定不大懂，不管懂不懂都要多看几遍，最好能背下来，等长大了，总会懂的。鲁迅是个很了不起的人，他的书每一个中国人都应该读读的，你们将来也一定找来读读。”

他累了，停下来喘息着歇歇，看着跳动的烛光。鲁迅写下的几段文字在他的脑海中浮现出来。那不是《狂人日记》中的，课本上没有，他是从自己那套本数不全、已经翻烂的《鲁迅全集》上读到的。许多年前读第一遍时，那些文字就深深地刻在了他的脑子里：

假如一间铁屋子，是绝无窗户而万难破毁的，里面有许多熟睡的人们，不久都要闷死了，然而是从昏睡入死灭，并不感到就死的悲哀。现在你大嚷起来，惊起了较为清醒的几个人，使这不幸的少数者来受无可挽救的临终的苦楚，你倒以为对得起他们么？

然而几个人既然起来，你不能说绝没有毁坏这铁屋的希望。

他用尽最后的力气，接着讲下去。

“今天我们讲初中物理。物理你们以前可能没有听说过，它讲的是物质世界的道理，是一门很深很深的学问。

“这课讲牛顿三定律。牛顿是从前英国的一个大科学家，他说了三句话，这三句话很神的，把人间天上所有东西的规律都包括进去了，上到太阳、月亮，下到流水、刮风，都跑不出这三句话划定的圈圈。用这三句话，可以算出什么时候日食，就是村里老人说的天狗吃太阳，一分一秒都不差的。人飞上月球，也要靠这三句话。这就是牛顿三定律。

“下面讲第一定律：当一个物体没有受到外力作用时，它将保持静止或匀速直线运动不变。”

娃们在烛光中默默地看着他，没有反应。

“就是说，你猛推一下谷场上那个石碾子，它就一直滚下去，滚到天边也不停下来。宝柱你笑什么？是啊，它当然不会那样，这是因为有摩擦力，摩擦力让它停下来。这世界上，没有摩擦力的环境可是没有的……”

是啊，他人生的摩擦力就太大了。在村里他是外姓人，本来就没什么分量，加上他这个倔脾气，这些年来把全村人都得罪了。他挨家挨户拉人家的娃入学，跑到县里，把跟着爹做买卖的娃拉回来上学，拍着胸脯保证垫学费……这一切并没有赢得多少感激。关键在于，他对过日子的看法同周围的人太不一样，成天想的说的，都是些不着边际的事，这是最让人讨厌的。在查出病来之前，他曾跑县里，居然从教育局要回一笔维修学校的款子，村子里只拿走了一小部分，想过节请个戏班子唱两天戏，结果让他搅了，愣从县里拉了个副县长来，让村里把钱拿回来，可当时戏台子都搭好了。学校倒是修了，但他扫了全村人的兴，以后的日子更难过。先是村里的电工，村长的侄子，把学校的电掐了，接着做饭取暖用的秸秆村里也不给了，害得他扔下自己的地不种，一人上山打柴。更别提后来拆校舍的房椽子那事了……这些摩擦力无所不在，让他心力交瘁，让他无法做匀速直线运动，他不得不停下来了。

也许，他就要去的那个世界是没有摩擦力的，那里的一切都是光滑可爱的，但那有什么意义？在那边，他的心仍留在这个充满灰尘和摩擦力的世界上，留在这所他倾注了全部生命的乡村小学里。他不在了以后，剩下的两个教师也会离去，这所他用力推了一辈子的小学校就会像谷场上那个石碾子一样停下来。他陷入深深的悲哀，但不论在这个世界或是那个世界，他都无力回天。

“牛顿第二定律比较难懂，我们最后讲。下面先讲牛顿第三定律：当一个物体对第二个物体施加一个力，第二个物体也会对第一个物体施加一个力，这两个力大小相等，方向相反。”

娃们又陷入了长时间的沉默。

“听懂了没？谁说说？”

班上学习最好的赵拉宝说：“我知道是啥意思，可总觉得说不通。

晌午我和李权贵打架，他把我的脸打得那么痛，肿起来了，所以作用力应该不相等的才对，我受的肯定比他大嘛！”

喘息了好一会，他才解释说：“你痛是因为你的腮帮子比权贵的拳头软，它们相互的作用力还是相等的……”

他想用手比画一下，但手已抬不起来了。他感到四肢像铁块一样沉，这沉重感很快扩展到全身，他感到自己的躯体像要压塌床板，陷入地下似的。

时间不多了。

“目标编号：1033715。绝对目视星等：3.5。演化阶段：主星序偏上。发现两颗行星，平均轨道半径分别为1.3和4.7个距离单位，在一号行星上发现生命。这是红69012舰的报告。”

碳基联邦星际舰队的10万艘战舰目前已散布在一条长1万光年的带状区域中，这就是正在建立的隔离带。工程刚刚开始，只是试验性地摧毁了5000颗恒星，其中拥有行星的只有137颗，而行星上有生命的这是第一颗。

“第一旋臂真是个荒凉的地方啊！”最高执政官感叹道。他的智能场振动了一下，用全息图隐去了脚下的旗舰和上方的星空，使他、舰队统帅和参议员悬浮于无际的黑色虚空中。接着，他调出了探测器发回的图像——虚空出现了一个发着蓝光的火球，最高执政官的智能场产生了一个白色的方框，那方框调整大小，圈住了这颗恒星并把它的图像隐去了，他们于是又陷入无边的黑暗之中。但这黑暗中有一个小小的黄色光点，图像的焦距开始大幅度调整，行星的图像以令人目眩的速度推向前来，很快占满了半个虚空，三个人都沉浸在它反射的橙黄色光芒中。

这是一颗被浓密大气包裹着的行星。在它那橙黄色的气体海洋上，汹涌的大气运动描绘出极端复杂的不断变幻的线条。行星图像继续移向前来，直到占据了整个虚空，三个人被橙黄色的气体海洋吞没了。探测器带着他们在这浓雾中穿行，很快雾气稀薄了一些，他们看到了这颗行星上的生命。

那是一群在浓密大气上层飘浮的气球状生物，表面有美丽的花纹，不停变幻着色彩和形状，时而呈条纹状，时而呈斑点状，不知这是不是一种可视语言。每个气球都有一条长尾，那长尾的尾端不时炫目地闪烁一下，光沿着长尾传到气球上，化为一片弥漫的荧光。

“开始四维扫描！”红 69012 舰上的一名上尉值勤军官说。

一束极细的波束开始从上至下飞快地扫描那群气球。这束波只有几个原子粗细，但它的波管内的空间维度比外部宇宙多一维。扫描数据传回舰上，在主计算机的内存中，那群气球被切成了几亿亿个薄片，每个薄片只有一个原子的厚度。在薄片上，每个夸克的状态都被精确地记录下来。

“开始数据镜像组合！”

主计算机的内存中，那几亿亿个薄片按原有顺序叠加起来，很快组合成一群虚拟气球。在计算机内部广漠的数字宇宙中，这个行星上的那群生物体有了精确的复制品。

“开始 3C 级文明测试！”

在数字宇宙中，计算机敏锐地定位了气球的思维器官，它是悬在气球内部错综复杂的神经丛中间的一个椭圆体。计算机在瞬间分析了这个椭圆体的结构，并越过所有低级感官，直接同它建立了高速信息接口。

文明测试是从一个庞大的数据库中任意地选取试题，测试对象如果能答对其中 3 道，则测试通过。如果头 3 道题没有答对，测试者有两种选择：可以认为测试对象没有通过，继续测试，题数不限，直到测试对象答对的题数达到 3 道，这时可认为其通过测试。

“3C 文明测试试题 1 号：请叙述你们已探知的组成物质的最小单元。”

“嘀嘀，嘟嘟嘟，嘀嘀嘀嘀。”气球回答。

“1 号试题测试未通过。3C 文明测试试题 2 号：你们观察到物体中热能的流向有什么特点？这种流向是否可逆？”

“嘟嘟嘟，嘀嘀，嘀嘀嘟嘟。”气球回答。

“2 号试题测试未通过。3C 文明测试试题 3 号：圆的周长和它的直径之比是多少？”

“嘀嘀嘀嘀嘟嘟嘟嘟嘟。”气球回答。

“3 号试题测试未通过。3C 文明测试试题 4 号……”

“到此为止吧，”当测试题数达到 10 道时，最高执政官说，“我们时间不多。”他转身对旁边的舰队统帅示意了一下。

“发射奇点炸弹！”舰队统帅命令。

奇点炸弹实际上是没有大小的，它是一个严格意义上的几何点，一个原子同它相比都是无穷大，虽然最大的奇点炸弹质量有上百亿吨，最小的也有几千万吨。当一颗奇点炸弹沿着长长的导轨从红 69012 舰的武器舱中滑出时，可以看到一个直径达几百米的发着幽幽荧光的球体，这荧光是周围的太空尘埃被吸入这个微型黑洞时产生的辐射。同恒星引力坍缩形成的黑洞不同，这些小黑洞在宇宙之初就形成了，它们是大爆炸前的奇点宇宙的微缩模型。碳基联邦和硅基帝国都有庞大的船队，游弋在银河系银道面外的黑暗荒漠搜集微型黑洞。有的海洋行星上的种群把这些船队戏称为“远洋捕鱼船队”，而这些船队带回的东西，是银河系中最具威力的武器之一，是迄今为止唯一能够摧毁恒星的武器。

奇点炸弹脱离导轨后，沿一条由母舰发出的力场束加速，直奔目标恒星。过了不长的一段时间，这颗灰尘似的黑洞高速射入了恒星表面火的海洋。想象在太平洋的中部突然出现一个半径 100 千米的深井，就可以大概把握这时的情形。巨量的恒星物质开始被吸入黑洞，汹涌的物质洪流从所有方向会聚到一点并消失在那里。物质被吸入时产生的辐射在恒星表面产生了一团刺目的光球，仿佛给恒星戴上了一枚光彩夺目的钻石戒指。随着黑洞向恒星内部沉下去，光团暗淡下来，可以看到它处于一个直径达几百万千米的大旋涡正中。那巨大的旋涡散射着光团的强光，缓缓转动着，呈现出飞速变幻的色彩，使恒星从这个方向看去仿佛是一张狰狞的巨脸。很快，光团消失了，旋涡也渐渐消失，恒星表面似乎又恢复了它原来的色彩和光度。但这只是毁灭前最后的平静。随着黑洞向恒星中心下沉，这个贪婪的饕餮者更疯狂地吞噬周围密度急剧增高的物质，在一秒钟内吸入的恒星物质总量可能相当于上百个中等行星。黑洞巨量吸入物质时产生的超强辐射向恒星表面蔓延，由于恒星物质的阻滞，只有一小部分到达了表面，其余辐射的能量留在了恒星内部，快速破坏着恒星的每一个细胞，从整体上把它飞快地拉离平衡态。从外部看，恒星的色彩在缓缓变化，从浅红色变为明黄色，从明黄色变为鲜艳的绿色，从绿色变为如洗的碧蓝，从碧蓝变为恐怖的紫色。

这时，在恒星中心的黑洞产生的辐射能已远远大于恒星本身辐射的能量。随着更多的能量以非可见光形式溢出恒星，紫色渐渐加深。这颗恒星看上去像太空中一个在忍受超级痛苦的灵魂。痛苦急剧增大，紫色已深到极限，这颗恒星用不到一个小时的时间走完了它未来几十亿年的旅程。

一团似乎吞没整个宇宙的强光闪起，然后慢慢消失。在原来恒星所在的位置上，可以看到一个急剧膨胀的薄球层，像一个被吹大的气球，这是被炸飞的恒星表面。随着薄球层体积的增大，它变得透明了，可以看到它内部的第二个膨胀的薄球层，然后又可以看到更深处的第三个薄球层……这个爆炸中的恒星，就像宇宙中突然显现的一个套一个的玲珑剔透的镂花玻璃球，其中最深处的薄球层的体积也是恒星原来体积的几十万倍。当爆炸的恒星的第一层膨胀外壳穿过那个橙黄色行星时，它立刻被汽化了。其实，在恒星爆炸的壮丽场景中根本就看不到它。同那膨胀的恒星外壳相比，它只是一粒微不足道的灰尘，其大小甚至不能成为那几层镂花玻璃球上的一个小点。

“你们感到消沉？”舰队统帅问。他看到最高执政官和参议员的智能场暗下来了。

“又一个生命世界毁灭了，像烈日下的露珠。”

“那您就想想伟大的第二旋臂战役，当2000多颗超新星被引爆时，有12万个这样的世界同碳硅双方的舰队一起化为蒸气。阁下，时至今日，我们应该超越这种无谓的多愁善感了。”

参议员没有理会舰队统帅的话，径直对最高执政官说：“这种对行星表面取随机点的检测方式是不可靠的，可能漏掉行星表面的文明特征。我们应该进行面积检测。”

最高执政官说："这一点我也同议会讨论过。在隔离带中我们要摧毁的恒星有上亿颗，其中估计有1000万个行星系，行星数量可能达5000万颗。我们时间紧迫，对每颗行星都进行面积检测是不现实的。我们只能尽量加宽检测波束，以增大随机点覆盖的面积。除此之外，只能祈祷隔离带中那些可能存在的文明在其星球表面的分布尽量均匀了。"

"下面我们讲牛顿第二定律……"

他心急如焚，极力想在有限的时间里给娃们多讲一些。

"一个物体的加速度，与它所受的力成正比，与它的质量成反比。首先，加速度，这是速度随时间的变化率，它与速度是不同的，速度大加速度不一定大，加速度大速度也不一定大。比如：一个物体现在的速度是110米每秒，2秒后的速度是120米每秒，那么它的加速度就是120减110除2，5米每秒——呵，不对，5米每秒的平方。另一个物体现在的速度是10米每秒，2秒后的速度是30米每秒，那么它的加速度就是30减10除2，10米每秒平方。看，后面这个物体虽然速度小，但加速度大！呵，刚才说到平方，平方就是一个数自个儿乘自个……"

他惊奇自己的头脑如此清晰，思维如此敏捷。他知道，自己生命的蜡烛已燃到根上，棉芯倒下了，把最后的一小块蜡全部引燃了，一团比以前的烛苗亮十倍的火焰熊熊燃烧起来。剧痛消失了，身体也不再沉重。其实，他已感觉不到身体的存在，他的全部生命似乎只剩下那个在疯狂运行的大脑。那个悬在空中的大脑竭尽全力，尽量多尽量快地把自己存贮的信息输出给周围的娃们，但靠说话来传输知识是来不及了。他产生了一个幻象：一把水晶样的斧子把自己的大脑无声地劈开，他一生中积累的那些知识——虽不是很多但他很看重的——像一把发光的小珠子毫无保留地落在地上，发出一阵悦耳的叮当声，娃们像见到过年的糖果一样抢那些小珠子……这幻象让他有一种幸福的感觉。

“你们听懂了没？”他焦急地问。他已经看不到周围的娃们，但还能听到他们的声音。

“我们懂了！老师快歇着吧！”

他感觉到那团最后的火焰在弱下去，“我知道你们不懂，但你们把它背下来，以后慢慢会懂的。一个物体的加速度，与它所受的力成正比，与它的质量成反比。”

“老师，我们真懂了，求求你快歇着吧！”

他用尽最后的力气喊道：“背呀！”

娃们抽泣着背了起来：“一个物体的加速度，与它所受的力成正比，与它的质量成反比。一个物体的加速度，与它所受的力成正比，与它的质量成反比……”

这几百年前就在欧洲化为尘土的卓越头脑产生的思想，以浓重西北方言的童音在20世纪中国最偏僻的山村中回荡，就在这声音中，那烛火灭了。

娃们围着老师已没有生命的躯体大哭起来。

“目标编号：500921473。绝对目视星等：4.71。演化阶段：主星序正中，带有八大行星。这是蓝84210号舰的报告。”

“一个精致完美的行星系。”舰队统帅赞叹。

最高执政官很有同感，“是的，它的固态小体积行星和气液态大体积行星的配置很有韵律感。小行星带的位置恰到好处，像一条美妙的装饰链。还有最外侧那颗小小的甲烷冰行星，似乎是这首音乐最后一个余音未尽的音符，暗示着某种新周期的开始。”

“这是蓝 84210 号舰，将对最内侧 1 号行星进行生命检测，检测波束发射。该行星没有大气，自转缓慢，温差悬殊。1 号随机点检测，白色结果；2 号随机点检测，白色结果……10 号随机点检测，白色结果。蓝 84210 号舰报告，该行星没有生命。”

舰队统帅不以为然地说：“这颗行星的表面温度可以当冶炼炉了，没必要浪费时间。”

“开始 2 号行星生命检测，波束发射。该行星有稠密大气，表面温度较高且均匀，大部为酸性云层覆盖。1 号随机点检测，白色结果；2 号随机点检测，白色结果……10 号随机点检测，白色结果。蓝 84210 号舰报告，该行星没有生命。”

通过四维通信，最高执政官对一千光年之外蓝 84210 号舰上的值勤军官说：“直觉告诉我，3 号行星有生命可能性很大，在它上面检测 30 个随机点。”

“阁下，我们时间很紧了。”舰队统帅说。

“照我说的做。”最高执政官坚定地说。

“是，阁下。开始 3 号行星生命检测，波束发射。该行星有中等密度的大气，表面大部为海洋覆盖……”

来自太空的生命检测波束落到了亚洲大陆靠南一些的一点上，在地面上形成了一个直径约 5000 米的圆形。如果是在白天，用肉眼有可能觉察到波束的存在，因为当波束到达时，在它的覆盖范围内，一切无生命的物体都将变成透明状态。现在它覆盖的中国西北的这片山区将如同水晶的山脉——阳光在这些山脉中折射，将是一幅十分奇异壮观的景象——大地也会变成深不可测的深渊。而被波束判断为有生命的物体则保持原状态不变，人、树木和草在这水晶世界中显得格外清晰醒目。但这效应只持续半秒钟，检测波束完成初始化后，一切就会恢复原状，旁观者肯定会认为自己产生了一瞬间的幻觉。但现在，这里正是深夜，自然难以觉察到什么了。

这所山村小学，正好位于检测波束圆形覆盖区的圆心上。

“1 号随机点检测，结果……绿色结果，绿色结果！蓝 84210 号舰报告，目标编号：500921473，第 3 号行星发现生命！”

检测波束对覆盖范围内的众多种类生命体进行分类。在以生命结构的复杂度和初步估计的智能等级进行排序的数据库中，一个方形掩蔽物下的一簇生命体排在首位。于是波束迅速收缩，汇聚到那个掩蔽物上。

最高执政官的智能场接收到从蓝 84210 号舰上发回的图像，并把它放大到整个太空背景上。图像处理系统已经隐去了掩蔽物，但那簇生命体的图像仍不清晰。它们的外形太不醒目了，几乎同周围行星表面的以硅元素为主的黄色土壤融为一体。计算机只好把图像中所有的无生命部分，包括这些生命体中间的那具体形较大的已没有生命的躯体，全部隐去，这样那一簇生命体就仿佛悬浮在虚空之中。尽管如此，它们看上去仍是那么平淡和缺乏色彩，像一簇黄色的植物，一看就知道是那种在它们身上不会发生任何奇迹的生物。

一束纤细的四维波束从蓝 84210 号舰发射。这艘有一个月球大小的星际战舰正停泊在木星轨道之外，使太阳系暂时多了一颗行星。

那束四维波束在三维太空中以接近无限的速度到达地球，穿过那所乡村小学校舍的屋顶，以基本粒子的精度对这 18 个孩子进行扫描。数据的洪流以人类难以想象的速率传回太空。很快，在蓝 84210 号舰主计算机的广阔内存中，孩子们的数字复制体形成了。

18 个孩子悬浮在一个无际的空间里，那空间呈一种无法形容的色彩——实际上那不是色彩，虚无是没有色彩的，虚无是透明中的透明。孩子们都不由想拉住旁边的伙伴，但手却从伙伴身体里毫无阻力地穿过去了。孩子们感到了难以形容的恐惧。计算机觉察到这一点，认为这些生命体需要一些熟悉的东西，于是为它们模拟出了这个行星天空的颜色。孩子们立刻看到了蓝天，没有太阳，没有云，更没有浮尘，只有蓝色，那么纯净，那么深邃。孩子们的脚下没有大地，也是与头顶一样的蓝天。他们似乎置身于一个无垠的蓝色宇宙中，而他们是这宇宙中唯一的实体。计算机感觉到，这些数字生命体仍然处于惊恐中。它用了亿分之一秒想了想，终于明白了：银河系中大多数生命体并不惧怕悬浮于虚空之中，但这些生命体不同，它们是大地上的生物。于是它给了孩子们一个大地，并给了它们重力感。孩子们惊奇地看着脚下突然出现的大地，它是纯白色的，上面有黑线画出的整齐方格。他们仿佛站在一个无限广阔的语文作业本上。他们中有人蹲下来摸摸地面，这是他们见过的最光滑的东西。他们迈开双脚走，但原地不动——这地面是绝对光滑的，摩擦力为零。他们很惊奇自己为什么不会滑倒。这时有个孩子脱下自己的一只鞋子，沿着地面扔出去。那鞋子以匀速直线运行向前滑去，孩子们呆呆地看着它以恒定的速度渐渐远去。

他们看到了牛顿第一定律。

有一个声音，空灵而悠扬，在这数字宇宙中回荡。

“开始3C级文明测试，3C文明测试试题1号：请叙述你所在星球生物进化的基本原理，是自然淘汰型还是基因突变型？”

孩子茫然地沉默着。

“3C文明测试试题2号：请简要说明恒星能量的来源。”

孩子茫然地沉默着。

……

“3C文明测试试题10号：请说明构成你们星球上海洋的液体的分子构成。”

孩子仍然茫然地沉默着。

那只鞋在遥远的地平线处变成一个小黑点消失了。

“到此为止吧！”在1000光年之外，舰队统帅对最高执政官说，“不能再耽误时间了，否则我们肯定不能按时完成第一阶段的任务。”

最高执政官的智能场发出了微弱的表示同意的振动。

“发射奇点炸弹！”

载有命令信息的波束越过四维空间，瞬间到达了停泊在太阳系中的蓝84210号舰。那个发着幽幽荧光的雾球滑出了战舰前方长长的导轨，沿着看不见的力场束急剧加速，向太阳扑去。

最高执政官、参议员和舰队统帅把注意力转向了隔离带的其他区域，那里又发现了几个有生命的行星系，但其中最高级的生命是一种生活在泥浆中的无脑蠕虫。接连爆炸的恒星像宇宙中怒放的焰火，使他们想起了史诗般的第二旋臂战役。

不知过了多长时间，最高执政官智能场的一小部分下意识地游移到太阳系，他听到了蓝84210号舰舰长的声音：“准备脱离爆炸威力圈，时空跃迁准备，30秒倒数！”

“等一下，奇点炸弹到达目标还需多长时间？”最高执政官说，舰队统帅和参议员的注意力也被吸引过来。

“它正越过内侧1号行星的轨道，大约还有十分钟。”

“用五分钟时间，再进行一些测试吧！”

“是，阁下。”

接着听到了蓝84210号舰值勤军官的声音：“3C文明测试试题11号：一个三维平面上的直角三角形，它的三条边的关系是什么？”

沉默。

“3C文明测试试题12号：你们的星球是你们行星系的第几颗行星？”

沉默。

“这没有意义，阁下。”舰队统帅说。

“3C文明测试试题13号：当一个物体没有受到外力作用时，它的运行状态如何？”

数字宇宙广漠的蓝色空间中突然响起了孩子们清脆的声音：“当一个物体没有受到外力作用时，它将保持静止或匀速直线运动不变。”

“3C文明测试试题13号通过！ 3C文明测试试题14号……”

“等等！”参议员打断了值勤军官，“下一道试题也出关于甚低速力学基本近似定律的。”他又问最高执政官，“这不违反测试准则吧？”

“当然不，只要是测试数据库中的试题。”舰队统帅代为回答。这些令他大感意外的生命体把他的注意力全部吸引过来了。

“3C 文明测试试题 14 号：请叙述相互作用的两个物体间力的关系。”

孩子们说：“当一个物体对第二个物体施加一个力，第二个物体也会对第一个物体施加一个力，这两个力大小相等，方向相反！”

“3C 文明测试试题 14 号通过！ 3C 文明测试试题 15 号：对于一个物体，请说明它的质量、所受外力和加速度之间的关系。”

孩子们齐声说：“一个物体的加速度，与它所受的力成正比，与它的质量成反比！”

“3C 文明测试试题 15 号通过，文明测试通过！确定目标恒星 500921473 的 3 号行星上存在 3C 级文明。”

“奇点炸弹转向！脱离目标！”最高执政官的智能场急剧闪动着，用最大的能量把命令通过超空间传送到蓝 84210 号舰上。

在太阳系，推送奇点炸弹的力场束弯曲了。长达几亿千米的力场束此时像一根弓起的长杆，努力把奇点炸弹挑离射向太阳的轨道。蓝 84210 号舰上的力场发动机以最大功率工作，巨大的散热片由暗红变为耀眼的白炽色。力场束向外的推力分量开始显示出效果，奇点炸弹的轨道开始弯曲，但它已越过水星轨道，距太阳太近了，谁也不知道这努力是否能成功。通过超空间直播，全银河系都在盯着那个模糊的雾团的轨迹。它的亮度急剧增大，这是一个可怕的迹象，说明炸弹已能感受到太阳外围空间粒子密度的增大。舰长的手已放到了那个红色的时空跃迁启动按钮上，以在奇点炸弹击中太阳前的一刹那脱离这个空间。但奇点炸弹最终像一颗子弹一样擦过太阳的边缘。当它以仅几万米的高度掠过太阳表面时，由于黑洞吸入太阳大气中大量的物质，亮度增到最大，太阳边缘出现了一个刺眼的蓝白色光球，使它在这一刻看上去像一个紧密的双星系统。这奇观对人类将永远是个难解之谜。蓝白色光球飞速掠过时，下面太阳浩瀚的火海黯然失色。像一艘快艇掠过平静的水面，黑洞的引力在太阳表面划出了一道“V”形的划痕，波及半个太阳。奇点炸弹撞断了一条日珥，这条从太阳表面升起的百万千米长的美丽轻纱在高速冲击下，碎成一群欢快舞蹈着的小小的等离子体旋涡……奇点炸弹掠过太阳后，亮度很快暗下来，最后消失在茫茫太空的永恒之夜中。

“我们险些毁灭了一个碳基文明。”参议员长出一口气说。

“真是不可思议，在这么荒凉的地方竟会存在3C级文明！”舰队统帅感叹说。

“是啊，无论是碳基联邦，还是硅基帝国，其文明扩展和培植计划都不包括这一区域。如果这是一个自己进化的文明，那可是一件很不寻常的事。”最高执政官说。

“蓝84210号舰，你们继续留在那个行星系，对3号行星进行全表面文明检测，你舰前面的任务将由其他舰只接替。”舰队司令命令道。

同他们在木星轨道之外的数字复制品不一样，山村小学中的娃们丝毫没有觉察到什么。在那间校舍里的烛光下，他们只是围着老师的遗体哭啊哭。不知哭了多长时间，娃们最后安静下来。

“咱们去村里告诉大人吧！”郭翠花抽泣着说。

“那又咋的？”刘宝柱低着头说，“老师活着时村里的人都腻歪他，这会儿肯定连棺材钱都没人给他出呢！”

最后，娃们决定自己掩埋自己的老师。他们拿起锄头铁锹，开始在学校旁边的山地上挖墓坑。灿烂的群星在整个宇宙中静静地看着他们。

“天啊！这颗行星上的文明不是 3C 级，是 5B 级！”看着蓝 84210 号舰从一千光年之外发回的检测报告，参议员惊呼起来。

人类城市的摩天大楼群的影像在旗舰上方的太空中显现。

“他们已经开始使用核能，并用化学推进方式进入太空，甚至已登上了他们所在行星的卫星。”

“他们的基本特征是什么？”舰队统帅问。

“您想知道哪些方面？”蓝 84210 号上的值勤军官问。

“比如，这个行星上生命体记忆遗传的等级是多少？”

“他们没有记忆遗传，所有记忆都是后天取得的。”

“那么，他们的个体相互之间信息交流的方式是什么？”

“极其原始，也十分罕见。他们身体内有一种很薄的器官，在这个行星以氧氮为主的大气中振动时可产生声波，同时把要传输的信息调制到声波之中，接收方也用一种薄膜器官从声波中接收信息。”

“这种方式信息传输的速率是多大？”

“大约每秒 1 至 10 比特。”

“什么？”旗舰上听到这话的所有人都大笑起来。

“真的是每秒 1 至 10 比特，我们开始也不相信，但反复核实过。”

“上尉，你是个白痴吗？”舰队统帅大怒，“你是想告诉我们，一种没有记忆遗传，相互间用声波进行信息交流，并且是以令人难以置信的每秒 1 至 10 比特的速率进行交流的物种，能创造出 5B 级文明？而且这种文明是在没有任何外部高级文明培植的情况下自行进化的？”

“但，阁下，确实如此。”

“但在这种状态下，这个物种根本不可能在每代之间积累和传递知识，而这是文明进化所必需的！”

“他们有一种个体，有一定数量，分布于这个种群的各个角落，这类个体充当两代生命体之间知识传递的媒介。”

“听起来像神话。”

“不，”参议员说，“在银河文明的太古时代，确实有过这种个体，但即使在那时也极其罕见。除了我们这些星系文明进化史的专业研究者，很少有人知道。”

“你是说那种在两代生命体之间传递知识的个体？”

“他们叫教师。”

“教——师？”

“一个早已消失的太古文明单词，很生僻，在一般的古词汇数据库中都查不到。”

这时，从太阳系发回的全息影像焦距拉长，显示出蔚蓝色的地球在太空中缓缓转动。

最高执政官说：“在银河系联邦时代，独立进化的文明十分罕见，能进化到 5B 级的更是绝无仅有。我们应该让这个文明继续不受干扰地进化下去，对它的观察和研究，不仅有助于我们对太古文明的认识，对今天的银河文明也有启示。”

“那就让蓝 84210 号舰立刻离开那个行星系吧，并把这颗恒星周围一百光年的范围列为禁航区。”舰队统帅说。

北半球失眠的人，会看到星空突然微微抖动。那抖动从空中的一点发出，呈圆形向整个星空扩展，仿佛星空是一汪静水，有人用手指在水中央点了一下似的。

蓝 84210 号舰跃迁时产生的时空激波到达地球时已大大衰减，只使地球上所有的时钟都快了 3 秒，但在三维空间中的人类是不可能觉察到这一效应的。

“很遗憾，”最高执政官说，“如果没有高级文明的培植，他们还要在亚光速和三维时空中被禁锢两千年，至少还需一千年时间才能掌握和使用湮灭能量，两千年后才能通过多维时空进行通信。至于通过超空间跃迁进行宇宙航行，可能是五千年后的事了。至少要一万年，他们才具备加入银河系碳基文明大家庭的起码条件。”

参议员说：“文明的这种孤独进化，是银河系太古时代才有的事。如果古老的记载正确，我那太古的祖先生活在一个海洋行星的深海中。在黑暗世界的无数个王朝后，一个庞大的探险计划开始了。他们发射了第一艘外空飞船，那是一个透明浮力小球，经过漫长的路程浮上海面。当时正是深夜，小球中的先祖第一次看到了星空……你们能够想象，那对他们是怎样的壮丽和神秘啊！”

最高执政官说：“那是一个让人向往的时代。一粒灰尘样的行星对先祖都是一个无限广阔的世界。在那绿色的海洋和紫色的草原上，先祖敬畏地面对群星——这样的感觉我们已丢失千万年了。”

“可我现在又找回了它！”参议员指着地球的影像说。它那蓝色的晶莹球体上浮动着雪白的云纹，酷似一种来自祖先星球海洋中的美丽珍珠，“看这个小小的世界，它上面的生命体在过着自己的生活，做着自己的梦。对我们的存在，对银河系中的战争和毁灭全然不知。宇宙对他们来说，是希望和梦想的无限源泉。这真像一首来自太古时代的歌谣。”

他真的吟唱了起来。他们三人的智能场合为一体，荡漾起玫瑰色的波纹。那从遥远得无法想象的太古时代传下来的歌谣听起来悠远、神秘、苍凉，通过超空间传遍了整个银河系。在这团由上千亿颗恒星组成的星云中，数不清的生命感到了久违的温馨和宁静。

“宇宙的最不可理解之处在于它是可以理解的。”最高执政官说。

“宇宙的最可理解之处在于它是不可理解的。”参议员说。

当娃们造好那座新坟时，东方已经放亮了。老师是放在从教室拆下来的一块门板上下葬的，陪他入土的是两盒粉笔和一套已翻破的小学课本。娃们在那个小小的坟头上立了一块石板，上面用粉笔写着“李老师之墓”。

只要一场雨，石板上那稚拙的字迹就会消失。用不了多长时间，这座坟和长眠在里面的人就会被外面的世界忘得干干净净。

太阳从山后露出一角，把一抹金晖投进沉睡着的山村。在仍处于阴影中的山谷草地上，露珠闪着晶莹的光，可听到一两声怯生生的鸟鸣。

娃们沿着小路向村里走去，那一群小小的身影很快消失在山谷淡蓝色的晨雾中。

他们将活下去，为了在这块古老贫瘠的土地上收获虽然微薄但确实存在的希望。

烛光岭

刘维佳

为亡灵点上一根蜡烛

凯丽认为自己不会喜欢维德布斯星的黄昏，因为这颗星球黄昏时分的光线太过于接近鲜红色了，即使没有迫在眉睫的战争存在也很容易让人联想到鲜血，从人类……或者 Zerg 族战士身体里流出的鲜血。凯丽以此为不祥之兆，仿佛这里的恒星都在提醒她不要忽视她和她的这支部队不久后那必将到来的结局。

但是不知道为什么，一到黄昏时分，凯丽就克制不住地从她那上古帝王陵墓一般的地下指挥所里走出来，在凉爽的晚风中一边漫步，一边观看这血染一般的世界。自从她率部驻扎于 397K 高地四天来，几乎天天如此。

少校凯丽身着短袖迷彩军装，长长的金发被一根红色的细线随意束在一起，武装带和自卫手枪被她留在指挥所里，她不想有任何东西妨碍她自在地散步。看着自己那被夕阳拖长的身影，凯丽有点儿惊异地发现自己那饱经血与火洗礼的身姿还依然婀娜。她驻足凝视了自己的身影一阵，在少女时代的梦的影子依稀可见之际，凯丽迈步离开了。

凯丽四周到处都是忙忙碌碌的人群和机器，现在她的手中掌握着从军以来她所指挥的最大规模的部队，此刻这支部队布满了 397K

高地的空中、地面和地下。凯丽在她的部队中随意徜徉，对中断手中的活计向她匆忙敬礼的部下视而不见。部下们都没有看见，她那躲藏在黑色镜片之后的双眼透出迷离之色。此刻她所看见的并不是正在一刻不停修建机场和地堡的SCV工程兵和披盔戴甲身背沉重的高斯机枪的陆战队员，她所看见的是一个小镇，一个古旧寂寥的平凡小镇。凯丽仿佛正漫步于小镇唯一的一条公路上，沐浴着夕阳火红的光辉走在故乡的大地上。

故乡……多少年不曾想起这个词啦？凯丽惊奇地发现此刻自己竟然清晰地看见了夕阳下的故乡。她已经很久很久连做梦都不曾梦见这个地方。她甚至连自己离开地球到底多少个年头都记不起来了。这些年来她辗转数十个星球征战不息，无暇回首从前，可为什么在这维德布斯星她竟能发怀旧之幽情？不错，这里的环境确实很像地球，确实值得联邦政府投入大量兵力为了它和Zerg族血战一场，但凯丽不相信自己会因为这一点而动容。在如今这星空都为鲜血所染红的时代，肩上能扛着少校肩章的人，其心早已变得和那朵徽章一样坚硬。

虽然如此，当凯丽站在山顶环视整个高地，看着自己手下的新兵旧部大忙特忙之际，她的胸腔中仍不免泌出丝丝怜悯之情。透过墨镜，她眼中所有的人都被黑暗所包围，似乎她此刻所看见的是不久后的将来，这些人……身处地狱之时的场景。

怜悯归怜悯，对于惨淡的未来凯丽也无计可施，她回忆受领任务时的情景，心想鱼饵的命运从来如此。

当时凯丽看见那个参谋脸上僵硬的笑容就知道即将落到自己头上的绝非什么好运。

“凯丽少校，我想你应当知道现在我们所面临的严峻形势。”那参谋的声音颇为中听，字正腔圆，发音标准，但凯丽似乎未加注意。司令部的所有人都未对凯丽嘴叼烟卷鼻架墨镜的放肆之举提出批评。真正带过兵的将领都知道应该容忍手下经验丰富的宝贵军官的某些放浪之举，这些人已多次出生入死，早对死亡和生命都抱以蔑视的态度，又哪里还会把军纪军规放在心头？“现在不明区域的范围正在扩大，虽然速度还不是很快，但特克斯山脉已全部不在我们控制之中。”军中任何人都知道所谓的不明区域其实指的就是已被 Zerg 族控制的地区。“所有试图飞越其上空的卫星探测装置都被自杀蝠所撞毁，派出的侦察部队亦损失惨重，而所获信息却很少。”

这一刻凯丽心脏一紧，以为自己的部队不幸将被派去执行倒霉透顶的侦察任务，但不一会儿她就发现自己过于乐观了。“少校，你知道我们身处联邦的战略侧翼，总司令部不会调拨大量的兵力来支援我们，事实上他们肯把精锐的 323 空中突击师和陆战 9 师调来此地已经是极为慷慨了，要知道拉玛达星系的决战态势正变得越来越明显。”随着参谋的叙述，司令部中央的激光全息投影显示出形象的动画演示，在司令部阴暗的空气中投射出怪诞的光影。

这战略态势乃是众所周知之事……凯丽心想，所以她认为完全没有必要提醒这位颇具播音员天赋的参谋注意另一个众所周知的事实：正因为维德布斯星处于联邦的战略侧翼，所以它的失守有可能陷拉玛达星系主力部队于不利地位。它绝非一粒无足轻重的石子，在这里即将发生的战斗极有可能将是拉玛达星系决战的序战。何况，它还是一颗环境十分适宜的少见的类地行星。双方在此地势必有一场恶战。

“关于 Zerg 族的扩张速度，我想不必多说了，如果我们不尽快击垮这行星上的Zerg族部队，很快维德布斯星就将不再属于我们……但是，我们手头除了总部调拨来的两个正规师以外，只有一些小型独立作战单位和地方守备部队，可以机动的兵力实在太少。而有关Zerg族部队的情况，我们所知不多，但有迹象表明它们并不想放过维德布斯星，所投入的兵力明显超出我们在此地的部队，局面不容乐观……因此绝不能轻易进行大规模出击，必须使用谋略，以弥补兵力的不足。”说到这里参谋停了下来，似乎想让凯丽有时间享受智慧带来的乐趣。

凯丽心知不妙。她从不喜欢什么“谋略”，因为她深知所谓谋略，其实是一种冒险，一种赌博，成功了，便可能收到四两拨千斤之奇效；但若拨不起那千斤来，就得付出冒险所应该付的一切代价。

“Zerg族的优势在于扩张迅速，兵力雄厚。这一点往往使我们某些质量上的优势显得几乎毫无意义。而我们最大的优势是拥有许多大规模杀伤性武器，火力炽烈。所以如果我们想要以少量兵力战胜数量庞大的敌军，就必须最大限度地发挥我军支援火力强大这一优势……这次总部拨给了我们上百枚启示录级核弹，如能运用得当，便可一举消除此地Zerg族在兵力上的优势。”

凯丽刚想开口询问有何良策在双方战线犬牙交错瞬息万变的野战战场上有效地使用这种终极武器，参谋便说出了那个不幸的消息：“我们另一个优势则是防守能力很强，只要战役结构不被打坏，即使不多的兵力亦能坚持很久……所以，我们计划在敌军无法置之不理的地区派驻一支战术分遣队，配备大量技术兵器，广建防御支撑点，构筑坚固阵地；然后不断以短促出击袭扰敌军，让它们产生这支部队威胁很大的感觉，吸引它们全力来攻。这时这支特遣队必须竭力死守，迫使敌军将尽可能多的兵力投到这张铁砧上来。等到最佳时机来临，我们的铁锤——那些启示录级核弹——就纷纷从天落下，将猬集一团的虫海一鼓而歼。自从人类进入热兵器时代，这种能够充分发挥火力的战术曾一再被处于技术优势的军队所成功运用。”停顿了一下，参谋继续流利地说道：“凯丽少校，我们认为你是我们这里最优秀的战术指挥官，经过反复讨论，我们觉得只有你，方堪担此大任，所以你将被任命为特遣分队的指挥官。”

话音消失以后，大家都在等待凯丽的反应。但凯丽如同她的墨镜一样拒绝大家的窥视和猜度，她一动也没有动。

过了一会儿，凯丽终于开口问道：“这计划究竟是谁制订的？”

参谋呆了一呆，报之以沉默。

“是我。”回答凯丽的是维德布斯星最高防务长官，一名缀着金丝肩章头发有点儿花白的少将，目前正安坐于凯丽的对面。“计划是我制订的。怎么？有不清楚的地方吗？”

凯丽取下嘴上叼着的烟卷，望着将军说：“你是一个不折不扣的浑蛋，将军。”

这屋里的不少人闻听此言不禁动容，大家神情紧张地望向将军，但少将似乎无动于衷。

“只要这个计划付诸实施，”凯丽大声说道，“无论成功与否，特遣队都将从联邦军中消失。”

“你说得完全正确。”将军端起桌上的咖啡杯，呷了一口，放下杯子，“还有别的问题吗？”

凯丽慢慢摇了摇头，回答将军：“没有了。”

“少校，”参谋急忙向凯丽进行补充说明，“请放心，我们将为你修筑一个几乎是目前最为安全的地下指挥所，它将是绝对安全的。而所有启示录级核弹都将在空中起爆，不可能对深层地下目标造成伤害。”

“那我的部下们呢？”凯丽转过头，将黑色的视线从将军身上移到参谋的脸上。

参谋的脸部肌肉不禁抽搐，或许这是他欲露出他那僵硬笑容的一次不成功尝试：“我感到很遗憾……但我们计划配备给你的将是特殊的部下——C级克隆战士……”

“确实是个好主意……”凯丽点点头，抬手抽了一口烟，烟雾顿时将她的面容笼罩，“这样他们就死不足惜，没有亲属会提出抗议，不会留下后遗症……可是，克隆战士主观能动性很差，战斗力远不及自然人战士，到时只怕我力有不逮……”

“这就是我们为什么必须派出最优秀的战术指挥官的缘故。少校，他们战斗力发挥得出色与否，将取决于你的指挥能力。”

“上帝保佑吧……”凯丽扔掉烟头，低头看着它被自己的鞋底碾死，“请给我讲解计划的具体细节……”

现在凯丽注视着自己的那些克隆人部下，心想仅凭这些只有简单应激反应能力的呆头呆脑的部下，或许上帝也难率领他们打出一场漂亮仗。

远处，几个“泰坦”机甲巨人耀武扬威地在由金属地堡组成的支撑点式防线后方鸵鸟一般来回走动，阳光打水漂一般从它们身上弹入空中；而在防线的前方，灵活迅捷的兀鹫战车正在埋设威力强大的智能地雷……397K高地似乎已变为坚不可摧的钢铁要塞，然而凯丽心中仍然难以乐观。操纵这些威风凛凛的技术兵器的依然是克隆战士——B级克隆战士，他们要聪明一些，但仍不可与自然人战士同日而语，不能指望利用他们投入协同密切的一体化立体进攻作战。一旦被要求进行这种复杂的进攻作战，他们这些头脑简单的家伙就要乱套。凯丽只希望这些高级克隆战士的防守作战能力能如那个参谋吹嘘得那样神乎其神。

一座座防空导弹塔在机械工程兵的组装下慢慢耸立起来；两辆刚从运输机上卸下来的攻城坦克正支开座板将巨大的钢钉打入地下，扬起碗口巨炮威胁着远方。所有配发给克隆战士的技术兵器都不是最新式的，相当一部分甚至是其他部队换装下来的旧货和战损修复品，其作战效能不可避免都要或多或少打点儿折扣。更加难以容忍的是，相当数量的技术兵器并不是真的，和山岭上层的许多建筑一样，只是惑敌部队的劳动成果。这些“稻草人”曾令凯丽少校发了好一通火，但她心里也清楚诱饵毕竟只是诱饵，完全没有理由为猎物真的准备上一顿丰盛的晚餐。

战士们不知疲倦地操纵着自己的装备，无事可做的陆战步兵也不肯闲着，端着枪警惕地来回巡逻。这些人造的战士极其尽职，凯丽回忆起她从前的部下可不一样，那些自然人战士会偷懒，战斗时也会表现出怯懦，但他们的面孔是变化多端的，有人高兴，有人悲哀；而这些战士的面目却是千篇一律的。不过有一点双方是相同的，就是都会变成尸体，迟早而已。

黑暗渐渐从维德布斯星的大地里生长起来，空气中如同混入了夜神的身影所散发出的黑色粒子，这片大地不久将为黑暗所笼罩。远方的沉默群山最先被雾气一般的暮色所吞噬。就在那里，隐伏着无数 Zerg 族的妖魔鬼怪，凯丽知道，那里每分钟都有怪兽跃跃欲试，想过来试试能否将她和她的部队统统撕成碎片。

凯丽用右脚随意地踢开一块小石子，转身向自己的指挥所走去，躲避即将淹没一切的黑暗。

途中凯丽路过一个地堡，一晃眼正好看见帕克斯顿用他那修长的手指在液晶电子地图上比比画画，向他的几个队员讲解地形情况和任务注意事项。他的钛质星形护身符在他脖子上悠闲地晃来荡去。

凯丽驻足观望，心中回想起这个性格外向大胆奔放的红发幽灵战士不久前第一次看见自己时的眼神。当时这帅小伙两眼一亮，盯着自己看了好一会儿，目光温度渐升。数秒之内，凯丽就认为自己看清了此人性格的一个方面，她甚至能想象出这个多情郎是怎么穿着时髦的华服、一头红发收拾得有如火焰，在基地组织的舞会上把医疗队里傻乎乎的护士妞勾引得神魂颠倒……通常说来，幽灵战士的性格特征比较极端化，一部分因为严酷的训练和血腥的杀戮扭曲了心灵，从此阴沉冷酷不相信生活还有乐趣，就当自己已经是个死人；而另一部分恰恰相反，对于自己具有隐身的功能，常常能给敌人以较大杀伤而自己毫发无损这一点沾沾自喜，于是视战争为浪漫的游戏，进而产生自己有如骑士的幻觉，藐视敌人和自己人中的其他兵种，并以为天下的女人没有不喜欢自己的。

“嗨，少校！”帕克斯顿看见凯丽，脸上露出笑容，“弟兄们都准备好了，明天一早就进山潜伏。”暮色中他那一身炫目而合体的特种隐身战斗服使他看上去真的很像个骑士。

“嗯……”凯丽冲帕克斯顿身边的那些神情紧张的幽灵战士一扬下巴，“他们都见过世面吧？”幽灵战士都是自然人，因为这个兵种必须在敌后长期独立行动，需要高度的自主性。

“上面不会派菜鸟给帕克斯顿带……”帕克斯顿颇有些得意地说，他明显比他的队员要轻松得多，“他们都上过战场，吃过野战军用口粮……”

有可能……凯丽的目光扫过那些脸色发白的年轻人，心想你们所谓的上过战场也许只是在烧焦的土地上逛了逛，向已经毫无防护能力的敌军建筑放过几枪……凯丽在心中叹息，打哪儿弄来这批孬种？近来上面总是输送成批中看不中用的小家伙给她……看着这些轻狂孟浪或自以为看破红尘对什么都嗤之以鼻的孩子稀里糊涂地送了性命，凯丽也无回天之力。战争前所未有的残酷，各战区整团整师被歼灭的事都时有发生，有经验的军官和战士越来越稀少，新人已难得遇见一个能够指引他们认识战争理解战争学会适应战争从而得以生存下去的老师了。依凯丽的经验，但凡对战争抱偏激或浪漫观念的家伙，必无善终。凯丽觉得自己应该让这个红发小骑士明白这一点，但时间紧迫，短短几句话就让此人明白真理看来希望渺茫。于是凯丽决定还是让他们自己在战场上去学。战争是最严厉也最有效的老师，它能一下子把真理烙在你的身上，毫不理会你是否愿意，能否承受。“很好，看来你们都应该知道该做些什么、该注意什么……小伙子们，祝你们好运。”凯丽向他们露出少见的笑容，她希望墨镜能使自己的笑容看上去充满自信。

“少校，我喜欢看你笑，你的笑容很好看。”帕克斯顿轻浮地笑道，“若我顺利完成任务，我想要一点儿小小的奖励……”

“说吧，我能给你些什么？”凯丽笑容依旧。

“一个吻。”帕克斯顿说得很自然。

凯丽不禁放声大笑。她伸出右手轻轻拍了拍帕克斯顿的脸：“小男孩……你先保证给我活着回来再说吧！”

“这是毫无疑问的。我只希望到时我能得到这个我应该得到的奖赏。”帕克斯顿望着凯丽的眼睛说。

“好吧，如果你这么想得到这玩意儿的话，你会得到的。这不算什么……”凯丽向他们挥了挥手，“好了，我该回去了……好好干吧，但愿能再次见到你们。”说完凯丽就转身离去了。

凯丽当然注意到了帕克斯顿眼中流露出的失望之色。我以为你很聪明……凯丽心想，你完全不必失望，在如今这个时代，你要想从一个女人那里得到吻或是……更多的东西，就是这么简单这么容易，大家的生命都朝不保夕，谁也没时间去玩过去那种追追躲躲的游戏了……但要想得到承诺，却不可能，因为现在谁也不能承诺什么。

回到地下指挥所，凯丽看见她的副官弗朗西斯在一如既往地大忙特忙。察觉到少校进来，弗朗西斯转过头来：“少校，指挥网已经完全建好，现在你可以顺利地指挥高地上的每一个作战单位乃至每一名战士。”弗朗西斯向凯丽报告，他体形偏瘦，长相老实，眼神总是忐忑不安，如此的设计确能令人产生安全之感。

凯丽满意地哼了一声。弗朗西斯很少让她失望让她心烦，这个高级电子仿生人工作效率很高，办事沉稳踏实极有条理，极少遗漏某些不起眼的环节，实为指挥员难得的助手，确实不负为研发他们所花费的大量经费。他们的人造大脑兼具电脑的精确计算记忆和人脑的模糊判断功能，保证他们能够将交下来的事情扎扎实实办好。但是他们毕竟不是人类，他们的人造大脑也无法从整体上与人脑相提并论，所以他们只能充当指挥员的助手，无法胜任独立的指挥任务，也不能融入人类的生活中。

凯丽在指挥所里自己的位置上坐下来，皱眉盯着面前的众多显示屏，开始继续工作。

凯丽仔细审查高地的防御体系，寻找可能被疏忽了的漏洞，调整防御部署，并与司令部保持联系。克隆战士的优点这时就显露出来了，他们认真地执行凯丽的每条指令，将不合凯丽心意的工事推倒重来，全不像自然人战士那样容易疲劳，最重要的是他们不会发出自然人战士那样让人心烦的牢骚抱怨。

夜深了，凯丽少校指示：启动所有的照明设施。很快，整个高地就变得灯火通明，在这片黑暗的土地上显得极为显眼。这是违反作战条令的举动，但现在自有其道理，诱饵的香味必须越浓越好。

凯丽疲倦了，她与自己的部下不是同类，难以和他们奉陪到底。“弗朗西斯，我该休息了，通知各哨位，加强警戒。”

弗朗西斯点头称是。

“弗朗西斯，你不休息一会儿吗？”凯丽觉得即使是电子仿生人，连续工作 70 小时以上也令人担心。

“谢谢，少校，我一切良好。”弗朗西斯头也未抬地回答，继续沉浸于大量的事务性工作之中。他们以此为乐，倘若长时间没有工作可做，他们便会陷入焦虑之中。这样的设计凯丽认为颇为人道，使得他们不会如自然人一般产生物化之感。

凯丽躺入壁柜一样的小床，心想不知自己还可得几日之安枕？司令部再三保证这个地下指挥所受到重重保护绝对安全，但这种保证并不能阻止噩梦侵入此地袭击凯丽。

不过今晚噩梦看来另有主顾，凯丽梦见了另外一些东西。她非常罕见地梦见了自己的父母——尽管他们只是两个模糊的身影，她还梦见了被夷为平地的殖民村的残骸，听见了自己的啼哭声……然而这一切并非她所亲见，它们都诞生于这些年她脑中的想象。父母所在的殖民村遇袭之时她还小得不能使看到的一切在脑海中留下记忆的影子。不过这一点并不妨碍她确立自己一生的使命，也就从那一天起，注定了凯丽的生命与“复仇”缚在了一起，永世不得解脱。

接着她梦见了地球上那个自己居住了十余年的偏僻小镇，故地重游凯丽心中不免悸动。然而故乡也并非什么世外桃源。几乎所有的公司都参与了军用物资的生产和经营，大多数资源被用于军队，整个地球变成了一个硕大无朋的兵营。孩子们一进学校就开始接受军事训练，严酷的训练取代了童年的纯真快乐，早熟的少男少女依靠性来及时行乐品尝生命的甜味，以使自己不至于带着遗憾走入这场前所未见的可怕战争……地球的文化也改变了，过去的影视、歌曲和小说、诗歌中爱情是主旋律，但现在都在歌颂战争和厮杀，在嗜血尚武的歌声中，一批批年轻的职业杀手杀气腾腾地迈入星空。他们义无反顾。凯丽看见在小镇火红的夕阳下，一个女孩子在苦苦哀求高她一个年级的情人不要离去，她的一头金发使她看上去可爱又可怜，但她的情人却不为所动，表示他依然爱她，但肩头的使命令他无法推卸。女孩紧紧握住男孩的手说，不，你不爱我，你要是真的爱我你就不会走。男孩却使劲抽回手说，不，我爱你，但我必须走，总有一天，你会明白我的选择的！

这时凯丽醒了，她感觉自己没有睡好，心中责怪自己忘了服用镇静神经的药片，不能保证足够的有质量的睡眠便不会有足够的精力。凯丽一边用毛巾擦拭身上的汗水，一边心想不知道喀斯特的灵魂在沙克特星找到了归宿没有？沙克特星早已沦入 Zerg 族之手，成为它们的主要基地之一已经许多年了，却要当年一出校门即战死于此的喀斯特和他的战友们魂归何处？

凯丽点上一支烟，半躺在床上等待提神。梦见这些东西绝非吉兆，这些容易令人心神散乱的东西会干扰指挥作战的。回忆会令军人留恋生活，这样就必然减低他们的生存概率。要知道先下手为强，在战场上只有一心杀敌才可能渡过难关，而一心想活命则肯定完蛋。

走下床，弗朗西斯立刻报告说帕克斯顿已于一小时前率领他的队员乘运输机出发了。耳闻此信凯丽心脏一跳，她似乎听见了自己血流增速的声音。这感觉很像当年喀斯特离去之时的感觉……怎么自己竟会对那个轻浮的花花公子心生牵挂？凯丽颇为不解。多年以前她就对儿女之情视之漠然，即使回忆起与喀斯特相濡以沫的情景亦心如止水。凯丽明白自己已被战争所扭曲。这是学会战争中的生存之道所必须付出的代价。凯丽并不想变成一部杀人机器，也无意以此为荣。她曾想设法寻机挽救自己的心，但收效甚微……可为什么现在这感觉如此轻易便出现？毫无征兆也太过容易，凯丽略一思索，将这种反常现象归结为大战爆发前夕的神经紧张。人一紧张就容易情绪失控，就会产生许多莫名其妙的冲动，比如总是沉浸于某支歌曲的某段旋律，或者渴望如上古武士一般冲入敌阵挥刀砍杀，又或者……同情某个从来也不打算同情的人。

走出指挥所，凯丽在晨光中远眺杀机密布的重重群山。帕克斯顿就在那里率领他的一帮哥们儿行走于刀锋边缘。轻浮归轻浮，凯丽对帕克斯顿仍然怀有袍泽间的敬意。成为一名幽灵战士并不容易，能活着回来勾搭 MM 更不容易，他们有权力在舞会上那样做。

一队状如鹰隼的幽灵战机呼啸着掠过凯丽头顶，向高空冲去，似乎想刺穿大气层。它们将在下一步行动中担负争夺制空权和接应的任务。

回到指挥所，凯丽一边继续调整自己的部署，一边静待帕克斯顿他们送来情报。

快到吃晚饭的时候第一批情报送回来了。凯丽一边咀嚼着简单的军用口粮，一边分析陆续收到的情报，面色凝重。

情况确实糟糕，特克斯山脉几乎已经完全变成了 Zerg 族的巢穴，山谷和峭壁上到处都是孵化中心；行动快如闪电的迅猛兽挥舞着镰刀一般的坚利刀足成群穿梭于山脊陡坡，鼠类的本能使它们视峭壁为坦途；自杀蝠则在群山上空肆意飞舞，犹如夏日河边的蚊虫，威胁着星空中任何异族的飞行器；靠喷射腐蚀液杀敌的刺蛇成群结队把守着各个山谷的出入口，不时发出凶狠嘶哑的吼叫。凯丽没有看到维德布斯星的本土生物。Zerg族就是这样，寄生虫与生俱来的贪婪和残暴驱使它们疯狂吞噬宇宙的一切生物，摄取人家的DNA，用来制造为自己的野心服务的高效杀手。每占领一个行星，所有的一切都会被它们榨干，留下的只剩一堆死气沉沉的残渣。凯丽知道人类有段时间也是这样的，但人类知道这样做是错误的，所以早就摒弃了这种疯狂的发展方式。在建立外星殖民地时，人类一直竭力保证当地生态不受破坏。而Zerg族却是毫无节制的，它们的目标就是要将宇宙所有生物都纳入自己的控制之中。面对这样野蛮残暴的生物，反战之声无人附和。假若放弃抵抗，结局只能是种族灭绝，连当奴隶的机会都不会有。

随着帕克斯顿他们发回的情报多了起来，凯丽的脸色也变得越来越难看。形势之严峻令她吃惊，她根本顾不上身体的疲倦。夜半时分她觉得不必再分析下去了，现在可行的选择只有一个，那就是进攻！而且必须尽快。倘若任此地的Zerg族发展到羽翼丰满之时，恐怕除了动用成千上万枚超级核弹将这颗行星炸为焦土外再无良策消灭它们，而走此下策实际上等于在星图上抹掉了维德布斯星。

凯丽向司令部申请马上发动骚扰袭击。她立刻获得了批准。

一刻钟后四辆重型攻城坦克分乘两架运输机起飞，趁着夜色扑向凯丽选定的目标。

目标区的Zerg族生物都未能发现处于隐身状态监视着它们的幽

灵战士。Zerg 族扩张太快，防御体系漏洞甚多，运输机噪音轻微，未为 Zerg 族生物所注意。直到那四辆攻城坦克空降于那个宝塔一般模样的孵化中心附近的一处悬崖之上，它们仍未发现。

那些攻城坦克毫不迟疑地展开座板支起主炮，霹雳一声将大团火球掷向正在埋头采集晶石矿的甲壳虫一样的 Zerg 族工蜂们。在炮弹爆炸的火光声中，几名工蜂顿时化为难看的血肉残渣。

但是工蜂们反应很快，炮声一响它们立刻散开逃逸，很快逃到了安全地带，并钻入地下。同时原先躲藏在地下未被幽灵战士发现的十余只迅猛兽跃出地表，向着坦克所在之地高速冲去。

凯丽见状心一沉，指挥此地 Zerg 族生物作战的脑虫是个会打仗的家伙，凯丽心中开始为这个计划能否成功诱使它上钩而担忧。

狂怒的迅猛兽们在高浓度肾上腺素的刺激下疯狂地冲向正在喷吐耀眼火光的坦克。但是它们冲到悬崖之下后却无计可施。这绝壁是如此陡峭，竟使得灵活敏捷的它们也徒叹奈何，只能仰头发出愤怒的嘶叫，挥舞刀足将石壁刨得火星四迸碎屑飞溅。

凯丽见状不禁冷笑，当即命令坦克不要理会那些迅猛兽，集中火力尽快摧毁那个孵化中心。于是四辆坦克立刻锁定目标展开急促射击。不大工夫，那个孵化中心便轰然炸裂，化为弥漫的血雾和碎屑。

凯丽下令坦克乘机火速撤退，同时命令巡弋于近地轨道上的那队幽灵战机启动隐身装置俯冲下来接应运输机撤退。

果不出凯丽所料，那队幽灵战机将蜂拥而至欲追杀运输机的自杀蝠拦个正着。一排威力强大的格斗导弹立刻将冲在最前面的一批自杀蝠打得凌空炸裂，化为细碎的血肉碎末纷扬坠落。但由于自杀蝠无法发现处于隐身状态的幽灵战机，所以它们对遭到的突然袭击不屑一顾，毫不停顿地继续向运输机猛扑。幽灵战机赶紧打开加力全力拦截。所幸自杀蝠威力虽大，自身防护能力却并不强，此刻数量也不是很多，所以在幽灵战机的不停暗算下很快损失殆尽，未能伤到运输机毫发。

第一个回合凯丽获胜，得分点数遥遥领先，但凯丽无法露出笑容。这点儿战果在 Zerg 族巨大的繁衍能力面前意义不大，现在她得立即采取措施防范 Zerg 族的报复。

此地的脑虫果然是根老油条，它立刻做出了正确的判断，将大批刺蛇分为许多小队，每队配属一名领主，漫山遍野进行拉网式的搜索巡逻。领主是所有隐身兵种的克星，这种悬浮在空中的章鱼形巨大生物拥有强大的精神能力，能够在较远距离上感觉到幽灵战士的存在。凯丽一面指示弗朗西斯帮助所有幽灵战士达成信息共享协调行动，一面报请司令部允许少量启用核弹。凯丽认为，面对很有经验的对手，再进行刚才那样的偷袭行动实为不智，现在只有启示录级核弹，才是唯一能让 Zerg 族深刻理解 397K 高地价值的东西。

但是上级目光高远，认为不宜过早暴露这种终极武器，以免打草惊蛇。凯丽两手一摊，无话可说。他们或许言之有理，但凯丽不能拿自己的部队去冒险，在即将来临的防御战中，每一个人、每一支枪都是重要的。凯丽将帕克斯顿他们发回的音频视频信号全发给了司令部，觉得这样或许能让他们获得切身的体会。

尽管帕克斯顿他们拼命躲藏，尽管弗朗西斯竭力配合，一夜下来他们还是失去了两名同伴的信号。凯丽依上级指示派出的对 Zerg 族领主进行敢死猎杀的一队幽灵战机也被刺蛇酸液腐蚀得遍体鳞伤，几乎失去战斗力。凯丽瞥了一眼早已装满的烟灰缸，将手中的烟头狠吸了一口，小心地放了进去。

天明时分，司令部终于有所松动，批准启用两枚核弹。

凯丽决定好好利用这两枚核弹。帕克斯顿亲自出马，在喝了两口封闭式战斗服生保系统提供的营养液补充足了体力后他提着脑袋大胆穿插，向Zerg族腹地摸去。途中他又听见了一名部下垂死的惨叫，他面色发白但步伐未受影响，这一夜他大开眼界，所学到的东西比以往要多得多。

帕克斯顿选中了一个采矿工蜂众多的孵化中心，由于巡逻部队的大量派出，此地仅有一名领主，不足以搜索得天衣无缝。帕克斯顿狡猾地将导引激光的投射点点在晶石矿的岩缝之中，等待核弹从天而降。

这种时刻最为令人提心吊胆，若被发现，自己横死当场倒也罢了，珍贵的核弹也会因失去制导而浪费掉。Zerg族特有的生物性地毯组织踩上去有如肌肉，轻微的蠕动从帕克斯顿脚下传来，令他紧张不安。他真害怕这种组织已经进化出了神经系统。

一只刺蛇无意间游走到了帕克斯顿附近，双方距离是如此之近，帕克斯顿都可以看清它坚硬甲壳上的枪弹伤痕。或许这是不久前侦察部队留给它的纪念……帕克斯顿刚冒出此念，那刺蛇突然不安地摆动它硕大的头颅，似乎从空气中嗅到了什么。帕克斯顿冷汗淋漓，闭目听天由命。

但领主的阴影并未覆盖帕克斯顿，刺蛇也摇摇摆摆地离开了。帕克斯顿睁眼仰望天空，看见针尖般的闪光刺破苍穹。“上帝的惩罚……”帕克斯顿低声自语，关掉激光导引装置借助战斗服上的行走辅助装置高速逃之夭夭。导弹已进入末段惯性制导阶段，无须引导了。

核弹爆炸的巨大闪光凯丽在高地上都看见了。即使无人汇报战果，她也知道那个采矿场已经瘫痪。除了建筑物之外，Zerg 族目前还没有什么东西能扛得住这种终极武器的一击。工蜂的损失殆尽使采矿场的生产能力要过很久才能恢复，这比直接杀伤敌军的战斗兵员还要致命。

一刻钟后，另一枚核弹在另一名战士的引导下在另一处采矿场炸响。

Zerg 族真被打疼了！整个特克斯山脉变成了一锅开水，Zerg 族战士掘地三尺疯狂搜索。凯丽意识到再让帕克斯顿所部在山里坚持下去简直等于谋杀，于是她果断地下令召回他们。

回来也并不简单，帕克斯顿他们舍命夺路而逃，在又失去了两位战友后才冲出山口。

当他们在凯丽面前显现原形之时，凯丽恍然觉得他们似乎真是从地狱返回的鬼魂。有两人受伤，医疗队冲上去给他们进行治疗。其中一个显然受的刺激太大，不停叫喊："他妈的，它们来了，它们来了！成千上万！我们完了，这次我们死定了！漫山遍野到处都是……"

凯丽皱眉示意卫生兵给此人注射镇静剂。即便她的手下全是克隆战士，她也无法宽容这种动摇军心的行为。

凯丽回头注视帕克斯顿，发现此人神色严峻，不久前的那股纨绔之气消失得无影无踪。确实如此，任何人亲身经历了使自己的部队损失近半的战斗都会有所改变。"才短短两天，你的眼神就变了，真是不错，比我学得快，就这样，只要你能学会把握战争，你就能成功地活下去……"凯丽希望帕克斯顿能在这场屠杀中活下来。她觉得自己或许有点儿喜欢这个小男孩，看见他平安回来她的心里有如释重负之感。凯丽不想放过这个可以使自己避免被战争彻底吞没的机会。

凯丽等待帕克斯顿向她索要她答应给予的奖励，但帕克斯顿似乎已经忘记此事。他久久凝望远方血红阳光下的特克斯山，他的五名部下丧命于此。凯丽又等了等，终于转身走回指挥所，她不想打扰帕克斯顿静思。此时最好容他自己慢慢领会所经历的一切，这样他能学到尽可能多的东西。凯丽觉得帕克斯顿有这样的悟性。

Zerg族确实重新深刻认识了397K高地。天还未黑，它们的以刺蛇和迅猛兽为主力的先遣部队就出现在了山区前面的平原上。随着时间的推移，它们所集结的部队越来越多，并互相掩护稳步向高地推进。

借用探测雷达的帮助，凯丽认为敌军已经上钩。看着敌军步步为营逼近过来，凯丽觉得不能让它们顺利地准备就绪。她派出四辆兀鹫战车，打算逗引敌军在高级兵种还未跟上之时就贸然闯入攻城坦克的炮火杀伤范围。

这四辆兀鹫战车趁夜色高速冲到敌军集结地，在对最前列的刺蛇射出一排炮弹之后立刻掉转车头后退。凯丽很高兴地看见大批刺蛇闻风而动追击而来，她指挥兀鹫战车利用自己无与伦比的高速度边打边退，牵诱着敌军追击，牢牢掌握着主动权。

不料兀鹫战车后方突然有一队迅猛兽从地下跃出，成功截住了猝不及防的兀鹫战车——原来它们才是大部队的岗哨，刚才不动声色放敌人过去了，此刻突然发难，果然抓个正着。为追求高速度而牺牲了防护能力的兀鹫战车的薄皮装甲很快被迅猛兽的坚利刀足撕得稀烂，发动机当场熄火，驾驶员也被如同苹果中的虫子一般拖出来剁成碎片。另两辆战车舍命狂奔，方才绕开疯狂的迅猛兽夺路而逃。

追击的迅猛兽在第一只同伴被炮火炸碎之时就立刻停住脚步退了回去，那些刺蛇也没有进入炮火射程之内。

凯丽不得不承认此招高明，敌军是有防备的，不能奢望利用一些小花招暗算它们。她思索片刻，下令各单位严加防范采取守势，不再试图冒险出击，同时向司令部请求空中支援，现在战斗随时可能打响。

又忙了一阵子，凯丽觉得应该抓紧时间去睡个觉。她并不担心敌军的突袭。以敌军现有的兵力结构只能发动地面冲锋，而在密集的炮火面前如无大量雷兽则成功的希望渺茫。凯丽安然睡去，准备养足精神迎接即将到来的大战。

清晨的薄雾散去，出现在凯丽望远镜中的Zerg族大军已比昨日庞大许多，而且空中除了飞蝗一般的自杀蝠外已经出现不少扑打着半透明双翼的飞龙。凯丽甚至可以断定自己已看见了Zerg族女皇的身影。凯丽放下望远镜，自己有如俎上之肉之感油然而生。

接近正午时分，云层中传来有如雷鸣的引擎声。维德布斯地区太空舰队的出现令高地上一片欢呼雀跃，但凯丽并不激动，她知道这不过是佯动而已。出动珍贵的地区舰队并非是要和Zerg族在此地决战，而是要造成人类为争夺高地不惜一切代价的假象，使敌军尽快毫无顾虑地冲上铁砧。

舰队高度渐渐降低，地面上的人已经能看见巡天舰的硕大身影，身材粗短的女武神护卫舰紧随在周围，保护它们的安全。它们的目标是空虚的敌军腹地。凯丽举起宏观望远镜，看见巡天舰舰首的红光渐渐明亮。这种聚能炮威力巨大，用来摧毁防御堡垒和建筑物十分理想。

大批自杀蝠急不可待地从四面蜂拥而至，看来它们等的就是这一天。忠实的女武神护卫舰们射出密集的导弹弹幕，企图螳臂当车。巡天舰队发射完聚能炮看见自杀蝠争先恐后扑来立刻掉头就跑，就像被打怕了的孩子。每只自杀蝠就是一枚威力巨大的活导弹，一段基因代码和一点儿廉价的资源就取代了精密昂贵的制导设备和动力系统，珍贵的大型战舰相当害怕成为这种悍不畏死的 Zerg 族生物兵器的廉价牺牲品。

尽管巡天舰队开足马力，还是有一艘倒霉的巡天舰被撞得凌空当场爆炸，巨大的爆炸声犹如被毒蜂蜇死的巨人临死前所发出的无奈的怒吼。其余战舰也几乎个个带伤，狼狈不堪落荒而逃。不幸未能与敌同归于尽的自杀蝠不依不饶穷追不舍，女武神护卫舰们如同猎犬般尾随狂奔而去。

一艘战舰终于支撑不住，在挨了致命一击后速度下降，当即被自杀蝠包围。很快，它就冒着滚滚浓烟向群山坠去，那场面让凯丽觉得很像水中的玩偶在向鱼缸底部沉落。

不过它挽救了舰队。自杀蝠为猎杀它也降低了速度，终于给了女武神护卫舰发射导弹的机会，不一会儿自杀蝠的数目就不足为虑了，舰队因而得以逃之夭夭。

地区舰队损失惨重出尽洋相，但凯丽心中赞叹司令部做事能屈能伸，不惜血本下如此赌注。击败人类的巡天舰队是个辉煌的胜利，凯丽觉得现在即便是换了自己也未必不会上钩。

沉寂了较长一段时间后凯丽接到了维德布斯最高防务司令的直接命令：高地上的幽灵战士全体出击，为核弹指示目标，杀伤集结的敌军。

凯丽不禁叫绝。此时欲以如此战术偷袭防范极其严密且队形分散的敌人无异于飞蛾扑火，即使侥幸成功所收战果也不会很大，这样便可使敌军产生人类已黔驴技穷之感，并打消它们对核弹的疑惧心理，放心大胆投入进攻，所以损失一些战士和几枚核弹十分值得。

“我认为帕克斯顿必须留下。”凯丽提出自己的要求。为了最后的胜利当然必须不惜一切，但若只是执行送死性质的惑敌任务则有所保留亦无不可。凯丽希望帕克斯顿能和自己一起渡过难关，因此她觉得有必要小小地运用一下自己的职务特权。

“为什么？”少将问道。

“他的经验。”凯丽回答，“他可以成为一个优秀的指挥官。让他就这么去送死过于可惜。”

“那就这样吧！”少将漠然地说，随即中断了对话。

幽灵战士们沉默地投入了有去无回的绝命攻击。帕克斯顿对自己不能与部下共同进退表示不解，凯丽告诉他上面需要有人在最后关头指示目标，但看来他并未完全相信。397k 高地的精确方位早已测定，并不需要人在最后关头进行目标指示。

幽灵战士的出击很快被证实为一场灾难。Zerg 族大军的严密防范使他们无隙可乘。由于吃过幽灵战士的亏，敌军采取措施增强了领主的精神能力，大大拓宽了领主的视野探测范围，这让幽灵战士的行动更加困难、更加危险。帕克斯顿目睹自己的部下一个接一个消失在刺蛇的恶毒酸液和迅猛兽的锋利刀足之下，面部肌肉抽搐。凯丽知道相识仅仅数百小时相互间沟通的内容不过是一起玩玩电子游戏、喝喝啤酒，似乎很难成为至交，但同生死共患难的经历却足以使人铭记一生。军人之间的友谊是非常真挚的，有时，他们甚至愿意用自己的生命换取朋友的生命。

所有幽灵战士都是好样的。虽损失惨重却无人后退，依然前仆后继全力试图完成任务。其舍生忘死的勇敢精神令凯丽这样饱经战阵的老兵也不禁动容。凯丽慢慢品尝着自己体内激素的味道，放纵自己血液的温度逐步升高，沉浸于战争所提供的感动之中。战争会暴露人类社会的痈疮，但也能展现人类品质中的优秀成分。没有自我意识的 Zerg 族战士要做到视死亡如无物易如反掌，丝毫不会令观者叹服，因为它们只是工具，自己根本不知道自己在做什么。然而人类不一样，他们有自己的生活、自己的爱恋、自己的梦想，要在一瞬间决定放弃这一切投身于死亡，不是一件容易做到的事。

在浪费了两枚核弹之后，最后一名幽灵战士终于成功地引导一枚核弹落在了敌人头上。但战果微小，连一支敌军巡逻队也未能完全歼灭，他实在没有机会接近敌人的主力部队。

凯丽命令他撤退，她认为现在此人有权利活下去。但是这名战士已经暴露在了闻风而来的领主的视野之中。凯丽无可奈何地摇摇头，心想这支小小的特种部队到底没能逃过全军覆灭的结局。

但奇怪的是那个战士附近的迅猛兽并没有追上去扑杀他，而是给了他足够的时间往回逃窜。它们并非没有发现他，那个领主一直在他头顶不远处飞行，跟随着他。凯丽当然不相信嗜血成性的 Zerg 族生物会突然良心发现大发慈悲，她耐心观察，果然看见 Zerg 族女皇那颇似什么动物的内脏一般的身影一闪而消失。

凯丽于是命令阵地上的炮手们，当那个幽灵战士进入火炮射程之内时立刻开火将他击毙。

命令被很好地执行了，那些充当炮手的 B 级克隆战士炮术奇准，干脆利落地用炮火将那个幽灵战士吞噬，相信他没有经历什么痛苦。

“希望你明白我为什么要这样做……”凯丽对帕克斯顿说。

“我能理解。”帕克斯顿点点头，“他已经被敌军的孢子感染，倘若让他回到阵地他所看见的一切都将为敌所知……你只不过是在阻止敌人窥探我们的虚实而已。”帕克斯顿的理性认识并不能掩饰他语气中透出的痛苦味道。

凯丽望着他，想了一下，还是问道：“其中有你的好朋友吧？”

“没有。”帕克斯顿摇摇头，“从军以后我就不再让友谊或任何类似友谊的东西发展下去了，因为一旦有了朋友，我就会害怕失去他。”

凯丽点点头，军中很多人都用这样的方法对待友谊。

“可是现在我仍然感到痛苦。他们都是好样的，可他们都死了，而我却还活着……我该怎么做？”

“活下去，并学会利用战争给予你的情感，将自己融入战争这部机器之中，这样，才能为他们报仇。”凯丽将自己所悟出的诀窍尽可能简短地传授给了他，“而且我们还要做到不被战争彻底吞没。将来战争结束了，我们还要回去结婚，组建家庭，养育孩子，重新学会生活，确保我们的文明不会被扭曲……”

“你真的以为经历了这一切，我们还能回去继续生活吗？”帕克斯顿森然说道，“不要以为我什么也不懂，我不是小孩子了……仗打多少年了？击败 Zerg 族仍然遥遥无期，可我们已经付出了巨大的代价。每一个人的生活都被改变了，每一个人都被迫进入了战争。生活的内容变得简单而无味，就是为战争服务，不能适应的人很快就被淘汰……我早看出来了，战争在扼杀我们人类的精华，那些热情、敏感、奔放、多情、天真、可爱的人都在这种荒谬的选择机制中被杀死了，只有那些铁石心肠冷酷无情狼心狗肺心如死灰的人才能活下来，继承并发展我们的文明……你能想象他们会发展出什么样的文明吗？上帝为什么要这样安排？我们现在正在被改变为撒旦而不是天使啊……我不要这样！”帕克斯顿沉痛地低下了头。

凯丽点点头：“你说得不错，我也很遗憾，但是我们没有选择的余地。现在在已知的星域中，只有地球，才能够挡住 Zerg 族的侵略步伐。我们不仅是在为自己而战，也是在为宇宙中许许多多的种族而战，我们不可以逃避。拯救苍生是要付出代价的。我们的痛苦在所难免……我们不仅要和 Zerg 族作战，还必须和战争本身作战，努力使自己不被扭曲。能够生存下来而又不被扭曲的人，才能算是勇士。”

“可我做不到，”帕克斯顿摇了摇头，“我一直在全力保持心中的活力和脸上的笑容，但我望着舞会上女孩漂亮的面容心中却无法摆脱战友临死前的双眼，愤怒和恐惧无时无刻不在干扰我的生活。”

凯丽默然无言，她知道这种滋味，一直在恐惧和愤怒中生活是件痛苦的事，没人能保证自己可以完全不受影响，她亦不例外。

“嗨，少校，听说你从地球来？是吗？”帕克斯顿转头望着凯丽。

凯丽点点头。

“地球什么样？真的是虚拟现实系统所营造的那个样子吗？我出生在瓦利斯星，到现在，都还没有机会回母星一趟。这是个遗憾。看来我到死都不能看到我和我的战友们付出生命所要保卫的东西啦……”帕克斯顿脸上挂着勉强的笑容说，话音中浸着悲凉。

“并非毫无机会，只要你能活着就可以了……到时候，我们……一起回去。回地球。”说完这话凯丽感到了心跳和脸红，她奇怪怎么久已消失的热情又回到了自己的血液之中？

“地球上的人们生活得快乐吗？”帕克斯顿仿佛没有听见凯丽的建议，又提了个问题。

“现在哪儿的生活都一样，那些快乐的人其实也只是在苦中作乐……”凯丽有点儿失望，她随口回答。

“那么，我也就不遗憾了。现在，我已经受够了。”帕克斯顿一把攥住自己胸前的护身符，将它扯了下来。“我已经失去了太多东西了，包括给我这个护身符的女孩子……我不想再这么痛苦地熬下去了，我一直在等待一个解脱，今天我看见它了，它就在这里。”帕克斯顿将护身符的吊绳慢慢缠绕在自己的左手手掌上。

凯丽感到自己的胃在收紧，看来这个男孩是必死无疑了……她在心中轻叹一声，庆幸自己没有陷得太深，不然必受伤害。凯丽不明白为什么男人都这么冲动轻率没有韧性？相比之下女人在这方面就要好得多，也许正因为她们身体柔弱，上帝在精神上给了她们补偿，使得她们比男人更能忍耐更能经受住苦难，因而更有可能熬过难关。凯丽忽然想到，如果战后以女人为主导继承人类的文明的话，人类或许能很快恢复正常……

天快黑了，凯丽估摸最后的时刻就快要来了，对面的敌军兵力结构越来越齐全，杀气也越来越盛，就像一张已经绷紧到极限的长弓，随时可能射出致命的利箭。

凯丽少校下令，给所有人员分发一支蜡烛。很久以前人类社会就形成了这样的风俗，相信在悼念亲人的时候，为灵魂点上一支蜡烛，烛光将能够照亮前路，引导亲人的灵魂步入天堂。凯丽参加过悼念阵亡将士的集会，那似乎无边无际的烛海在令她悚然的同时，几乎真的让她相信烛光可以引导亡灵。

然而不会有人为克隆战士点上一支蜡烛的，所以凯丽要他们自己为自己点，只是不知道上帝是否会将这些不是出自自己之手的子民拒之门外。

397k 高地逐渐亮起来了，不过这次不是电力照明设备，而是由摇曳不定的烛光照亮的。从远方看去，整个高地仿佛在缓慢地燃烧。烛光照亮了克隆战士粗犷的面容。

“真是漂亮……”弗朗西斯赞叹道。大战前夕，凯丽命令他出来透透气，参与亡灵的引导仪式。

“我建议，报请上面给这个目前还未正式命名的高地起个名字。”弗朗西斯的语气中透出兴奋，“我看……就叫烛光岭吧！”

凯丽认为对这位电子人副官来说这可是个进步，他们有学习的能力，尽可能地接近人类的思想和行为是他们毕生的目标，能够触景生情说明他的进步已经不小。于是她点头称是，这个名字确实不错，以此铭记死于此地的战士不失为一个好主意。

“等战斗结束，这个高地就不复存在了。”帕克斯顿生硬压抑的话音载着微弱的烛光飘入凯丽的耳中。这句话令高地没入沉寂之中。凯丽低下头，深感此人言之有理，但她也知道，此人心已死去，生命之火已在他体内消失，凯丽为此感到黯然。弗朗西斯也在低头沉思，看来他已经能够像人类一样理解恐惧和危机了。

夜风不知疲倦，高地上的烛火一点点熄灭了，高地最终被黑暗彻底吞没。

凯丽回到地下指挥所坚守岗位，她不敢去睡。于是这个夜晚显得分外漫长。凯丽忽然想起了少年时她在某个虚拟社区的留言板上看见的一句话，许多自知人生苦短的男女都希望那里能使自己生命的某个片段得以不朽。凯丽不知道那句话是谁说的，但它于悄然间刻在了她的脑海中：夜太长，月光都会冷透。

战斗在黎明时分爆发。骤然炸响的炮声如同上帝的怒吼，猛烈击打着维德布斯星浓稠的大气。凯丽大口喝着冷咖啡，冷静地注视着指挥所的众多终端显示屏。来袭之敌只是一些迅猛兽组成的先锋，分为数支小队从不同的方向向高地发动了冲击。

在密集的炮火轰击下，这些敌军很快就完成了由生物到原生质碎片的转换。凯丽知道它们这是在试探高地的虚实，收集情报，大规模的进攻马上就要到来。

当凯丽看见天空中移动缓慢但体形巨大的黑影时，她产生了无力之感。这是 Zerg 族的终极空中打击兵种——守护者，它射出的球形黄色酸液弹威力巨大，但这还不是最恐怖的地方，最可怕的是它的射程极远，连防空导弹塔都对它徒叹奈何，只有挨打的份儿。地面部队很难与它对抗，只能倚仗空军的威力了。

一队队幽灵战机从高地机场垂直升上天空，大批的女武神护卫舰也从外层空间冲入大气层。这是地区空军的主力。必须保证诱饵不被敌人的空军很轻易地吃掉。

激战在高地前方的上空爆发。这是一场硬碰硬的决战。人类的战斗机群不顾死活地直扑威胁着地面部队的守护者，而 Zerg 族的自杀蝠和由飞龙蜕变为的喷吐酸雾的吞噬者则迎上来接战。各型导弹、各种颜色的腐蚀弹、横飞的血肉碎块、支离的金属残片立刻充斥天空，混杂着巨大的爆炸声，仿佛那里正在下着一场怪诞的雷阵雨。

敌军的刺蛇群出动了，它们喷出的强劲酸液射程极远，能够打击空中目标，Zerg族空军后退一步，与陆军形成空地一体打击结构，人类空军顿时处于劣势，被迫后退。刺蛇群追击而来，一进入坦克的火力圈，它们立刻遭到排炮的猛烈射击，对空火力顿时减弱了下来。人类的空军马上反身杀回，全力猎杀笨拙的守护者。双方的空军就在人类地面火力最大射程线附近展开拉锯战。

没过多少时间，空战结束了，Zerg族的守护者大部被摧毁，剩下的也伤痕累累，已经没有战斗力可言了。不过人类的空军也付出了不小的代价，冲在最前面的隐身战斗机几乎损失殆尽。由于目的已经达到，受伤最轻的一些女武神护卫舰掩护着空军主力转向撤离了战场。

凯丽知道沉寂不会保持太久，但她心中颇为振奋，空军打得漂亮，失去了空中打击力量，Zerg族只能从地面发动强攻，这意味着计划成功的可能性大大增加。

不料等待竟持续了几个小时。长时间的戒备消耗了凯丽不少精力，又加上没有睡好，她只好服用了点儿兴奋剂。

然而她的部下并不像她那样容易疲劳。当Zerg族的妖魔们全军发起冲击时，战士们立刻做出反应开了火。

冲在最前面的是有“猛犸”之称的Zerg族生物战车——雷兽，它们有着令人难以置信的抗打击能力，坦克的巨炮也不能对它构成致命的威胁，然而它们仍然是生物。这些活堡垒的作用是吸引炮火，掩护后面相对脆弱的刺蛇和迅猛兽。炮手们惊恐地看见炮弹直接落在它们甲壳上爆炸却只见碎片飞舞而不能减缓它们冲击的速度，只激起了它们狂怒的巨吼，几乎将炮弹的爆炸声压住。

凯丽马上命令最前列的火炮进行拦阻射击。于是一排排炮弹越过雷兽落在后面的刺蛇群中，飞溅起的肢体残块甚至比爆炸的火光更加醒目。后排火炮依次在最大射程上开火，形成了数道火墙。

但是 Zerg 族的集团冲锋能量实在巨大，尽管炮火杀死了许多敌军，可依然像是往海浪中扔了些石头而已，不起多大作用。凯丽觉得自己这些天构筑防御体系的苦心显得实在可笑。兵力太过悬殊，自己的阵地只是个鸡蛋壳，而敌人的巨大兵力足以粉碎巨石，一个冲锋肯定就能见分晓，唯一的悬念只是吃掉这个高地要多久。不过这也是敌军必将失败的原因。

这时通信系统传来总部传令兵冰冷的声音：核弹已经全部发射完毕。凯丽心想等会儿若有 Zerg 族战士侥幸幸存下来，它就会明白是什么原因促使人类犯下如此错误，将并不多的兵力放在如此容易被吃掉的地方了。

眼下还得再坚持一段时间。没有了后顾之忧，凯丽索性放开手脚全身心投入指挥之中。尽管现在防御战打得好不好已经不怎么重要，但她觉得这是个挑战自己的好机会，现在经验是最宝贵的东西，经验越足，活下来的可能性越大。

体形巨大的雷兽速度却惊人，简直可以和迅猛兽媲美。它们高视阔步，勇猛地闯过一道道火墙，很快就将和防线最前沿发生接触战。这时平地冒出许多智能地雷，迎着雷兽飞了过去。雷兽没料到这一手，最前面一些已受重伤的顿时被炸得支离破碎。

然而地雷很快耗尽了，地堡的枪眼开始一起喷吐火光。在敌军巨大的兵力优势面前，任何战术都形同花招。凯丽觉得在巨兽的怒吼和猛烈的爆炸声中显得十分微弱的机枪射击声听起来像是玩具枪在发言。

凯丽飞快地发布一道道指令，在她的直接指挥下，大批机械工程兵赶往各支撑点，抢修正在遭到雷兽可怕巨牙打击或因火炮迫近射击而受波及的地堡。然而这些都是徒劳，雷兽的数目虽然已经不多了，但它们成功地减少了刺蛇和迅猛兽的伤亡，现在该后续部队施展本事了。尽管许多刺蛇和迅猛兽经受了炮火的洗礼都已带伤，但毫不畏惧密集的枪弹，凶悍地猛冲掩护坦克的地堡。在幸存雷兽较多的地段，可怕的密集打击令地堡很快被摧毁，几个机械工程兵一起抢修都无济于事。凯丽急忙调动后方预备队的步兵战斗群、机甲巨人和兀鹫战车冲上去迎战并发动反冲击，暂时稳定住了防线。

但稳定只是暂时的，现在只是水坝上出现了几处裂缝，很快漏水的地方就会多起来，最终……溃堤。凯丽非常明白这个最后时刻就会在自己的预备队消耗殆尽时发生，所以她尽量节约使用兵力，亲自将命令下达到每一个士兵那里，竭力不让一名士兵做出无谓的牺牲。

很快她就打出了感觉，完完全全沉浸在了指挥作战之中。她已经心无旁骛，仿佛自己是一名艺术家，正在绘制自己一生中最重要的画作，或是在雕琢王冠上最大的那颗钻石。她没有时间去理会恐惧和部下临死前的惨叫，也感觉不到时间的流动。她的思维完全被“指挥”这个词管住了，此刻她只想打出最完美的防御战。

随着坦克的逐渐损毁，炮火渐渐减弱，越来越多的敌军冲上防线，连杀伤力巨大的形如蜘蛛的潜伏者都冲上来钻入地下对防线展开攻击……预备队渐渐不敷使用，凯丽已经连向最危险的地区派几个人都做不到了。于是凯丽毫不犹豫地命令自己的警卫队上到地面，去增援防线。同时她条件反射般地拔出自己的自卫手枪，推弹上膛，放在桌上。虽然它发射的子弹连迅猛兽的甲壳也无法穿透，但凯丽没有闲心想到这一点，她更没空想到，她的那些警卫曾两次救过她的命。

但身边的异常响动还是惊醒了不能自拔的凯丽。她转过头，看见弗朗西斯正在穿戴臃肿的封闭式步兵战斗服，他瘦小的身躯显得与这战斗服很不协调。“你要做什么？弗朗西斯。”凯丽问道。

“我也要去增援防线，我看你完全可以不需要我的辅助。”弗朗西斯说。

“你不是战斗人员，没有必要去！”

“不，现在外面需要我，需要每一个……人。电脑里备份有我所积累的经验，所以失去我部队不会蒙受损失。我一出生就被告之在人类遭遇危险时必须挺身而出……所以，再见了，少校。”战斗服的面罩放了下来，弗朗西斯的面容被反射的灯光所取代。

凯丽说不出话来，她沸腾的血液开始降温。

“他们曾告诉我，总有一天，我会进化得和人类一样，到那时，我就会被人类所接纳，拥有人类所拥有的一切。但是我知道，人类一般是不会在别的人类遭遇危险的时候挺身而出的，所以……我到底还是没有变成人类。我感到很遗憾。”弗朗西斯说完停顿了一下，然后有点儿困难地提起高射速机枪，向外走去。

凯丽目送她的副官走向地狱，她没有看见他最后的表情，这是件幸运的事，可以避免这表情闯入她的梦境。

但是现在凯丽再也难以集中精神指挥作战了，她心神已乱，原本无暇顾及的各种情绪和思绪在脑海中四处飞舞。猛地，她想起了帕克斯顿。顿时她的心仿佛被狠狠捏了一把。他在哪儿？凯丽四处察看。很快她就看见了一头被冻结住的雷兽。只有幽灵战士才能做到这一点，而帕克斯顿是现在高地上唯一的幽灵战士。一秒钟以后凯丽认出了地上散落的幽灵战士的装备残骸和血肉碎末，她甚至认出了他的那个钛质星形护身符。凯丽感到自己的心脏似乎被塞入了一块燃着的木炭，发热的眼眶使她多年来头一次意识到自己原来是会流泪的。是的，帕克斯顿得到了解脱，就以如此简单的方式，而留下她继续生存、继续战斗……

凯丽放弃了指挥，她茫然地注视着自己的部下不成章法地各自为战，自己的防线被疯狂的敌军越撕越烂，心中空空如也。

Zerg 族虫海已经淹没高地，只剩一些被机械工程兵死死围护住的地堡还在顽强地喷吐火舌。Zerg 族战士已经发现了高地上层的兵器和建筑都是伪装品，但并没有马上做出反应。

这时天空中出现了上百粒闪烁的光点，如同上帝撒下的一把流星。

Zerg 族大军愣了一阵，然后开始了疯狂的大撤退。

晚啦！凯丽冷笑着，观看因惊慌失措毫无章法地撤退而拥挤一团的虫子们出尽洋相，这让她心中产生了些许复仇的愉快。

地下指挥所突然陷入了彻底的黑暗之中。灯光都灭了，指挥系统的各显示终端也失去光芒。片刻后应急备用电力系统启动，昏暗的灯光才回到指挥所。凯丽意识到，都结束了。

沉寂中凯丽感到了疲乏，她的精力早已透支了。凯丽很想抽支烟，但她连空烟盒都找不到了。于是她只好蜷缩进宽大的皮椅，闭目休息。等待总部救援队的救援。

可能是温控系统电力不足，也可能是灯光昏暗，还可能是体力透支，凯丽感到了寒意，她抱紧双肩，缩成了一团。

残阳如血，通红的天空和大地弥漫着异星球的迷幻色彩。凯丽接受完健康检查后被获准出外散步，她走出这个基地的野战医院，走上医院后面的小山包，远眺烛光岭。

她什么也没有看见，就像在获救前一样，当时她以为自己会梦见点儿什么，但她失望了。

血红的世界让凯丽感到难以自制的悲哀和伤感。仗打赢了，可她失去了一切，她失去了她的副官，失去了她的卫队，失去了她的部下，失去了……刚刚获得了她的好感的人。或许，连她希望聊以纪念他们的烛光岭，也已不复存在。凯丽不知道，在似乎永无尽头的战争中，她还会失去些什么？

凯丽突然觉得委屈得不行，她感觉自己现在就像小的时候心爱的玩具被人抢走时那样孤弱无助。这委屈混杂着绝望在她体内弥漫，吸走了她的力量。凯丽双膝一软跪在地上，低头捂着嘴无声无息地哭泣起来。

凯丽的身躯抽动着，泪水成串地滴落在膝前，喉咙里间或发出如同溺水者临死前被硬挤出的那种声响。凯丽不想压抑自己的情感，她知道自己这时候需要发泄。她感到无比地委屈和绝望，但她知道任何人都不该为此负责，她只能像帕克斯顿所说的那样，质问上帝为什么要这样安排……

凯丽使劲地哭泣着，哭声压抑而尖厉，如同一只受伤的母兽。她痉挛的双手死死攥着自己胸口的衣服，仿佛在搓揉自己的心脏。她要把自己体内的软弱和绝望化为泪水统统挤出去。凯丽很久以前就已经知道自己没有选择的余地，现在能阻挡野蛮邪恶的 Zerg 族侵略脚步的，只有人类，所以她没有权利软弱，没有权利绝望。她唯一的权利，就是哭泣。

一支军容严整装备齐全的机械化部队从基地旁边高速驶过，直奔特克斯山脉。已经恢复了常态的凯丽面无表情地看着战车上的战士向她庄严地行着军礼，目送他们远去。这是陆战 9 师的部队。战功赫赫的 9 师有着极其坚硬的牙齿和无比强健的肠胃，他们杀气腾腾地扑向残余的敌人，要把它们生吞活剥。凯丽的目光越过他们望向远方，仿佛看到乌云般的运输机正把精锐的 323 空中突击师投放到 Zerg 族的大后方，剽悍的伞兵们在那里欢快地尽情杀戮毫无还手之力的 Zerg 族工蜂和建筑。

这一切都要归功于凯丽少校，以及曾驻守于烛光岭上的那些战士。正是他们的生命，使得这一切具有了可能性……凯丽有权利获得战友的致敬和人们的尊敬。

然而凯丽对这些意兴阑珊。她看看天色已暗，认为可以为亡灵们点上一支蜡烛了。

那一夜风不小，但小山顶上的微弱烛光却摇曳了很久不曾熄灭，令发现了这一点的人感到奇怪不已。

宇宙坍缩

光年尺度下的思考

刘慈欣

坍缩将在凌晨1时24分17秒发生。

对坍缩的观测将在国家天文台最大的观测厅进行。这个观测厅接收在同步轨道上运行的太空望远镜发回的图像，并把它投射到一块篮球场大小的巨型屏幕上。现在，屏幕上还是空白。到场的人并不多，都是理论物理学、天体物理学和宇宙学的权威。对即将到来的这一时刻，他们是这个世界上少数真正能理解其含义的人。此时他们静静地坐着，等着那一时刻，就像刚刚用泥土做成的亚当、夏娃等着上帝那一口生命之气一样。只有天文台的台长在焦躁地来回踱着步。巨型屏幕出了故障，而负责维修的工程师到现在还没来。如果她来不了的话，来自太空望远镜的图像就只能在小屏幕上显示，那这一伟大时刻的气氛就差多了。

丁仪教授走进了大厅。

科学家们都提前变活了，一齐站了起来。除了半径为150亿光年的宇宙，能让他们感到敬畏的就是这个人了。

丁仪同往常一样目空一切，没有同任何人打招呼，也没有坐到那把为他准备的大而舒适的椅子上去，而是信步走到大厅的一角，欣赏起放在玻璃柜中的一只大陶土盘来。这只陶土盘是天文台的镇台之宝，是价值连城的西周时代的文物，上面刻着几千年前已化为尘土的眼睛所看到的夏夜星图。这只陶土盘经历了沧海桑田，已到了崩散的边缘，上面的星图模糊不清，但大厅外面的星空却丝毫没变。

丁仪掏出一个大烟斗，向一只上衣口袋里挖了一下，挖出了满满一斗烟丝，然后旁若无人地点上烟斗抽了起来。大家都很惊诧，因为他有严重的气管炎，以前是不抽烟的，别人也不敢在他面前抽烟。再说，观测大厅里严禁吸烟，而那个大烟斗产生的烟雾比十支香烟都多。

但丁教授是有资格做任何事情的。他创立了统一场论，实现了爱因斯坦的梦想。他的理论对宇宙大尺度空间所做的一系列预言都得到了实际观测的精确证实。后来，使用统一场论的数学模型，上百台巨型计算机不间断地运行了三年，得出了令人难以置信的结论：已膨胀了150亿年的宇宙将在两年后转为坍缩。

现在，这两年时间只剩不到一个小时了。白色的烟雾在丁仪的头上聚集盘旋，形成梦幻般的图案，仿佛是他那不可思议的思想从大脑中飘出……

台长小心翼翼地走到丁仪身边，说："丁老，今天省长要来，请到他不容易，请您一定给省长说说，请他给我们多少拨一些钱。本来不该因这些事使您分心的，但台里的经费状况已到了山穷水尽的地步，国家今年不可能再给钱，只能向省里要了。我们是国内主要的宇宙观测基地，可您看我们到了什么地步，连射电望远镜的电费都拿不出来。现在，我们已经开始打它的主意了……"台长指了指丁仪正欣赏的古老星图盘，"要不是有文物法，我们早就卖掉它了！"

这时，省长同两名随行人员一起走进了大厅。他们的脸上显出疲惫的神色，把一缕尘世的气息带进这超凡脱俗的地方：“对不起。哦，丁老您好，大家好。对不起，来晚了。今天是连续暴雨后的第一个晴天，洪水形势很紧张，长江已接近1954年的最高水位了。”

台长激动地说了许多欢迎的话，然后把省长领到丁仪面前，“下面，请丁老为您介绍一下宇宙坍缩的概念……”同时他向丁仪递了个眼色，“这样好不好，我先说说自己对这个概念的理解，然后请丁老和各位科学家指正。首先，哈勃发现了宇宙的红移现象——是哪一年我记不清了——我们所能观测到的所有星系的光谱都向红端移动。根据开普勒效应，这表明所有的星系都在离我们远去。由此现象我们可以得出结论：宇宙在膨胀。由此又得出结论：宇宙是在150亿年前的一次大爆炸中诞生的。如果宇宙的总质量小于某一数值，宇宙将永远膨胀下去；如果总质量大于某一数值，则万有引力将逐渐使膨胀减速、停止，之后，宇宙将在引力作用下走向坍缩。以前宇宙中所能观测到的物质总量使人们倾向于第一个结论，但后来发现中微子具有质量，并且在宇宙中发现了大量以前没有观测到的暗物质，这使宇宙的总质量大大增加，人们又转向了后一个结论，认为宇宙的膨胀将逐渐减慢，最后转为坍缩——宇宙中的所有星系将向一个引力中心聚集。这时，同样由于开普勒效应，在我们眼中，所有星系的光谱将向蓝端移动，即蓝移。而丁老的统一场论计算出了宇宙由膨胀转为坍缩的精确时间。”

“他说得基本正确。”丁仪慢慢地把烟灰磕到干净的地毯上。

“对，对，如果丁老都这么认为……”台长高兴得眉飞色舞。

“正确到足以显示他的肤浅。”丁仪又从上衣口袋挖出一斗烟丝。

台长的表情凝固了，科学家那边传来了低低的讥笑声。

省长宽容地笑了笑："我也是学物理的，但毕业后这三十年，我都差不多忘光了。同在场的各位相比，我的物理学和宇宙学知识，怕是连肤浅都达不到。唉，我现在只记得牛顿三定律了。"

"但离理解它还差得很远。"丁仪点上了新装的烟丝。

台长哭笑不得地摇摇头。

"丁老，我们生活在两个完全不同的世界里。"省长感慨地说，"我的世界是现实的、无诗意的、烦琐的，我们整天像蚂蚁一样忙碌，目光也像蚂蚁一样狭窄。有时深夜从办公室里出来，抬头看看星空，已是难得的奢侈了。而您的世界充满着空灵与玄妙，您的思想跨越上百亿光年的空间和上百亿年的时间，地球对于您只是宇宙中的一粒灰尘，现世对于您只是永恒中短得无法测量的一瞬，整个宇宙似乎都是为了满足您的好奇心而存在的。说句真心话，丁老，我真有些嫉妒您。我年轻时也做过那样的梦，但进入您的世界太难了。"

"但今天晚上并不难。您至少可以在丁老的世界中待一会儿，一起目睹这个宇宙最伟大的一瞬间。"台长说。

"我没有这么幸运。各位，很对不起，长江大堤已出现多处险情，我得马上赶到防总去。在走之前，我还有两个问题想请教丁老，这些问题在您看来可能幼稚可笑，但我苦想了很长时间也没有弄明白。第一个问题，坍缩的标志是宇宙由红移转为蓝移，我们将看到所有星系的光谱同时向蓝端移动。但目前能观测到的最远的星系距我们100多亿光年，按您的计算，宇宙将在同一时刻坍缩，那样的话，我们要过100多亿年才能看到这些星系的蓝移出现。即使最近的半人马座，也要在四年之后才能看到它的蓝移。"

丁仪缓缓地吐出一口烟雾，那烟雾在空中飘浮，像微缩的旋涡星系："很好，你能想到这一点，有点像一个物理系的学生了，尽管仍是一个肤浅的学生。是的，我们将同时看到宇宙中所有星系光谱的蓝移，而不是在从四年到一百亿年的时间上依次看到。这源于宇宙大尺度范围内的量子效应。它的数学模型很复杂，是物理学和宇宙学中最难表述的概念。没指望您能理解。但由此你已得到第一个启示，它提醒您，宇宙坍缩产生的效应远比人们想象的复杂。你还有问题吗？哦，你没有必要马上走，你要去处理的事情并不像你想象的那样紧迫。"

"同您的整个宇宙相比，长江的洪水当然微不足道了。但丁老，神秘的宇宙固然令人神往，但现实生活也还是要过的。谢谢丁老的教诲，祝各位今晚看到你们想看的。"

"你不明白我的意思，"丁仪说，"现在长江大堤上一定有很多人在抗洪。"

"但我有我的责任，丁老，我必须回去。"

"你还是不明白我的意思，我是说大堤上的人们一定很累了，你可以让他们也离开。"

所有的人都惊呆了。

"什么……离开？干什么，看宇宙坍缩吗？"

"如果他们对此不感兴趣，可以回家睡觉。"

"丁老，您真会开玩笑！"

"我是认真的，他们干的事已没有意义。"

"为什么？"

"因为坍缩。"

沉默了好长时间，省长指了指大厅一角陈列的那只古老星图盘说："丁老，宇宙一直在膨胀，但从上古时代到今天，我们所看到的宇宙没有什么变化。坍缩也一样，人类的时空同宇宙时空相比，渺小到可以忽略不计。除了纯理论的意义外，我不认为坍缩会对人类生活产生任何影响。甚至，我们可能在一亿年之后都不会观测到坍缩使星系产生的微小位移——如果那时还有我们的话。"

"15 亿年。"丁仪说，"如果用我们目前最精密的仪器，15 亿年后我们才能观测到这种位移。"

"而宇宙完全坍缩要 100 多亿年。所以，人类是宇宙这棵大树上的一滴小露珠，在它短暂的寿命中，是绝对感觉不到大树的成长的。您总不至于同意互联网上那些可笑的谣言，说地球会被坍缩挤扁吧？"

这时，一位年轻姑娘走了进来，脸色苍白，目光黯淡。她就是负责巨型显示屏的工程师。

"小张，你也太不像话了！你知道这是什么时候？"台长气急败坏地冲她喊道。

"我父亲刚在医院里去世……"

台长的怒气立刻消失了："真对不起，我不知道，可你看……"

工程师没再说什么，只是默默地走到大屏幕的控制计算机前，开始埋头检查故障。丁仪叼着烟斗慢慢走了过去。

"哦，姑娘，如果你真正了解宇宙坍缩的含义，你父亲的死就不会让你这么悲伤了。"

丁仪的话激怒了在场的所有人。工程师猛地站起来，她苍白的脸由于愤怒而涨红，双眼充满泪水。

“您不是这个世界上的人！也许，同您的宇宙相比，父亲不算什么，但父亲对我重要，对我们这些普通人重要！而您的坍缩，不过是夜空中那弱得不能再弱的光线频率的一点点变化而已。这变化，甚至那光线，如果不是由精密仪器放大上万倍，谁都看不到！坍缩是什么？对普通人来说什么都不是！宇宙膨胀或坍缩，对我们有什么区别？但父亲对我们是重要的，您明白吗？”

当工程师意识到自己是在向谁发火时，她克制住自己，转身继续工作。

丁仪叹息着摇摇头，对省长说：“是的，如你所说，两个世界。我们的世界……”他挥手指指物理学家们，“小的尺度是亿亿分之一毫米，”又指指宇宙学家们，“大的尺度是百亿光年，这是一个只能用想象来把握的世界。而你们的世界，有长江的洪水，有紧张的预算，有逝去的和还活着的父亲……一个实实在在的世界。但可悲的是，人们总要把这两个世界分开。”

“可您看到它们是分开的。”省长说。

“不！基本粒子虽小，却组成了我们；宇宙虽大，我们却身在其中。微观和宏观世界的每一个变化都牵动着我们的一切。”

丁仪说完，突然大笑起来。这笑除了神经质外，还包含着一种神秘的东西，让人毛骨悚然。

“好吧，物理系的学生，请背诵你所记住的时间空间和物质的关系。”

省长像小学生那样顺从地背了起来：“由相对论和量子力学所构成的现代物理学已证明，时间和空间不能离开物质而独立存在。没有绝对时空。时间、空间和物质世界是融为一体的。”

“很好，但有谁真正理解了呢？你吗？”丁仪问省长，然后转向台长，“你吗？”转向埋头工作的工程师，“你吗？”又转向大厅中的其他技术人员，“你们吗？”最后转向科学家们，“你们？不，你们都不理解。你们仍按绝对时空来思考宇宙，就像脚踏大地一样自然。绝对时空就是你们思想的大地，离开它，你们对一切都无从把握。谈到宇宙的膨胀和坍缩，你们认为那只是太空中的星系在绝对的时间空间中散开和汇聚。”他说着，踱到那个玻璃陈列柜前，伸手打开柜门，把那只珍贵的星图盘拿了出来，放在手上抚摸着，欣赏着。台长万分担心地抬起两只手在星图盘下护着。这件宝物放在那儿二十多年，还没有人敢动一下。台长焦急地等着丁仪把星图盘放回原位，但他没有，而是一抬手，把星图盘扔了出去！

价值连城的古老珍宝，在地毯上碎成了无数陶土块。

空气凝固了，大家呆若木鸡，只有丁仪还在悠然地踱着步，成为这僵固的世界中唯一活动的东西，他的话音仍不间断地响着。

“时空和物质是不可分的，宇宙的膨胀和坍缩包括整个时空。是的，朋友们，包括整个时间和空间！”

又响起了一声脆响，这是一只玻璃水杯从一名物理学家手中掉下去的声音。物理学家并不是吃惊于那个星图盘的摔碎，否则杯子早就掉了。其他物理学家和宇宙学家们陷入震惊之中，引起他们震惊的原因是丁仪话中的含义。

“您是说……”一名宇宙学家死死地盯着丁仪，话卡在喉咙里说不出来。

“是的。”丁仪点点头，然后对省长说，“他们明白了。”

“那么，这就是统一场数学模型的计算结果中那个负时间参量的含义？”一名物理学家恍然大悟地说。丁仪点点头。

“为什么不早些把它公布于世？您太不负责任了！”另一名物理学家愤怒地说。

“有什么用？只能引起全世界范围的混乱。对时空，我们能做些什么？”

“你们都在说些什么？”省长一头雾水地问。

“坍缩……”台长——同时是一名天体物理学家——做梦似的喃喃地说，“宇宙坍缩会对人类产生影响，是吗？”

“影响？不，它将改变一切。”

“能改变什么呢？”

科学家们都在匆匆整理思绪，没人回答他。

“你们就告诉我，坍缩时，或宇宙蓝移开始时，会发生什么？”省长着急地问。

“时间将反演。”丁仪回答。

“……反演？”省长迷惑地望望台长，又望望丁仪。

“时光倒流。”台长简短地解释。

巨型屏幕这时修好了，壮丽的宇宙出现在大家面前。为了使坍缩的出现更为直观，太空望远镜发回的图像由计算机进行了处理，所有的恒星和星系发出的光都呈红色，象征着目前膨胀中的宇宙的红移。当坍缩开始时，它们将同时变为蓝色，屏幕的一角显示着蓝移出现的倒计时：150 秒。

“我们的时间随宇宙膨胀了一百多亿年，但现在，这膨胀的时间只剩不到三分钟了。之后，时间将随宇宙坍缩而倒流。”丁仪走到木然的台长面前，指指摔碎的星图盘，“不必为这件古物而痛心，蓝移出现后不久，碎片就会重新复原，它会回到陈列柜中去；多少年以后，回到土中深埋；再过更长的时间，它将回到燃烧的窑中，然后作为一团潮泥回到那位上古天文学家的手中……”他走到那位年轻的女工程师身边，“也不要为你的父亲悲伤，他将很快复活，你们很快就会见面。如果父亲对你很重要，你应该感到安慰，因为在坍缩的宇宙中，他比你长寿，他将看着你作为婴儿离开这个世界。是的，我们这些老人都是刚刚踏上人生旅途，而你们年轻人则已近暮年，或是幼年。”他又走到省长面前，“如果长江的洪水过去没有在你的任期内越出江堤，那未来也永远不会，因为坍缩宇宙中的未来就是膨胀宇宙中的过去。最大的险情要到 1954 年才会出现，但那时你的生命已接近幼年，那不是你的责任了。我们所知道的时间只剩下一分钟了，现在无论做什么，都不会对将来产生后果。大家可以做各自喜欢的事情而不必顾虑将来。在这个时间里，已经没有将来了。至于我，我现在只是干我喜欢但以前由于气管炎而不能干的一件小事。”丁仪又用大烟斗从口袋里挖了一锅烟丝点上，悠然地抽了起来。

蓝移倒计时 50 秒。

“这不可能！”省长叫道，“从逻辑上这说不通，时间反演？一切都将反过来进行，难道我们倒着说话吗？这太难以想象了！”

“你会适应的。”

蓝移倒计时 40 秒。

“也就是说，以后的一切都是重复？那历史和人生将变得多么乏味！”

“不会的，你将在另一个时间里。现在的过去将是你的未来，我们现在就在蓝移发生时的未来里。你不可能记住未来。蓝移开始时，你的未来一片空白。对它，你什么都不记得，什么都不知道。”

蓝移倒计时 20 秒。

“这不可能！”

“你将会发现，从老年走向幼年、从成熟走向幼稚是多么合理，多么理所当然。如果有人谈起时间还有另一个流向，你会认为他是痴人说梦。快了，还有十几秒。十几秒后，宇宙将通过一个时间奇点。在那一点，时间不存在。然后，我们将进入坍缩宇宙。”

蓝移倒计时 8 秒。

“这不可能！真的不可能！”

“没关系，6 秒钟后你就会知道的。”

蓝移倒计时 5 秒，4，3，2，1，0。

宇宙由使人烦躁的红色变为空洞的白色……

……时间奇点……

……宇宙变为宁静美丽的蓝色，蓝移开始了，坍缩开始了。

……

了始开缩坍，了始开移蓝，色蓝的丽美静宁为变宙宇……

……点奇间时……

……色白的洞空为变色红的躁烦人使由宙宇

0，1，2，3，4，秒 5 时计倒移蓝

……